La Demeure de Sherlock
La Maison Vide

Textes recueillis par Sherlockology
Edités par Steve Emecz

Traduits par:

Aurore Belin
Déborah Ferrara
Tatiana Gimenez
Dorothée Henry
Matthew Hines
Tiffany Petersik
Géraldine Sténuit

Livre de poche ISBN 978-1-78092-365-9
EPUB ISBN 978-1-78092-366-6
PDF ISBN 978-1-78092-367-3

Publié au Royaume-Uni par « MX Publishing ».
335 Princess Park Manor, Royal Drive,
London, N11 3GX

www.mxpublishing.com
La couverture a été conçue par
www.sherlockology.com

Jeff Decker

La traduction de ce livre a été financée via Kickstarter. Un grand merci à tous les sponsors. Les sponsors de niveau argent sont listés à la fin du livre, et vous trouverez ci-dessous des informations sur notre sponsor de niveau platine, Shadowcat :

Shadowcat Systems est un développeur de logiciels open source et un consultant open source basé au Royaume-Uni, fruit de la réflexion de Mark Keating et Matt S. Trout.

Nous proposons une expertise prouvée dans le développement de systèmes en réseau, ainsi que dans l'automatisation fiable de procédures manuelles, pour une base mondiale de clients, et ce aussi bien au niveau des flux de travail que des systèmes et de la gestion du réseau. Shadowcat est engagé en faveur de la technologie Open Source. La société se spécialise dans l'utilisation de logiciels Open source et dans des standards et protocoles de travail ouverts. Shadowcat apporte également sa contribution à la communauté avec des patchs, des scripts et à l'occasion des packs complets de données.

Shadowcat est fier de soutenir La Maison Vide et Save Undershaw.

Site web : www.shadow.cat
Facebook : www.facebook.com/ShadowcatSystems
Email : info@shadowcat.co.uk

Table des matières

À propos de ce livre

Nous avons fondé « Sherlockology », par amour de ce qui était à l'époque trois épisodes remarquables d'une série de la BBC, créée par les immensément talentueux Steven Moffat et Mark Gatiss. Tous les membres de l'équipe s'intéressaient déjà à celui qui est sans doute le plus grand détective de fiction de tous les temps, et avaient une connaissance diversifiée de ses incarnations précédentes et de l'œuvre originale sur laquelle elles étaient fondées. Cependant au fil du temps, comme Alice au Pays des Merveilles, nous avons commencé à descendre dans le terrier du lapin pour nous aventurer dans le monde de Sir Arthur Conan Doyle et de Sherlock Holmes.

Pendant notre voyage, nous avons découvert que Sherlock Holmes est un personnage unique. Il n'habite pas simplement sur les pages d'un livre et il n'est pas non plus seulement rendu vivant par les nombreux acteurs différents qui l'ont interprété. Il est un être bien vivant, en chair et en os, qui devient de plus en plus pertinent dans notre monde réel à mesure que vous le connaissez, quelle que soit l'époque. Sherlock Holmes, le docteur John Watson, Madame Hudson, Mycroft Holmes et le reste des personnages de Sir Arthur Conan Doyle sont devenus plus que l'invention d'un auteur talentueux. Pour nous et pour beaucoup de personnes auparavant, et sans nul doute à venir, ils sont devenu des amis de longue date.

Si Sir Arthur Conan Doyle ne nous avait pas présentés, l'histoire littéraire comme nos propres imaginations seraient bien plus ennuyeuses. Il nous a donné le plus unique des héros, quelqu'un en qui croire, et pour cette raison, la moindre des choses que nous pouvions faire était de préserver pour les générations futures l'héritage du créateur d'un tel personnage. Comme nous, ils auront la joie de découvrir Sherlock Holmes.

Cet héritage vit dans les pages de l'œuvre mais aussi dans les briques de la maison d'Undershaw. C'est dans ce bâtiment que Sir Arthur Conan Doyle a conçu, construit, diverti ses confrères écrivains et surtout écrit plus d'enquêtes pour Sherlock Holmes. Si la maison était perdue, ce serait une farce inimaginable et ce livre est un produit de la lutte pour la préserver. Ceux qui ont participé à son contenu luttent, les centaines de personnes qui ont soumis des œuvres luttent et surtout, vous, l'acquéreur de ce livre, luttez avec nous.

Nous voudrions tout particulièrement remercier tous ceux qui ont rendu ce livre possible. À Roger Johnson, qui s'est surpassé et a été un pilier pendant la courte période que nous avons eue pour compiler ce livre ; à Michael Cox et à Sue Vertue pour leur aide et leur soutien, les producteurs de deux séries différentes mais tout aussi brillantes sur Sherlock Holmes ; à Nicholas Briggs, Douglas Wilmer, David Stuart Davies, Roger Llewellyn, Gyles Brandreth, Jeff Decker, Alistair Duncan, Stephen Fry et Mark Gatiss (parrain de l'UPT) pour leurs contributions et pour avoir partagé avec nous l'importance de la préservation d'Undershaw ; et pour finir à l'Undershaw Preservation Trust, à Lynn Gale et à Jacquelynn Morris, qui ont porté ce problème à l'attention du public, ainsi qu'à MX Publishing pour avoir rendu possible la réalisation de ce livre.

Sherlockology
www.sherlockology.com

L'Undershaw Preservation Trust

Vers la fin de l'année 2008, j'ai fait le rêve très vivant d'une famille de l'époque victorienne se tenant dans l'embrasure d'une maison gigantesque. Derrière un appareil photo démodé, j'avais l'air de prendre des photos. En me réveillant, j'ai désespérément essayé de retrouver les personnes qui étaient dans mon rêve, mais rien ne m'avait préparée au choc éprouvé quand plusieurs mois plus tard j'ai ouvert un livre de Sir Arthur Conan Doyle et vu une image de sa seconde famille, telle qu'elle m'était apparue en rêve.

Au début de l'année suivante, je suis partie en voiture avec mon appareil photo sur le siège arrière sans destination claire en tête. Le panneau « A vendre » planté à l'entrée d'Undershaw, devant lequel j'étais déjà passé maintes fois, m'a comme sauté aux yeux : c'était un signe clair que je devais descendre à Undershaw avec mon appareil photo fermement en main, pour en saisir l'histoire. Les photos prises ce jour-là d'un bâtiment délabré sont en partie ce qui m'a conduite à mener une campagne qui, à travers les années, a éveillé l'attention de gens dans tous les coins du globe.

Je n'avais aucune idée de ce qui m'attendait derrière la masse d'arbres hauts quand je descendais lentement la longue allée, qui serpentait vers le bâtiment en brique rouge. L'histoire semblait couler de ses murs alors que je foulais le même sol que de nombreuses personnes avaient arpenté il y a plus d'un siècle. J'y étais allée dans mon adolescence et d'une certaine manière c'est comme si que j'étais remontée dans le temps. Là-bas, sous un échafaudage de grande hauteur et un toit protecteur, se trouvait la première maison à Surrey du créateur de Sherlock Holmes, Sir Arthur Conan Doyle, un gentilhomme très respecté dans son quartier à l'époque et l'un des meilleurs auteurs de fiction de tous les temps.

J'étais frappée de voir la maison en ruines; elle avait manifestement été abandonnée seule face aux éléments pendant des années. J'ai ressenti presque instantanément une forte envie de la préserver et, ce faisant, lui rendre son charme, sa réputation et son élégance de l'époque.

La préserver ? Comment accomplir un exploit aussi remarquable et fou ? Étais-je une femme irrationnelle et trop enthousiaste, qui voulait réaliser l'impossible ? Mais l'envie était tellement forte que je me suis sentie propulsée en avant : s'il y a une chose dont vous avez tellement envie, elle peut toujours être atteinte. Mon espoir fervent pour Undershaw est que la maison soit ressuscitée tout comme Sherlock Holmes et que, comme lui, elle perdure pour beaucoup de générations futures.

Lynn Gale

Undershaw a été toujours un lieu d'hospitalité... cette tradition avait d'abord été instaurée par Arthur Conan Doyle, qui a reçu sa famille, ses amis et des sommités littéraires dans la maison qui était son inspiration.... Elle a ensuite été maintenue par des gestionnaires qui ont dirigé la maison pendant des décennies comme un hôtel accueillant, avec des clients profitant de sa cuisine et de sa convivialité, en dînant souvent dans la cabane située dans le jardin. Parmi les nombreux talents d'Arthur Conan Doyle, la recherche de la justice était primordiale. Et c'est la justice qui doit triompher encore pour libérer Undershaw des affres du vandalisme et pour en refaire le lieu de rencontre de gens partageant les mêmes avis, les mêmes intérêts, la même intrigue et la même aspiration.

Sue Meadows

Co-fondatrices de l'Undershaw Preservation Trust
www.saveundershaw.com

Insigne du président de la société de gestion, John Gibson, créé par Sue Scullard.

Undershaw : une brève histoire

Pour ceux qui ne le savent pas, Undershaw est le nom donné par Sir Arthur Conan Doyle à son ancienne maison d'Hindhead dans le Surrey. Il y a habité d'octobre 1897 à septembre 1907, lorsqu'il a épousé sa deuxième femme, Jean Leckie, et a déménagé à Crowborough dans le Sussex. Undershaw est unique parmi les anciennes maisons d'Arthur Conan Doyle, parce que c'est la seule qu'il a aidé à créer. Beaucoup de ses aspects ont été créés en pensant spécialement à Louise Conan Doyle. Elle souffrait de tuberculose depuis la fin de 1893 et les grandes fenêtres, escaliers aux marches basses et portes qu'on pouvait ouvrir dans les deux sens, avaient été créés pour son confort. Ce sera malheureusement aussi le lieu de sa mort en juillet 1906, date à laquelle elle a finalement succombé à la maladie.

C'est dans cette maison que beaucoup d'œuvres importantes de Conan Doyle ont été écrites (complètement ou partiellement). Pour les lecteurs de ce livre, les œuvres les plus notables écrites pendant cette époque étaient *Le Chien des Baskerville* et *Le Retour de Sherlock Holmes*. C'est donc tout à fait juste de dire qu'Undershaw était le site de la renaissance de Sherlock Holmes. Ce fait était, bien sûr, une raison pour les fans de Conan Doyle de l'époque de se réjouir et dont les fans contemporains sont tout aussi reconnaissants.

Après que Conan Doyle ait quitté la maison en 1907, elle a été brièvement mise en location. On pense qu'il espérait finalement donner la maison à son fils, Kingsley, mais quand il (Kingsley) mourut tragiquement juste avant la fin de la Première Guerre mondiale, Conan Doyle prit la décision de vendre Undershaw au prix le plus bas. Quelques temps plus tard, la maison devint un hôtel.

En 2004, quand sa période en tant qu'hôtel s'est terminée, la maison a été achetée en vue de la réaménager.

Une demande a été faite (et a été approuvée) au conseil local pour transformer le bâtiment classé Grade II*[1] en une série d'appartements et de maisons de ville avec des nouveaux édifices supplémentaires, qui seraient construits dans le parc. Ceux-ci sont les plans contre lesquels l'Undershaw Preservation Trust et ses partisans (y compris vous, cher lecteur) luttent. Cette bataille doit être menée non seulement pour Undershaw, mais aussi pour les sites ayant une importance historique partout dans le monde. Il faut démontrer aux autorités en place que nous ne les laisserons pas essayer de nous voler notre histoire sans protester.

Alistair Duncan 2012

'Un Pays Complètement Nouveau – Arthur Conan Doyle, Undershaw et la Résurrection de Sherlock Holmes'

---

[1] Au Royaume-Uni, les bâtiments qui sont reconnus pour une raison importante historique, architecturale ou culturelle sont protégés par l'organisme *English Heritage*. Un bâtiment classé Grade II* est particulièrement important et d'un intérêt spécial.

11

Pas Notre Gloire
Paroles et Musique de Caitlin Obom

Cette pièce, elle ne te retient plus comme elle le faisait
Mais je peux encore sentir tes pas sur le sol pourtant
Le papier peint se décolle, et même si j'attends
Tes mains ne parcourent plus les couloirs

Et ils ne peuvent lire la poussière
Là où tes pieds ont honorés le sol
Et ils ne voient pas ce souvenir
Qui continue à te garder ici

Non, nous ne sommes pas vides
Ces maisons silencieuses gardent le temps
Les années, elles écrivaient une étude
Sur chaque ligne tordue du plancher.
Lis le monde comme tu le veux
Tu as ta façon, J'ai la mienne
Chacun de nous peut écrire une histoire différente
Et si le temps emporte nos vies,
Il n'emporte pas notre gloire

Ces murs ne pourront jamais s'accoutumer au silence
Ou la lumière filtrant court à travers les vitres
Signifiait qu'on se rappellerait et livrait
quelque chose fait pour durer

et ils ne reconnaissent pas un cœur
quand il brise la porte
s'ils ne comprennent pas ce qui ne lui permet
plus de battre

Non, nous ne sommes pas vides
Ces maisons silencieuses gardent le temps
Les années, elles écrivaient une étude
Sur chaque ligne tordue du plancher.

Lis le monde comme tu le veux
Tu as ta façon, J'ai la mienne
Chacun de nous peut écrire une histoire différente
Et si le temps emporte nos vies,
Il n'emporte pas notre gloire

Oh ma beauté ravagée
oh cette carcasse gaspillée
N'abandonne pas encore son fantôme
L'effacement en toutes lettres sur la pierre

Non, nous ne sommes pas vides
Ces maisons silencieuses gardent le temps
Les années, elles écrivaient une étude
Sur chaque ligne tordue du plancher.

Lis le monde comme tu le veux
Tu as ta façon, J'ai la mienne
Chacun de nous peut écrire une histoire différente
Et si le temps emporte nos vies,
Il n'emporte pas notre gloire

Les partisans

Il n'y aurait pas assez de place dans une centaine de livres pour les mots de tous les partisans de Save Undershaw – mais voici une petite sélection des acteurs, écrivains, producteurs et historiens, qui résument les sentiments de milliers de fans de Sherlock Holmes à travers le monde.

Mark Gatiss, Stephen Fry, Roger Johnson, Gyles Brandreth, Douglas Wilmer, Nick Briggs, Michael Cox, David Stuart-Davies, Roger Llewelwyn et Alistair Duncan.

J'aimerais exprimer mon enthousiasme sans réserve pour la campagne de préservation d'Undershaw. Que la maison d'un de nos plus grands et populaires écrivains ne soit pas entretenue et soit menacée d'un réaménagement peu attirant me semble être une triste réflexion sur notre époque.

Sir Arthur Conan Doyle a occupé plusieurs demeures pendant sa carrière prolifique et excitante, mais seule Undershaw porte la marque de son énorme personnalité. C'est ici que le Chien des Baskerville a vu le jour pour la première fois pendant sa vie spectrale et Sherlock Holmes, lui, a été ressuscité des Chutes de Reichenbach. Stoker, Barrie et Horning et beaucoup d'autres était reçus ici. Ce n'est pas une exagération de dire qu'Undershaw était au centre de la vie de Doyle pendant ce qui a peut-être été la phase la plus fructueuse et passionnante de sa carrière.

Il faut sauver Undershaw, qui doit avoir une place parmi les demeures d'autres géants littéraires du pays, qui sont préservées avec délicatesse. Il y a bien sûr un problème triphasé mais je suis convaincu qu'il n'est pas insoluble.

Mark Gatiss
Parrain de l'Undershaw Preservation Trust

Acteur, scénariste, romancier et co-créateur avec Steven Moffat de la série de la BBC « Sherlock ».

Conan Doyle a réussi haut la main toutes les épreuves qu'il faut passer pour garantir une place éternelle et impérissable dans la vie culturelle de Grande-Bretagne. Il est possible qu'Harry Potter ne dure pas un siècle (je suis sûr qu'il le fera, mais on ne sait jamais) mais il est plus que certain que Sherlock Holmes ne durera pas pour des siècles, mais pour des millénaires. Il n'y a tout simplement aucun personnage fictif dans le monde qui ait duré si longtemps et qui représente autant. Comme nous l'avons vu il y a un an et demi, Sherlock peut être réinventé de façon spectaculaire et avec succès pour tous les âges. Que penseront de nous les générations à venir si nous laissons la maison du créateur de Holmes se délabrer et tomber en ruines ? Que penseraient-elles de nous en découvrant qu'elle a été délibérément détruite sans meilleures raisons que la cupidité et la paresse ? Elles seraient aussi scandalisées que les centaines de milliers de personnes dans le monde qui crient « Non ! Arrêtez ! Réfléchissez !! Ceci est une fausse économie et un acte stupide de béotien ! ».

Il y a tellement de choses qu'une Undershaw vivante et florissante pourrait atteindre. Nous pourrions en faire un centre d'étude, une attraction touristique, un musée de premier plan et une source de fierté. J'exhorte toutes les personnes influentes à ne pas se considérer comme des boulets de démolition, mais comme les personnes de vision et d'intuition créative. Holmes ne deviendra que plus populaire avec le temps, ne laissez pas la Grande-Bretagne devenir plus petite.

Stephen Fry
Acteur et écrivain

Il a été par le passé le plus jeune membre de la Société de Sherlock Holmes de Londres et a été vu plus récemment comme Mycroft Holmes dans le film « Sherlock Holmes : Jeu d'Ombres ».

Malgré la déclaration idiote d'un ex-ministre de la culture, la place d'Arthur Conan Doyle dans la littérature anglaise, et dans la culture internationale, est stable. Comme les œuvres de beaucoup d'autres écrivains, l'œuvre de Conan Doyle est encore étudiée, épluchée et critiquée par des étudiants et universitaires un siècle plus tard. Mais Conan Doyle est l'un des rares auteurs dont les livres sont encore lus pour le plaisir après plus de cent ans. Les gens ont lu « Le Monde Perdu », « La Compagnie Blanche », et surtout les nombreuses histoires de Sherlock Holmes pour la meilleure des raisons : parce qu'ils voulaient les lire. (Comme Sir Christopher Frayling l'a dit, on peut assurer au lecteur moderne que les livres sur Sherlock Holmes sont divertissants et il n'y a pas besoin d'ajouter « Bien sûr, il y a des passages ennuyeux... ». C'est une distinction rare pour un auteur de l'époque victorienne.)

Undershaw, la demeure de Conan Doyle à Hindhead, est d'importance nationale – ou même internationale – dans le paysage littéraire de la Grande-Bretagne. Ici, il a écrit « Les Aventures du Brigadier Gérard », « Sir Nigel » et « La Guerre dans l'Afrique Australe ». C'est la demeure qu'il a quittée pour devenir médecin militaire pendant la guerre d'Afrique du Sud. C'était sa demeure quand il est devenu Sir Arthur. C'est ici que Sherlock Holmes a ressuscité.

Le fait que Conan Doyle ait travaillé avec l'architecte J. H. Ball pour concevoir la maison lui donne une rare et précieuse qualité personnelle. Pour paraphraser un sentiment exprimé sur le site www.scottsabootsford.co.uk, consacré à la demeure de Sir Walter Scott, l'auteur que Conan Doyle admirait profondément : « Quand on touche les briques et le mortier d'Undershaw, on touche l'âme d'Arthur Conan Doyle ». L'état actuel de la demeure, que les propriétaires n'ont pas entretenue et qui a été endommagée par des vandales, est profondément triste. Undershaw peut et doit être sauvée !

Roger Johnson
Éditeur de la Revue de Sherlock Holmes

La Société de Sherlock Holmes de Londres

Arthur Conan Doyle était un excellent écrivain, un grand conteur et un homme remarquable. Son histoire personnelle est passionnante (impressionnante et émouvante) et il a laissé sa marque dans le monde comme peu l'ont fait. Il a appartenu à un petit groupe d'écrivains qui ont créé des personnages qui vivent au-delà de la page. Sherlock Holmes, le Docteur Watson, Madame Hudson, le Professeur Moriarty, les Irréguliers de Baker Street, ces personnages et leur monde sont connus à travers tous les continents, et ils sont là pour durer. La demeure de Conan Doyle a une importance nationale, internationale, culturelle, sociale et littéraire.

Gyles Brandreth
Écrivain et animateur

Il me semble outrageux et barbare qu'on laisse l'ancienne demeure de Sir Arthur Conan Doyle, le créateur du personnage littéraire le plus populaire au monde, Sherlock Holmes, et l'auteur d'une représentation frappante de l'atmosphère de la fin de l'époque victorienne, être menacée. Dans cette maison, beaucoup des meilleures histoires de Doyle ont été écrites, dont probablement la plus populaire : « Le Chien des Baskerville ».

Quel que soit l'avenir d'Undershaw, que ce soit un hôtel ou une maison de retraite, il faut absolument la préserver et en éviter le morcellement en appartements ou en locaux commerciaux, ce qui détruirait à jamais son identité. Des comparaisons entre l'envergure littéraire de Doyle et de Jane Austen ou de quiconque d'autre sont complètement à côté de la question.

J'ai notamment eu le bonheur de découvrir les histoires de Sherlock Holmes il y a des années et, de plus, j'ai eu la grande chance de jouer le rôle de Sherlock dans treize épisodes d'une série de la BBC, ce qui m'a permis d'étudier en détail le personnage, un processus dans lequel j'ai trouvé un intérêt infini et ressenti le plus grand plaisir.

J'ai aussi eu le grand honneur d'être nommé membre honoraire de la Société de Sherlock Holmes de Londres. Je voudrais donc ajouter mon nom aux protestations qui se sont bien naturellement manifestées.

Douglas Wilmer
Acteur de la série BBC « Sherlock Holmes » (1965)

Je suis un acteur, écrivain et producteur, qui a développé une passion pour Sherlock Holmes depuis que je suis enfant... mais je pense qu'elle m'est venue grâce à Basil Rathbone, Peter Cushing... Christopher Plummer, Robert Stephens et oui, même Steward Granger (William Shatner a aussi joué avec lui, non ?).

Mais je suis revenu aux originaux grâce aux fantastiques one-man shows de David Stuart Davies avec en vedette le magnifique Roger Llewellyn, « Le dernier Acte » et « La Mort et La Vie ». Ceux-ci ont présenté tant de parties excitantes de l'œuvre de Conan Doyle que je suis revenu à elles. Ça m'a donné envie de produire des versions audio qui seraient aussi proches que possible des originales.

Avant ça... J'avais eu deux autres rencontres professionnelles avec Holmes...

En 1999, quand je travaillais de façon insensée pour finir la conception du son et de la musique pour la post-production de la première sortie de Doctor Who de Big Finish, je répétais également et jouais le rôle de Holmes pour une production de la pièce de Sir Arthur Conan Doyle, « L'enquête Stoner », qu'on avait rebaptisée « Le Brassard Tacheté », pour la rendre plus facilement reconnaissable.

Comme je suis sûr que vous le savez, les productions originales de cette pièce ont souffert d'un manque d'authenticité concernant la représentation du serpent. L'ironie est que quand ils ont utilisé un véritable serpent, tout le monde pensait qu'il était faux, parce qu'il n'a pas bougé.

Nous n'avons JAMAIS envisagé d'utiliser un vrai serpent. Nous avons considéré le problème du serpent à deux façons. Premièrement, la voie de Douglas Wilmer... lorsque le serpent est venu à travers la grille, je l'ai battu avec une canne avant que quelqu'un puisse le voir (OUI, IL N'ÉTAIT PAS LÀ EN FAIT), puis, deuxièmement, nous avons choisi le grand mélodrame !

On a entendu Rylott/Roylott (le nom était changé pour la pièce de Doyle, je ne sais pourquoi – quelqu'un sait-il pourquoi ?) qui criait à l'extérieur de la salle. Tout à coup, les portes se sont ouvertes violemment et il est entré brusquement, se débattant avec le faux serpent, criant et hurlant, avec le torse nu, complètement décoiffé (ne me demandez pas pourquoi, accusez tout simplement 'l'excès d'enthousiasme' de l'acteur). Et comme il s'est « tué,» il a jeté le serpent sur nous. Et je l'ai attrapé avec ma canne et l'ai repoussé sur le lit d'Helen Stoner… Et puis Watson et moi avons immédiatement jeté une couverture sur lui, avant d'entreprendre de le battre à mort avec nos cannes. Comme deux fous possédés ! Puis nous avons arrêté.

Et, soufflant à cause de nos efforts, nous avons vérifié avec précaution pour voir si le serpent était mort. Après avoir découvert qu'il ne l'était pas, nous avons entrepris de lui donner une autre raclée, jusqu'à ce que nous ayons été convaincus que notre faux serpent s'était déchargé de son anneau mortel.

C'était très difficile de finir les lignes de la dernière scène sans vraiment souffler davantage !

On a joué la pièce pendant deux semaines au théâtre de Drayton Court (dans une grande chambre sous un pub – je ne sais pas s'il est encore ouvert !) et après des petits publics décevants, grâce au bouche à oreille, des foules sont arrivées juste au moment où la série de représentations se terminait. Avec l'augmentation de la taille de public, si on avait eu la permission de continuer, on la jouerait peut-être encore.

Mais pour moi, le principal était que j'avais adoré jouer Holmes ! Vraiment adoré. Je ne pense pas être comme lui. Loin d'être aussi intelligent. Et, heureusement, loin d'être aussi malsain avec mes habitudes (je parle du tabac !).

Mais je reconnais au moins quelque chose de la ténacité d'Holmes. Le fait que je déborde tant d'enthousiasme quand je travaille sur quelque chose que j'aime vraiment (ce qui est le cas heureusement la plupart du temps en ce moment), et que je sois complètement anéanti quand je suis inactif. En fait, je crains l'inactivité. J'occupe ma vie avec énormément de travail – comme ma femme et mon enfant vous le diront – pas seulement parce que je crains de ne pas avoir assez d'argent pour les faire vivre, mais aussi car je sens un nuage noir qui s'abat sur moi lorsque je n'ai rien à faire.

Alors je peux, dans une certaine mesure quand même, m'identifier à Holmes. Et, bien sûr, ça aide que je ne ressemble pas complètement à lui physiquement. Eh bien, pas complètement….

Ma rencontre suivante avec Holmes était quand on m'a demandé de jouer son rôle pendant une saison de thrillers à laquelle j'ai participé pendant presque une décennie au Théâtre Royal de Nottingham.

Comme modification à la programmation normale de Francis Durbridge, le producteur avait décidé de faire une pièce avec Sherlock Holmes… principalement parce qu'il connaissait le créateur d'Avengers, Brian Clemens, et surtout parce qu'il savait que Brian avait écrit une pièce avec Sherlock Holmes… Oh et par-dessus tout parce qu'il espérait que Brian fasse un bon marché avec les droits d'auteur. Oui, c'était la raison PRINCIPALE.

Ma chère amie et ma collègue Maggie Stables (si vous êtes grand fan de Big Finish) m'a recommandé pour le rôle d'Holmes. Le producteur l'écoutait – et elle avait peur qu'il choisisse quelqu'un qui soit complètement inconvenant… Je ne sais pas qui.

Donc j'ai obtenu l'emploi.

Le vice-régisseur m'a fait le compliment équivoque « Eh bien, de toutes les personnes qu'on pourrait choisir pour cette saison, je suppose que tu es la moins mauvaise pour le rôle. » Des éloges en effet.

La pièce de Brian Clemens était bien sur Holmes contre l'Éventreur. Elle n'est pas la première théorie de la façon dont Holmes a peut-être élucidé l'enquête – et elle n'est probablement pas la dernière.

Le style était… intéressant, avec un peu plus de l'atmosphère de Rathbone/Bruce… Et même une trace d'un amour ancien et perdu de Holmes. Une femme qui a fini ses jours dans un asile. Le personnage clairvoyant, qui communique ces informations à Holmes à travers les vibrations d'une broche, est tombé amoureuse de Holmes par la suite. La pièce finit plutôt sentimentalement, quand la clairvoyante 'Kate' (pour qui Holmes a abandonné son scepticisme habituel) part pour un voyage chaperonné autour de l'Europe avec 'Sherlock', comme elle l'appelle plutôt outrageusement… Un voyage qui comprendra les Chutes du Reichenbach.

C'était un rôle monstrueux du point de vue du nombre de lignes qu'il a fallu apprendre, et Holmes était présent dans presque toutes les scènes. Et j'avais seulement sept jours pour répéter. Cependant c'était très drôle… et mis en scène avec des cadres très simples, et l'éclairage et le son étaient biens utilisés.

Comme c'est toujours le cas lorsqu'on fait le répertoire hebdomadaire, il y a toujours de la grivoiserie qui apparaît. C'est vraiment stupide, quand la pression est tellement extrême et le potentiel de cafouillages est si grand... mais il semble que les acteurs font les imbéciles ENCORE PLUS quand il y a plus de pression. Et je suis aussi coupable que les autres.

Comme Holmes, Watson et Kate savent finalement qui a commis le crime et partent pour trouver l'homme, lors de la première représentation, j'ai vraiment failli dire « Allez ! On va le **********! » comme ligne finale.

Et quand Watson m'a fait ses derniers adieux, comme je partais à Reichenbach avec Kate, il devait me chuchoter un dernier conseil viril avant de partir. Inutile de dire qu'il y en avait plein de versions différentes, comme... « Elle est lesbienne » ou « Je suis homosexuel et je t'aime, » pendant chaque représentation. Donc j'avais du pain sur la planche en ne finissant pas la pièce dans un gros éclat de rire.

La grande réussite de cette représentation a incité le Théâtre Royal de planifier un retour de Holmes et moi l'année suivante.

Après, j'ai eu la chance de voir les susnommées superbes pièces de David Stuart Davies. J'ai immédiatement obtenu les droits pour des adaptations audios. Et puis au bout d'un moment, le retour de Holmes au Théâtre Royal est devenu « Le Chien des Baskerville ».

A la suite de « Holmes contre l'Éventreur », j'avais demandé à Brian Clemens, qui est venu pour voir la représentation et l'avait adorée, si je pouvais adapter sa pièce pour l'audio. Il était d'accord et enthousiaste. J'avais donc ainsi prévu ma première série de Holmes, qui y était plutôt excentrique !

Le producteur du « Chien des Baskerville » a dévoilé de toute façon qu'il allait écrire le script. Il n'était pas un éminent écrivain. Je lui ai demandé comment il allait montrer « le Chien ». Il a répondu, « oh, ça se passera dans les coulisses... ou peut-être que nous verrons une paire d'yeux à travers des portes-fenêtres».

J'ai fait la grimace et dit « il n'y a pas de portes-fenêtres dans « Le Chien des Baskerville » ! (Dans presque aucun des autres thrillers qu'on montre au Théâtre Royal, il n'y a de portes-fenêtres – ça c'est la loi». « Oh, as-tu des idées ? » m'a demandé le producteur.

J'ai relu immédiatement la grande histoire du Chien, pris des notes et eu une réunion avec le producteur. « Tu vas finir par l'écrire, » ma femme m'a averti. J'ai rencontré le producteur... « Je crois que tu dois l'écrire, » a-t-il dit. Ce n'était pas bien payé. Mais j'écrivais « Le Chien des Baskerville », donc ça m'était égal.

Je connaissais bien le public du Théâtre Royal de Nottingham. Ils viennent pour rire, donc, sans me diriger vers la comédie absolue, je l'ai gardée à l'esprit. J'avais joué un rôle dans quelques productions vraiment effrayantes dans ce théâtre, et j'avais vu la façon dont le mélange de rires et de chocs avaient bien réussi.

J'ai créé les personnages des Barrymore un peu trop émus par la mort de leur maître… espérant avoir quelques moments où Watson était sévère avec eux et regrettait de leur avoir fait de la peine. Le problème était que l'acteur qui jouait Barrymore a pris les répliques de la comédie à cœur et avait fini par vraiment la pomper.

Je me suis aussi amusé avec des éléments de comédie avec un soldat qui est apparu à la fête de Watson, comme ils s'approchaient de Baskerville Hall.

Mais ma solution à toute la difficulté de présenter le chien sur scène (sans budget !) était d'attaquer le problème de front. Ma proposition était que Watson montait une production théâtrale du « Chien des Baskerville » et avait demandé à Holmes une dernière répétition pour juger comment la pièce était.

Ça voulait dire que Holmes pourrait jouer un rôle plus grand dans l'histoire… car même quand il n'était pas destiné à être dedans, il pourrait apparaître dans la scène pour questionner Watson au sujet de la façon dont les choses allaient se passer. Je me souviens que j'étais particulièrement inquiet que Watson, pensant que Barrymore était peut-être lié au meurtre, soit sorti et ait laissé Henry Baskerville seul à la maison avec les Barrymore pendant quelque temps (lui permettent de rencontrer les Stapleton). Pourquoi est-ce qu'il laisserait Henry en danger comme ça ? La manière dont nous l'avons joué est que Watson n'y avait pas pensé…. Donnant ainsi à Holmes l'opportunité d'avoir l'air suffisant et supérieur.

L'autre avantage de présenter la pièce mise en scène était que Holmes pourrait montrer autant d'inquiétude que le public quant à l'interprétation potentiellement nulle du chien. Pendant la scène, il continue à demander à Watson comment exactement le chien sera évoqué. Terrifié, Watson continue à éviter la question.

Et au fil de la pièce, Holmes devient de plus en plus proche de la reconstitution… À un certain point, citant les morceaux choisis de la narration célèbre de Watson à l'arrivée du chien, l'idée est que Holmes est vraiment inquiet par le souvenir de l'énorme bête.

Et finalement, Holmes se trouve délaissé sur la scène, quand les lumières s'éteignent et que seul le bruit du chien au loin lui tient compagnie. Comme il s'était manifestement trouvé mêlé à tout, il sort son revolver et il défie le chien d'apparaître. Et pendant une fraction de seconde, il réagit – puis un acteur qui porte un grand masque de chien saute après que les lumières ne se soient éteintes. Dans l'obscurité, Holmes décharge les célèbres cinq coups de pistolet. Je suis désolé, mais une fois, la gâchette du pistolet était trop tentante et l'idée de tirer d'autres coups également, ce qui faisait croire que Holmes avait une mitrailleuse.

Quand les lumières se sont allumées, Watson et le reste des acteurs sont venus sur la scène pour s'excuser parce qu'il n'y avait pas de chien. « C'était trop difficile à faire. Nous avons pensé que ça devait se passer dans les coulisses ! »

Complètement déboussolé et plutôt inquiet, Holmes se tourne vers le public et dit, « Mais je l'ai vu… le chien des Baskervilles. » Tombé de rideau. Des applaudissements tonitruants.

Mon expérience suivante était lorsque je dirigeais Roger Llewellyn pour des adaptations audio des one-man shows fantastiques de David Stuart Davies. Et ceci est le début du voyage audio…

Mes versions du « Dernier Problème » et de « La Maison Vide » ne sont pas vraiment ce qu'on peut appeler des adaptations. Elles sont plutôt proches des originaux avec les « il a dit » supprimés. La majorité de l'adaptation implique d'aérer le texte avec de nouveaux paragraphes pour insister sur les changements de pensée pour les acteurs, et des indications scéniques audio, qui laissent entendre un fond émotif - particulièrement lors de la décision de Watson de finalement rompre le silence et de se prononcer contre Moriarty.

« Le Chien des Baskerville » avait besoin de plus de travail, mais seulement parce que le script comprenait plus de 60000 mots et nous savions qu'il nous en fallait environ 20000 pour pouvoir mettre l'enregistrement sur un double cd. Aussi souvent que possible, nous avons laissé les mots de Conan Doyle intacts.

Quand on retourne vers les textes originaux, on se demande pourquoi est-ce que certains éprouvent le besoin de les modifier? C'est probablement parce que la narration de Watson est supprimée dans le cadre de la variété théâtrale... mais sur audio, le public se réjouit d'avoir une narration et on peut garder celle de Watson !

Mais l'essentiel, c'est de...

Réinventer
Adapter
Changer le contexte.

C'est très bien... c'est souvent brillant.

Mais retournez aux originaux, c'est avec eux que vous passerez le meilleur moment.

Nick Briggs
Acteur et Écrivain

En ce moment, il joue le rôle de Sherlock Holmes dans les adaptations de Sherlock Holmes de Big Finish.

Nous avons une grande dette envers les écrivains que nous avons découverts dans notre jeunesse. Ils nous ont donné un enthousiasme infini et un appétit pour la lecture, qui dure tout le reste de nos vies. Pour moi, c'étaient Anthony Hope, Sapper, Dornford Yates, John Buchan, Leslie Charteris et surtout Conan Doyle. Sie Arthur nous a donné une foule de héros – Holmes, Challenger et Brigadier Gerard – qui sont restés avec moi jusqu'au XXIe siècle. Le moins que l'on puisse faire en retour est d'essayer qu'on se souvienne et respecte sa demeure.

Michael Cox

Producteur, la série de la télé de Granada, 'Les aventures de Sherlock Holmes' (1984/5)

Ne sous-évaluez pas Undershaw. Sherlock Holmes, le détective qu'un docteur appauvri a créé à Southsea, est le plus aimé de tous les personnages littéraires, mais la demeure de l'écrivain est mal entretenue et en danger. Depuis que Holmes a été créé en 1887, à peine une année s'est passée sans une pièce, une chanson, un film, une émission à la radio, un pastiche, une série à la télé ou une autre manifestation de M. Holmes de Baker Street. Les touristes se rassemblent pour voir sa statue à Londres ou à Edimbourg, aussi bien que celles au Japon ou en Suisse. On l'adore partout dans le monde. En toute simplicité, Sherlock Holmes est l'Anglais le plus grand qui ait jamais vécu. Et il a été la grande idée d'un des hommes les plus remarquables de tout le pays, Arthur Conan Doyle. Cet esprit universel et excellent avait plus de cordes à son arc que le limier omniscient de Baker Street lui-même, et le sort a décrété qu'on se souviendra toujours de lui comme de l'homme qui a donné le jour à Sherlock Holmes. Et c'est ainsi qu'on doit s'en rappeler, le vénérer, le chérir. Conan Doyle a touché les vies de tant de personnes. Les histoires de Holmes sont la porte magique pour que les jeunes puissent traverser le monde enrichissant de la littérature. Tout un genre de fiction n'existerait pas sans la pierre angulaire de Sherlock. Doyle a construit sur les fondations qui étaient posées par Edgar Allan Poe et a créé la voie pour le roman policier moderne. Sans Doyle, ni Poirot, ni Morse, ni Rebus, ni d'autres de la même espèce n'existeraient.

Sherlock Holmes est une création qui transcende la page imprimée et est partie intégrale du tissu littéraire et culturel du pays. Les touristes peuvent visiter les demeures de Shakespeare, d'Austen, de Dickens et de Brontë, mais ce n'est à l'heure actuelle pas possible pour Conan Doyle. Mais le patrimoine est impératif pour comprendre un écrivain. Conan Doyle n'a pas seulement habité à Undershaw pour une décennie, écrivant beaucoup de son œuvre bien-aimée ici, et y a reçu des personnes bien en vue, mais il a joué un rôle clé dans l'agencement de la maison. Les briques et le mortier expriment l'essence de Conan Doyle : sa passion, sa politique, et sa place dans la société. Undershaw est un microcosme de la transition entre l'époque victorienne et l'époque moderne, comme Conan Doyle l'avait transcrit dans son roman le plus populaire « Le Chien Des Baskerville » (1901), écrit à Undershaw.

L'Undershaw d'Arthur Conan Doyle a le potentiel pour être l'accès aux arts créatifs, pour interpréter la vie et l'œuvre de ce grand homme, pour contribuer à la grande compréhension du paysage culturel des premières années du XXe siècle et pour célébrer le Sherlock Holmes immortel. Pour la nation, pour la culture, pour la postérité, pour les gens, Undershaw doit être protégée, interprétée et accessible pour les prochaines générations.

David Stuart Davies
Écrivain

Auteur dramatique de la pièce primée pour laquelle un seul Homme suffit, « Sherlock Holmes - Le dernier Acte » et « Sherlock Holmes - Le Mort et La Vie », et aussi écrivain de romans et d'œuvres non fictionnelles au sujet de Sherlock Holmes.

J'ai joué le rôle de Holmes dans une adaptation importante et nouvelle du « Chien des Baskerville » au New Vic, Newcastle-under-Lyme, en 1997. David Stuart Davis, un écrivain expérimenté et à succès, qui avait une grande autorité sur Holmes, qui avait fait une critique favorable de la représentation, m'a approché avec une idée pour une interprétation solo – sans Watson ! Mon ami proche Gareth Armstrong voyageait dans le monde poursa propre représentation qui s'appelait Shylock, et qui avait grand succès, et « la manie solo » se bousculait dans mon esprit.

C'était une idée ingénieuse: elle a permis à Holmes de dévoiler ses pensées plus profondes au public, et monter les éléments de sa personnalité qui étaient auparavant insoupçonnés aux fervents lecteurs. DSD a tenu à écrire la pièce. Gareth a tenu à la réaliser. J'ai formé une petite compagnie pour la mettre en scène, et le Salisbury Playhouse l'a généreusement présentée dans un studio de 90 places en 1999.

Après une tournée courte, nous avons joué cinq semaines réussies dans l'Edinburgh Fringe, gagnant cinq étoiles ; et une place dans les dix premières pièces de l'année. Un transfert immédiat au Cockpit Théâtre à Londres (celui le plus proche à Baker Street) fut suivi par neuf années de tournées internationales, avec plus de 800 représentations – peut-être plus.

Puis, j'ai demandé à David une deuxième pièce, qu'il a fournie comme prévu… et tous les deux productions continuent à tourner énormément. Bien que je ne sois pas un Sherlockien moi-même, j'ai reconnu que j'étais la bonne personne pour le rôle, avec le style vocal exigé, et l'angularité de mon profil, et j'étais ravi que le rôle de Holmes que David avait écrit pour moi, ait une forte ressemblance avec le personnage que j'avais trouvé dans « Le Chien ».

David avait aimé, et j'avais aimé, l'humour sec, sardonique et souvent cruel qu'il avait développé dans mon interprétation, et qu'il avait développé pour ses propres collaborations originales. Il dérobe intelligemment des idées à sa propre connaissance encyclopédique d'Holmes, et les développe en des concepts passionnants et intéressants. Holmes, observateur très intelligent, impassible, insensible et éloigné, dont le manque de conscience sociale pourrait parfois sembler très amusant, a fourni un large panel d'options que chaque acteur peut suivre. Je pense qu'on pourrait dire qu'il souffrait du syndrome d'Asperger.

Je l'ai bien connu pendant les neuf semaines de répétitions et la représentation du « Chien », et le long processus entrepris par Gareth et moi, pour créer à Holmes une vie en solo avait rapidement ouvert beaucoup plus de portes.

David avait suggéré que les amis se soient quittés depuis deux ans – Watson et sa femme sont allés à Londres, et Holmes est allé avec ses abeilles dans le Sussex. Et ensuite… Watson est mort !

Holmes assiste aux funérailles, et bien sûr il est toujours attiré par les pièces poussiéreuses de Baker Street, où il est confronté à… quoi ? Son avenir, maintenant complètement seul.

Le public joue le rôle de Watson, et Sherlock lui confie tous les secrets, hontes et gloires de sa vie. Incluant le grand rôle que le docteur avait joué dans le travail du détective– et, plus que nous avons pu le penser, dans sa vie.

Dans cette version, il faut que l'acteur interprète le célèbre personnage comme il est généralement perçu par le monde entier, mais il doit aussi ouvrir beaucoup de portes sur sa vie privée, précédemment fermées… presque comme une thérapie.

Un défi majeur pour moi, qui ai une formation classique comme acteur « principal » et qui suis plutôt habitué à jouer des versions de moi-même, était de découvrir une variété d'interprétations pour représenter tous les gens que David avait créés pour peupler les révélations rétrospectives d'Holmes. Je n'étais pas trop sûr de recréer les personnages comme ils étaient écrits, donc nous avons décidé de créer nos propres versions, suffisamment contrastées entre elles pour que ça marche au théâtre. Et, dans beaucoup de cas, de rajouter une couche d'humour pour égayer les aspects plus sombres de l'invention de DSD.

Donc, par exemple, l'Inspecteur Hopkins, devient manifestement gallois (vérifiez mon nom de famille) ; tout le monde sait que tous les docteurs sont écossais, donc Dr Mortimer a un grasseyement profond des Hautes-Terres ; et le libraire devient irlandais, pour pouvoir faire une blague facile impliquant la prononciation de « three » (trois). Celle-ci ne rate jamais.

Il est indispensable que je m'identifie à tous les treize individus, parce que certains ont seulement deux ou trois lignes ; et le public doit avoir immédiatement confiance en eux, pour qu'ils remplissent leur tâche pendant l'histoire. Ils sont donc inévitablement dessinés grossièrement; ce qui laisse largement la place pour, avec un peu de chance, les représentations plus subtiles de la personnalité du protagoniste principal.

Avec ce personnage, j'ai trouvé pendant toutes les représentations que plus je révèle impitoyablement son l'égoïsme, son indifférence, son esprit cruel, et par-dessus tout l'honnêteté dernière l'homme, plus le public s'enthousiasme pour lui et, à la fin émouvante de la pièce, lui pardonne ses défauts..

A quoi attribué-je sa longévité et sa réussite extraordinaire ? Je dirais qu'à part l'intérêt nostalgique évident – Londres à l'époque victorienne, avec des soupes de petits pois, la ville éclairée au gaz, avec des cabriolets circulant sur ses rues pavées – Holmes symbolise le triomphe régulier du bien sur le mal, et il atteint la réussite héroïque par l'application de sa propre forme morale de justice, mettant en question les injustices régulières du système juridique. Et il est le « super-héros » original, devançant Superman, Batman et tous les autres, en faisant preuve de compétences incompréhensibles, apparemment au-dessus de la tentative humaine.

Ai-je fondé mon interprétation du rôle sur la version de Jeremy Brett ? Je ne crois pas qu'aucun acteur qui mérite le titre « ne fonderait sa représentation » sur celle de quelqu'un d'autre. Pour moi, le processus de répétition nécessite qu'on aborde directement tous les problèmes du personnage : est-ce que cette pensée est vraie ? Est-ce qu'il dit ça pour une raison évidente – ou pour atteindre un autre but ? Quelle est l'intrigue implicite dans la situation actuelle ? Quel résultat veut-il atteindre avec cette déclaration ou action ou question… ?

Ma métaphore est celle de quelqu'un qui se fraie un chemin dans une forêt, coupant branche après branche, faisant pas après pas – c'est-à-dire pensée après pensée et ligne après ligne, jusqu'à ce qu'il atteigne le sommet. Et à ce stade, on se retourne, et on voit la forme du chemin qu'on a taillé, qui est comme le personnage qu'on a construit.

De fonder son travail sur le concept d'un autre acteur serait copier seulement l'extérieur de sa création et laisser un cœur creux pour soi-même. On ne pourrait pas être treize ans en représentation sur cette base. Plus longtemps on a l'intention de jouer le rôle, plus longtemps on a besoin de se consacrer à frayer un chemin dans la forêt.

Le privilège de jouer Holmes depuis tant de temps m'a permis de lui permettre de se développer intrinsèquement d'une manière qui ne serait pas possible combinée à un programme de théâtre plus normal. Quand il s'est « reposé » pendant quelques mois – ce qui est essentiel pour la santé de l'acteur, et dû aux structures d'une tournée commerciale – après un break de ce type, donc, je dois re-répéter les pièces pour ramener les pensées et les lignes de dialogue à l'avant de ma mémoire et au bout de ma langue, et j'ai régulièrement été surpris par la façon dont elles se sont développées toutes seules. Comme un bon ragoût, elles se sont enrichies seules. Des idées radicalement nouvelles se forment au sujet des pensées et de significations.

Ma préférence va à jouer une ou deux fois dans des théâtres différents. C'est la solution pour garder de la variété et ne pas s'ennuyer. Chaque répétition est une Première à bien des égards.

Mon programme de travail préféré est d'arriver à 10h, de rencontrer les techniciens et d'examiner la scène, la salle et la loge. Ils m'aident à décharger ma voiture et m'accompagnent là où ils ont accroché les lampes, suivant mes notes et schémas détaillés envoyés par e-mail trois semaines auparavant. Je dispose le décor – deux chaises et tables, trois tapis et un porte-chapeau – et l'habille avec les accessoires... des livres, verres et pipes etc. Ils orientent les lampes sous ma direction et changent les couleurs comme il le faut ; puis nous nous concertons sur les répliques dans la salle d'éclairage. Après une brève incursion dans la pièce, je les peux laisser répéter techniquement seuls. Si la journée est bonne, ça dure trois heures en tout, pour que je puisse me relaxer, manger, dormir, me doucher et retourner soixante minutes avant le lever du rideau pour résoudre tous les problèmes qui pourrait être survenus. Ensuite, je fais mon échauffement vocal pendant environ dix minutes et avec un petit maquillage et un costume, je commence à ressembler à l'homme sur l'affiche. Après le spectacle, je quitte ma loge aussi rapidement que possible ; je rencontre et salue de temps à autre des amis ou des fans, puis je me mets à la tâche ennuyeuse et épuisante qu'est remballer toute la scène et tous les accessoires et, avec l'aide du personnel, je les porte à la voiture et recharge.

L'éclairage et l'acoustique sont légèrement différents dans chaque théâtre. La taille, la hauteur et l'équipement de la scène sont très différents, tout comme l'accès à la scène et aux coulisses. Je dois répéter soigneusement l'entrée et la sortie dans tous les nouveaux théâtres. Il est possible que je joue dans un théâtre de 1200 places le mardi et un studio de 90 places le jeudi.

Les publics décident avec leurs réactions quelle sorte de pièce ils regardent. S'ils réagissent très tôt aux éléments amusants, ils me disent de jouer la pièce comme ça ; mais s'ils ne réagissent pas de cette façon, c'est qu'ils ont envie d'une soirée plus sombre et d'un programme différent. J'aime les deux versions et je me réjouis de la chance de leur donner celle qu'ils ont choisie. Récemment, pendant une série de représentations de trois soirs à York, le public le mardi a à peine ri, mais les publics le mercredi et le jeudi ont éclaté de rire comme si c'était une des pièces les plus drôles d'Ayckbourn. Toutes les soirées avaient affiché complet.

J'espère vraiment que je ne suis pas devenu moi-même comme le personnage. Je suis un type cordial et sociable – avec un bon sens de l'humour et certaines compétences culinaires que beaucoup de mes amis apprécient régulièrement.

Pour mon appréciation de Holmes… lisez ci-dessus !

Roger Llewelwyn
Acteur, L'expérience de Sherlock Holmes

On m'a souvent demandé de donner des informations sur Undershaw et la lutte de la sauver. C'est très rare qu'on me demandé pourquoi je pense personnellement qu'on doit la sauver. Ceci est donc une opportunité rafraîchissante de parler de la maison d'une perspective personnelle.

J'ai été présenté à Sherlock Holmes par ma mère en 1982 (oui, il y a très longtemps) et j'ai été fan depuis. J'étais heureux d'être témoin de la première fois où Jeremy Brett à joué Holmes à l'écran en 1984. C'était une bonne époque et les personnes qui s'intéressent maintenant à Sherlock, grâce à la BBC, savent bien comment on peut devenir très rapidement passionné d'un personnage.

Et pourtant, on oublie souvent le créateur de Sherlock : il est perdu dans l'ombre du célèbre détective, comme beaucoup d'autres choses d'intérêt qu'il a faites. Sa maison, Undershaw, représente une période de dix années de sa vie durant laquelle des choses importantes ont eu lieu. Le fait le plus notable pour beaucoup de nous était la renaissance de Sherlock Holmes à travers « Le Chien des Baskerville » et « La Maison Vide ». Pour Conan Doyle, les événements les plus marquants étaient son service durant la guerre des Boers, ses tentatives de se présenter au Parlement et la mort de sa première femme, Louise.

Puisque Conan Doyle est mort depuis longtemps, Undershaw est le seul souvenir physique de ces instants, et elle est sérieusement menacée. En mars 2010, je me suis engagé dans l'Undershaw Preservation Trust et nous avons discuté de l'idée d'un livre à propos des dix ans pendant lesquels Undershaw était la demeure de Conan Doyle. Le résultat de mon travail était « Un Pays Complètement Nouveau » dans lequel j'ai tenté d'illustrer ce qui s'est passé pendant ces années et ce qu'Undershaw représente, pas seulement pour moi, mais aussi pour le monde. C'était une tâche qui demandait beaucoup de passion, et le livre en résultant est probablement mon préféré de tous ceux que j'ai écrits.

Le livre que lisez maintenant est une autre excellente tentative de ma part et de celle des autres personnes qui y ont contribué, pour faire comprendre au public ce que la maison signifie pour nous et pourquoi il faut la sauver.

J'espère que ce que vous lisez dans ces pages vous prouve que les plans qui condamneraient la maison à être endommagée irrémédiablement, ne sont pas seulement inutiles, mais qu'ils sont aussi un permis pour un acte de vandalisme historique. On doit démontrer au pouvoir en place qu'on ne laissera pas faire ça sans protester, alors qu'ils essayent de nous priver de notre histoire.

Alistair Duncan
Écrivain

Auteur d'« Un Pays Complètement Nouveau - Arthur Conan Doyle, Undershaw et la Résurrection de Sherlock Holmes ».

Histoires et Poèmes

Undershaw

De Caitlin Rose Bowles
Swindon, Grande-Bretagne

Là il se tient, sur des sols sablonneux
Abrité des vents amers par une étreinte de sapins
Mais pas les mains violentes de l'homme moderne
Au sein de poings serrés s'éveille la haine.

La poussière s'est installée dans les pièces assombries
Où le Chien des Baskerville jouait
La lumière du soleil est étouffée par les planches en bois
Les papiers peints décollés et les murs effrités.

La grande façade, à présent une étagère vide
Toute la splendeur déchirée et arrachée
Des échos fantomatiques de ce qui fut autrefois
Rejoignent les lamentations d'Undershaw.

Qui sait quelles grandes œuvres furent écrites
Entre ces murs où s'alignent les ouvrages
Qui sait quels secrets seront perdus
Si le bel Undershaw s'écroule ?

Charlie Milverton
De Charlotte Anne Walters
Shropshire, Grande-Bretagne

Todd Carter affichait un sourire condescendant et ajustait les revers de son costume de luxe. Il était satisfait, riche et sur le point de s'amuser.

- Et bien, M. Gareth Lestrade, sur papier ça colle. Vingt ans à Scotland Yard, officier de police d'expérience avec toutes les qualifications nécessaires, mais cela ne suffit pas. Vous pensez que vous avez ce qu'il faut pour veiller sur mes filles ? Prouvez-le...

Il lança un sourire taquin qui dévoila ses dents blanches et aboya au garde de la sécurité baraqué en costume noir qui se tenait à la porte.

-Attrapez-le Peterson, ordonna Todd, ajoutant un clin d'œil espiègle. C'est pas Scotland Yard ici.

Il ignora une pointe de culpabilité ; *bien, si l'agence insiste pour envoyer ces vieux hommes...*

Le garde se rua sur Gareth, 100 kilos de muscles fonçant sur lui comme un train à toute vitesse. C'était bien parti pour être l'entretien d'embauche le plus irréel jamais imaginé.

Gareth avait toujours été un adepte du self-défense mais il comprit que pour travailler dans la sécurité rapprochée, il devait développer ses compétences de base. Douze mois de chômage avaient amplement suffi.

Gareth immobilisa rapidement son agresseur, ils luttèrent tous deux avant qu'une poussée d'effort lui permît d'envoyer son adversaire à terre avec aisance. Ce qui lui manquait en force, il le compensait en technique.

Todd fut momentanément abasourdi par cette issue inattendue, bien que son visage gonflé au Botox ne permit pas de le montrer. Il fut malgré lui impressionné par cet homme élégant qui n'était clairement pas un chasseur de gloire, marchand de secrets d'alcôves ou quelqu'un qui aurait des vues sur son bien le plus précieux, sa copine Della. *Toutefois, est-ce qu'un ancien flic de quarante-sept ans avec une réputation entachée et aucune expérience pouvait vraiment veiller sur un groupe de filles en vue ? Au moins, Della ne voudra pas coucher avec lui...*

Sherlock Holmes n'était pas un sentimental, mais il s'était habitué à la présence de certaines personnes dans son monde, comme on s'habitue à une veste ou un fauteuil préférés.

L'inspecteur Lestrade avait été une de ces personnes et maintenant qu'il était parti, c'était étonnement troublant.

Donc le retrouver dans son salon était rassurant, un retour à la normale, à l'exception des costumes hors de prix de Lestrade et de son bronzage californien.

-Comment va le docteur Watson ? Demanda Gareth, tentant de détendre l'atmosphère en faisant la conversation.

-Il m'a quitté pour une femme.

-Ma femme m'a quitté pour un commissaire principal.

-Ce n'est pas pareil, sa décision à elle était censée.

-Merci, répondit Gareth avec sarcasme, largement habitué à la franchise de Holmes.

-Cigarette ?

-Non merci, pas maintenant. Je reviens de Los Angeles, personne ne fume, ils boivent tous du thé vert et ont une dentition parfaite.

-Et pourtant vous avez fait une escale sur le chemin du retour, quelque part en Europe, Ibiza. Hotel 5 étoiles All-inclusive ?

C'était ce que Holmes faisait, tout observer à la vitesse de la lumière et faire des déductions très précises qui échapperaient à quiconque d'une intelligence inférieure.

-N'ayez pas l'air si surpris, vous devriez connaitre mes méthodes maintenant. Votre montre retarde de deux heures donc ce n'était pas un long voyage, et votre patron possède une discothèque à Ibiza me semble-t-il ? Vous portez un bracelet d'hôtel donc vous devez avoir été dans un All-In et les célébrités ne séjournent pas dans un hôtel à moins de 5 étoiles.

Gareth sourit, toujours fidèle à lui-même ce bon vieux Holmes. Ils se connaissaient professionnellement depuis des années mais n'étaient pas vraiment des amis. Ils n'avaient pas de conversations normales sur la famille, le football, le programme télé de la veille, de telles civilités ennuieraient l'esprit hyperactif de Holmes. Mais donnez-lui un problème à résoudre, un meurtre enigmatique, une série bizarre d'évènements apparemment non liés et il reprenait vie avec une énergie folle.

-Pourquoi êtes-vous là Lestrade ? Vous disiez avoir besoin de mon aide, alors expliquez-vous.

Cette année avait été difficile, un véritable baptême de feu dans l'industrie de la musique pour un ancien flic sans expérience dans le domaine. Gareth se sentait comme s'il avait fait le tour du monde deux fois. Il avait vu plus de drogues, d'agressions et d'armes que pendant toute sa carrière dans la police. Une carrière qui était maintenant en ruine.

-Je ne suis pas venu seul; elle attend dans la voiture. Je voulais d'abord vous voir, être sûr que ça vous intéresserait. Je sais à quel point vous pouvez être acerbe avec un client lorsque vous trouvez sa situation inintéressante. Or, elle est fragile, mon job c'est de la protéger, pas de l'exposer à votre sens de l'humour particulier.

-Della, je suppose ?

-Comment vous le savez ? Il y a trois filles dans le groupe.

-Mais Della est la plus médiatisée er il faudrait un sérieux problème pour que vous reveniez me voir.

-Holmes, je ne vous en veux pas pour ce qu'il s'est passé...

A ce moment là, la porte de salon s'ouvrit et Della entra. Elle portait des chaussures confortables, un jean moulant et un T-shirt dans lequel elle paraissait tout de même remarquablement attirante.

Elle avait un sac de couturier en bandoulière et une énorme paire de lunettes de soleil était posée sur sa tête, retenant une frange de bébé blond de coté.

-Je suis désolée, dit-elle, avec un accent nordique chaleureux. Je ne pouvais plus attendre. Je deviens folle M. Holmes. La police se fiche de mon cas et M. Lestrade a dit qu'on pouvait vous faire confiance, que vous aidiez les gens. J'ai vraiment besoin d'aide.

Della prit place sur le canapé près de Gareth, se frottant nerveusement les mains.

-Comme vous le savez sûrement, je suis chanteuse dans un groupe de filles. J'ai travaillé tellement dur pour y arriver, j'ai participé à mon premier concours de talents à l'âge de cinq ans et j'envoyais des démo quand j'avais quatorze ans. J'ai vingt-neuf ans maintenant mais ma maison de disque dit à tout le monde que j'en ai vingt-quatre. Heureusement, le Botox existe, sans quoi ça n'aurait jamais marché.

-Après avoir signé avec ma maison de disque, j'ai commencé à fréquenter mon manager, Todd Carter. J'étais flattée, je me disais chanceuse qu'il s'intéresse à moi. On est ensemble depuis cinq ans, on est même fiancés. On est comme une de ces couples de célébrités dont tout le monde aime entendre parler. Todd en tire profit autant qu'il peut, des shooting « à la maison » dans les magazines, des photos de nous souriant sur des yacht comme si on était un couple fidèle. En fait c'est un vrai maniaque du contrôle, il a même installé un traceur sur mon téléphone pour toujours savoir où je suis. Je ne peux pas respirer sans sa permission. Il me met au régime constamment, il est obsédé par le fait de cacher âge réel. Il a trente-cinq ans et pense que ça le rend plus jeune si je m'entretiens. Il est obsédé par sa propre image, il a eu des tas d'interventions chirurgicales. Je ne dirais pas que j'ai peur de lui, M. Holmes, mais c'est un homme puissant, il m'a créé et peut tout me reprendre en un geste. Je n'ai pas d'économies, il contrôle tout, je ne peux même pas acheter un bagel sans qu'il le sache.

-J'imagine que ça va devenir intéressant ? Demanda Holmes impatiemment.

-Je vois quelqu'un d'autre M. Holmes, à qui je suis très attachée, quelqu'un qui me rend heureuse. Je ne suis pas fière de moi mais dans l'intimité, Todd est tellement froid, c'est comme s'il ne me voulait pas vraiment mais qu'il ne laisserait personne d'autre s'approcher de moi. S'il l'apprend, il nous détruira tous les deux. J'ai été prudente mais quelque chose est arrivé, cet horrible, manipulateur...

Sa voix s'étouffa lorsque de grosses larmes coulèrent de ses grands yeux bleus. Gareth sortit un mouchoir et le lui tendit. Elle reprit ses esprits, assez pour continuer, retenant l'attention de Holmes avec son expression sincère.

-Son nom est Charlie Milverton. Il traque les célébrités en mettant la main sur tout ce qui peut se vendre aux tabloïds ou répandre des rumeurs sur le net. Ensuite il prend contact et demande de l'argent en échange de son silence. Il a tellement de dossiers que tout le monde a peur de lui, donc personne n'ose s'en plaindre. Vous vous souvenez du scandale sur les notes de frais des députés ? Les allégations des écoutes téléphoniques ? Cette jeune pop star qui s'est suicidé après que les journaux aient publié des photos de lui en train de se droguer ? Tout ça c'est signé Milverton.

-Maintenant il a décidé de me prendre en grippe et je ne sais pas quoi faire. Il a une vidéo de surveillance de moi dans l'ascenseur d'un hôtel...embrassant cet autre homme. Il a menacé de la vendre à moins que je ne paie 200 000 livres. Je n'ai rien, je ne peux pas payer M. Holmes, pas sans que Todd ne le sache. Mais si cette vidéo est révélée, ma réputation sera ruinée ainsi que celle de l'autre personne impliquée qui ne mérite vraiment pas cela. Aidez-moi s'il vous plait.

Le docteur Watson aimait échapper à la normalité pour rendre visite à Holmes au 221b. C'était à présent difficile puisqu'il avait des engagements, le thé qui l'attendait sur la table quand il rentrait à la maison et le lunch du dimanche avec la belle-famille. Cependant, il avait reçu une convocation de Holmes et s'était mis en chemin sans discuter alors que sa femme était à son cours de Pilates. Conformément aux instructions reçues, il apporta toutes les informations qu'il avait trouvées sur internet à propos de Charlie Milverton.

Holmes agissait toujours de manière impassible lorsque Watson revenait dans ses vieux appartements mais le docteur savait que son ami était secrètement content de le voir.

-Bien, s'exclama Watson, jetant une pile de papiers sur la table basse, j'ai été très occupé à faire ce que vous m'avez demandé.

-Pourtant pas occupé au travail.

-Comment vous le savez ? J'aurais pu faire tout cela chez moi.

-La qualité du papier est trop bonne, vous n'achetez que du papier bon marché pour la maison, ce sont clairement des fournitures de bureau.

Watson n'était jamais particulièrement occupé au bureau. Il travaillait pour un cabinet médical privé. Il consultait principalement un flot de fainéants envoyés par leur société-sœur, une entreprise d'avocats spécialisés dans les affaires dont la rémunération dépendait du succès du procès. Le poste de Watson était de signer des formulaires attestant que la personne souffrait de traumatisme cervical, de stress ou de dépression nerveuse, même si ce n'était pas le cas.

-Charlie Milverton était le rédacteur en chef d'un tabloïd, commença Watson, dans l'espoir d'impressionner. Mais il a été evincé suite à des problèmes d'alcoolisme. Il s'est retiré dans l'ombre et a utilisé son carnet d'adresses bien rempli à des fins malhonnêtes. Il est obsédé par les célébrités. Il est la personne à contacter si on a une vidéo, un email compromettant, une fuite. Il vous l'achetera et le revendra. On le dit administrateur de plusieurs sites, principalement des sites people, sauf un, plus politique et plus sérieux bien que personne ne puisse le prouver.

Watson se rassit dans son fauteuil avec l'espoir que pour une fois peut-être, son ami serait impressionné par ses trouvailles.

-Un excellent effort Watson, bien que vous ne soyez pas parvenu à découvrir le plus important.

-C'est-à-dire ? Demanda Watson, blessé, mais pas totalement surpris.

-La loi, bien sûr ! Vous travaillez avec des avocats. Je dois savoir s'il enfreint les lois ou pas.

-Je travaille *pour* des avocats Holmes, c'est différent.

-Et bien, heureusement j'ai anticipé vos déficiences et j'en ai consulté un moi-même, un certain M. L Pike, un avocat connu dans le milieu des célébrités qui me devait un service. Milverton réagit vite, il s'assure que le matériel soit divulgué avant qu'une Super Injonction ne puisse être invoquée et les cours deviennent de plus en plus réticentes face à la protection des célébrités qui se défendent elles-même. Je n'ai d'autre choix que de négocier avec lui au nom de ma cliente, il arrivera d'ici une heure. Restez Watson, votre femme a l'intention d'aller voir des amis après son cours de Pilates, c'est pourquoi elle a pris la voiture et vous un taxi. Je vois le ticket dans votre poche de pantalon. Très utile pour réclamer vos frais auprès des avocats pour qui vous trimez.

Charlie Milverton entra dans la pièce bruyamment. Il était en surpoids, petit et laid, le chantage était clairement sa seule chance d'approcher les célébrités, qui étaient devenues son obsession.

Holmes tenta de négocier mais le petit homme têtu refusa de céder. Ni une rémunération moindre, ni la promesse de paiements échelonnés ne lui suffirent. Toute tentative de jouer la carte de la compassion échoua.

Watson remarqua que Holmes devenait curieusement nerveux face aux résolutions de Milverton, perdant son calme face à une telle obstination. Enfin, il se leva de son siège et demanda à Milverton de partir, avec un air abattu et fatigué alors que l'étrange bourreau des médias s'en allait d'un sourire victorieux.

-Payez d'ici samedi M. Holmes ou je n'aurai pas d'autres options que de tout révéler. Dites à votre cliente de payer ou d'en assumer les conséquences.

Holmes claqua la porte derrière lui et se rassit dans son fauteuil. Watson laissa le silence s'installer entre eux alors que Holmes se triturait les méninges sur le problème. Enfin, il décida de partir car sa femme allait bientôt rentrer.

-Ma femme va flipper si je rentre en retard.

-Quel affreux américanisme, marmonna Holmes. Et soudain, il se leva et attrapa Watson par les épaules. L'Amérique ! Excellent Watson ! Vous avez une fois encore prouvé combien vous êtes précieux sans même vous en rendre compte. Je ne vous raccompagne pas...

Ceci dit, Holmes attrapa sa veste et quitta la pièce en vitesse, avec encore une fois cette énergie furieuse qui condamne habituellement ses ennemis.

Bien habitué à ce que son ami résolve rapidement les affaires, même Watson fut choqué Lorsqu'il alluma la télé sur le journal vendredi matin et qu'il vit que Milverton avait été arrêté. L'ancien rédacteur en chef du tabloïd avait été interpellé lors d'un raid à l'aube et était maintenant en garde à vue. Watson n'attendit pas de connaitre la version des évènements du reporter et se rendit immédiatement à Baker Street. Cela valait la peine d'être en retard au bureau et de risquer la colère des avocats toujours sur le qui-vive.

-L'Amérique, Watson, annonça fièrement Holmes, qui avait l'air d'être resté debout toute la nuit mais qui s'agitait avec une énergie victorieuse. Je vous dois des excuses, vos trouvailles se sont avérées cruciales en fin de compte.

Watson n'avait pas l'habitude de reçevoir des excuses de la part de Holmes. La plupart du temps, ses efforts étaient récompensés par des critiques. Après la publication de son premier livre, Holmes s'était montré plutôt blessant et lui avait reproché de faire du sensationnalisme et de ne pas se concentrer assez sur sa méthode. Mais c'était Gareth Lestrade qui en avait le plus souffert.

Holmes s'était toujours satisfait de son anonymat, et malgré l'aide qu'il avait apporté à Scotland Yard sur des affaires importantes, il ne s'en était jamais attribué le mérite. Officiellemet, Gareth et ses collègues avaient résolu les affaires eux-mêmes. La presse ne tarissait pas d'éloges sur leur réussite. Mais après la publication du livre de Watson, même si l'eau avait coulé sous les ponts, le public s'était insurgé contre la police pour s'être attribué tous les mérites du travail d'un amateur. L'argent du contribuable avait été dépensé mais c'était un citoyen ordinaire qui avait sauvé la mise. Il y eut une protestation, une enquête et au bout du compte ce fut Gareth qui en paya le prix. Bien qu'il n'ait pas été le seul officier à accepter l'aide de Holmes, il devint le bouc émissaire, ce qui convenait parfaitement au commissaire principal étant donné la relation qu'il entretenait avec la femme de Gareth.

S'en suivit une suspension, une audience disciplinaire, et la possibilité de rester à Scotland Yard s'il acceptait d'être rétrogradé, mais le mal était déjà fait. Gareth sauva le peu de dignité qu'il lui restait et démissionna pour ensuite faire face au départ de sa femme et à un divorce très couteux.

-J'ai examiné vos notes, annonça Holmes. Vous avez mentionné que Milverton était derrière un site web politique, www.ileaks.com. Intéressant, surtout les allégations de corruption à la Maison Blanche. C'était exactement ce dont j'avais besoin.

-Vous voyez, bien que les activités de Milverton étaient illégales, les américains ont un avis plus nuancé sur la question, surtout s'il y a un risque que la sécurité nationale soit menacée. J'avais juste besoin de trouver une infraction à la loi américaine et ensuite je pouvais contourner notre système légal. D'après la loi sur les extraditions de 2003, les États-Unis ont le pouvoir d'extrader des citoyens anglais qui ont commis des infractions contre la loi ou la sécurité américaine même si l'infraction a été commise ici.

Il n'est pas nécessaire d'avoir des preuves compromettantes, quelques soupçons suffisent pour que les États-Unis exigent que la personne soit mise en garde à vue avant que l'extradition soit accordée.

-Interpol était très intéressé lorsque je leur ai donné les trouvailles de ma petite enquête sur ileaks. Notre ami Milverton a utilisé des informations obtenues par une taupe de la Maison Blanche et en les publiant, il provoqua la colère de nos cousins américains. La police avait saisi ses ordinateurs, documents et matériels de stockage, même son téléphone. Mais heureusement, grâce à quelques contacts dans la police, j'ai réussi à récupérer quelques informations salaces par-ci par-là, y compris...

Il brandi une clé USB devant le visage étonné de Watson.

-Est-ce que c'est la vidéo de Della dans l'ascenceur ?

-Je ne peux pas garantir qu'aucune copie n'a été faite, mais aucun rédacteur en chef ne se risquera à utiliser à cette source.

Plusieurs semaines passèrent avant que Watson ne puisse s'échapper du bonheur conjugal et à nouveau rendre visite à son ami. Une fois installé dans son fauteuil habituel, Watson fit pression pour obtenir des informations sur Della et ce que l'avenir lui réservait. S'il décidait d'utiliser cette histoire dans son prochain livre, il devait trouver une meilleure fin.

-Ceci résout son problème dans l'immédiat mais elle est toujours coincée avec cet homme abominable qui contrôle sa vie, commenta Watson.

-Pas vraiment. Une opportunité va se présenter, ça lui permettra de s'en aller avec le public dans sa poche. Elle n'était pas la seule à avoir été filmée avec quelqu'un d'autre, hier soir.

-Carter était avec quelqu'un aussi ? Comment vous le savez ?

-J'ai réussi à trouver la personne qui avait filmé, un membre du personnel de l'hôtel. Heureusement, après une vérification rapide auprès du Ministère de l'Interieur, j'ai eu la confirmation qu'il travaillait illégalement. La menace d'expulsion a suffit à ce qu'il coopère. Je lui ai demandé de chercher dans les images de sécurité du couloir menant chambre de Carter. Ce dernier n'est pas rentré seul et ils ont commencé les "réjouissances" dans le couloir. Ces images sont maintenant entre les mains des rédacteurs de tous les tabloïds, un petit cadeau de ma part. Votre journal du dimanche devrait être intéressant.

-C'est brillant, mais je dois admettre que cela m'étonne que vous vous soyez donné autant de mal pour aider Della. Vous vous souciez des problèmes, mais pas vraiment des personnes impliquées. Vous aviez déjà arrêté Milverton, pourquoi aller plus loin ?

-Pour aider un honnête homme à récupérer sa femme je suppose. Je me sentais peut-être redevable. Et je n'avais pas mieux à faire.

-Vous voulez dire l'homme qui était dans l'ascenseur avec elle ? Donc vous l'avez regardée ? Qui était-ce ? Une célébrité j'imagine.

-Voyez par vous-même...

Holmes brancha la clé USB dans son ordinateur portable et ouvrit le fichier. Watson regarda l'écran attentivement. Et là, il vit Della se dirigeant vers l'ascenseur avec son garde du corps. À peine les portes furent-elles fermées qu'elle appuya sur le bouton d'arrêt d'urgence et l'ascenseur s'immobilisa. Elle posa la main sur le bras de Lestrade et l'attira alors qu'il l'embrassait.

-Oh mon dieu, s'exclama Watson qui regardait incrédule. Vous le saviez ?

-Evidemment que je le savais.

-Il vous l'a dit ?

-Non.

-Alors comment... ?

-Grâce aux chaussettes. Lorsque j'ai rencontré Della, ils portaient tous les deux les mêmes chaussettes, des chaussettes d'homme. Les pop stars ne partagent pas leurs chaussettes avec leurs gardes du corps. Ils portaient des montres de la même grande marque et l'insigne de son sac à main était le même que sur la ceinture de Lestrade. Mêmes chaussettes, mêmes marques... Même vous, vous auriez pu le deviner. De plus, si Carter la surveillait vraiment de si près, l'amant devait faire partie de son quotidien et être insoupçonnable, un responsable de la sécurité d'une cinquantaine d'années correspond assez bien au profil, non ?

-Donc le gentil repart avec la fille, sourit Watson, avec un peu d'aide de ses amis…

L'affaire de la bouteille en cristal bleu
De Luke Benjamen Kuhns
Londres, Grande-Bretagne

C'était un soir d'avril venteux de 1886 et Sherlock Holmes parcourait ses documents, fumant la pipe. Le feu crépitait alors que Watson s'asseyait en face avec un verre de brandy en main et les yeux fermés. Le vent emit un un son sifflant et réconfortant en passant à travers les fentes des fenêtres de Baker Street. Il était vingt-deux heures passées et les rues étaient calmes alors que la nuit s'installait et que l'air froid et venteux poussait les gens à rentrer chez eux.

Quelqu'un frappa à la porte et Holmes et Watson pouvaient entendre les pas de Mme Hudson qui se hâtait pour aller ouvrir. Elle fit bientôt entrer un jeune officier de police dans le bureau.

-M. Holmes ? Demanda-t-il, en regardant le détective qui était avachi et dont le visage était enfui dans ses notes et lettres.

-Oui, dit Sherlock, regardant l'officier et se tenant debout.

-Lestrade m'a demandé de venir vous chercher. Il y a eu un meurtre.

-Où ça ?

-Kensington High Street. Une jeune fille nommée Deseray Underwood.

-Quelle est la cause du décès ?

-Nous ne le savons pas, c'est pourquoi nous avons besoin de votre aide.

Sherlock se tourna vers Watson qui, à ce moment là, avait les yeux ouverts et se tenait debout.

-Watson, voudriez-vous m'accompagner ? Demanda-t-il.

-Bien sûr ! Répondit Watson, et les trois hommes sortirent.

Quand ils arrivèrent à la maison, la police était partout et le public avoisinant ne pouvait pas s'empêcher d'observer les évènements qui se déroulaient.

Sherlock et Watson ont guidé dans la chambre de la jeune fille qui était étendue sur le sol. Il n'y avait aucune trace de lutte et rien dans la pièce ne semblait avoir été dérangé.

-Merci d'être venu Holmes, dit Lestrade.

-Quelles informations savez-vous ? Répondit Holmes.

-Elle s'appelle Deseray Underwood, elle a vingt-sept ans, elle est gouvernante pour une famille locale. Son père, Everett, et son frère, James, vivent tous les deux à Healy Street à Camden. En dehors de cela, elle est fiancée à cet homme, finit Lestrade en faisant signe à l'officier de laisser entrer quelqu'un.

-Était fiancée, remarqua Sherlock.

Un homme fut escorté dans la pièce par un autre officier. Il mesurait 1m85, était bien bâti, avait les cheveux noirs foncés et des yeux bruns vifs.

Son visage était couvert par une barbe et il portait de petites lunettes de vue.

-C'est Samuel Mortimer, le fiancé de la fille. Il a trouvé le corps et nous a appelé, dit Lestrade.

-Quand l'avez-vous trouvée ? Demanda Holmes.

-Il y a deux heures, dit Samuel Mortimer. Sa voix se brisa, tremblante de nervosité et de tristesse.

-Vous aviez une réservation pour ce soir ? Dit Holmes.

-Oui, mais comment le savez vous ? Demanda-t-il.

-Je ne peux imaginer quelqu'un portant un costume, des chaussures fraichement cirées ainsi qu'une montre et des boutons de manchettes précieux en argent rester chez lui pour la soirée, dit Holmes.

-Je vois, et bien oui. Je devais la retrouver pour aller manger ce soir. Nous avions une réservation et je devais la rejoindre au restaurant à sept heures. J'ai attendu pendant une heure et puis j'ai compris que quelque chose était arrivé. Ma Deseray n'était jamais en retard. Alors je suis parti et suis allé directement chez elle. J'ai frappé à la porte mais personne n'a répondu, pourtant je voyais une lampe allumée. Je suis sorti et j'ai tenté de grimper pour voir à travers la fenêtre si on pouvait distinguer quelque chose. Lorsque j'y suis parvenu, je l'ai vue sur le sol. Alors je me suis précipité à l'intérieur et j'ai enfoncé la porte pour la rejoindre mais il était trop tard, elle était morte. À peine ces derniers mots prononcés, l'homme se mit à pleurer et des larmes coulèrent le long de son visage.

Holmes se pencha sur le corps et commença à l'observer.

-Ses yeux sont jaunes, dit-il, il est possible que ce soit une insuffisance rénale. M. Mortimer, est-ce que votre fiancée était malade ?

-Non, pas le moins du monde

Holmes se pencha et renifla le cou de la jeune femme : -Il y a la quelque chose, marmonna-il dans sa barbe. Je veux que tout le monde sorte de la pièce à part Watson et Lestrade, ordonna Holmes.

Une fois tout le monde parti, il ramassa la chaise tombée sur laquelle elle avait certainement été assise.

-Elle a une odeur particulière, nota Holmes, assis sur la chaise, regardant son miroir de salle de bain. Elle s'est assise ici, s'est préparée, s'est maquillée et enfin... elle s'est parfumée.

À coté du meuble, il y avait une bouteille de cristal bleu. Holmes la ramassa et renifla le bouchon.

Il repoussa violemment la bouteille loin de son visage et se leva pour aller de l'autre côté de la pièce.

-Voici votre tueur. Ce n'est pas juste du parfum, c'est une bouteille de cyanure liquide masquée pour que ça ait l'air de parfum.

-Quelqu'un l'a empoisonnée avec un parfum au cyanure ? Interrogea Lestrade. Pour quelle raison ?

-C'est ce que nous devons découvrir. Déclara Holmes.

-Que savons-nous de son fiancé ? Demanda Watson.

-C'est un riche homme d'affaire, pas de passé criminel, pas de liens criminels et une famille très respectée. Ils possèdent beaucoup de bâtiments avec des bureaux dans le centre de Londres. Dit Lestrade.

-En quoi sa mort lui serait-elle profitable ? Demanda Watson.

-La famille de Mlle Underwood est aisée, elle aussi. Son père a passé beaucoup de temps en Amérique, il était mineur et est revenu très riche. Ils vivaient modestement mais avaient beaucoup épargné. J'imagine que son assurance va être conséquente. Remarqua Lestrade.

-Mais j'imagine qu'il aurait dû la tuer après le mariage pour pouvoir la réclamer si c'était le cas ? Dit Watson.

-Faites-le entrer, je voudrais lui parler.Dit Holmes.

Samuel Mortimer fut emmené dans la pièce une fois de plus et s'assit sur une chaise. Holmes en prit une autre et s'installa en face de lui.

-Quand deviez-vous vous marier ? Demanda-t-il.

-La semaine prochaine, vendredi. Répondit Mortimer.

-Est-ce que vous savez ce qui aurait pu pousser quelqu'un à la tuer ?

-Non, M. Holmes je ne vois vraiment pas ! Dit-il en pleurant.

-Même pas pour son assurance ? Dit Holmes en haussant les sourcils.

-M. Holmes, si vous insinuez que j'ai quelque chose à avoir avec ceci, vous faites erreur !

-Où a-t-elle eu ça ? dit Holmes, pointant la bouteille de cristal bleue.

-Ça ? C'est moi qui lui ai offert.

L'atmosphère devint tendue. Lestrade avait l'air prêt à bondir et Watson attrapa la poignée de sa canne avec force, mais Holmes resta assis, calme et indifférent.

-Où avez-vous eu ce parfum ? Demanda Holmes.

-D'un homme appelé Whitaker, sur Brick Lane, près de Liverpool Street. Il tient une parfumerie. J'ai commandé un parfum dont la senteur était personnalisée pour elle.

-Merci M. Mortimer. Nous vous tiendrons au courant du déroulement de l'enquête.

Mortimer quitta la chambre et laissa les trois hommes seuls avec le corps, une fois encore.

-Cet homme cache quelque chose. Dit Lestrade.

-Ne tirez pas de conclusions trop hâtives. Dit Holmes. Watson et moi devons parler à M. Whitaker. Nous le verrons dans la matinée et nous vous tiendrons au courant. Pour le moment, gardez la cause de la mort sous silence, même pour les membres de la famille.

Holmes, qui tentait d'atteindre la bouteille, remarqua une photo, face cachée, sur le meuble et il la ramassa. C'était une photo de Deseray avec deux personnes qui avaient l'air d'être son père et son frère.

-Je vais prendre celle-là aussi. Dit Holmes et ils partirent.

Le lendemain matin, Holmes et Watson étaient sur la route vers Brick Lane où ils trouvèrent la parfumerie. Le magasin était peint en rouge, mais la peinture commençait à s'écailler et à se ternir. Les fenêtres étaient troubles et visiblement pas nettoyées depuis un certain temps.

Holmes et Watson entrèrent dans le magasin et une clochette retentit. Les étagères étaient en désordre, il y avait des bouteilles dessus ainsi que sur le sol. Le soleil brillait à travers les vitres sales et sur les bouteilles, créant un rayonnement de lumières qui remplissait la pièce. Sur le sol, Holmes remarqua qu'il y avait une douzaine de boites remplies de bouteilles. Il jeta un coup d'œil derrière la porte qui menait à l'arrière et remarqua que quelqu'un arrivait. Quelques secondes plus tard, ils étaient accueilli par un homme âgé.

-Bonjour messieurs. Dit l'homme.

-Bonjour monsieur. Répondit Holmes.

-Je m'excuse pour le désordre mais je suis entrain d'emballer. Expliqua le vieil homme.

-Emballer pour quoi ? Demanda Holmes.

-Je déménage, je ferme le magasin. J'ai récemment hérité d'une grosse somme d'argent et il est temps que je prenne ma retraite. Répondit l'homme. - Que puis-je faire pour vous ?

-Et bien, bonne chance pour votre déménagement. Dit Holmes avant de continuer : M. Whitaker, j'ai une bouteille de parfum dont je ne parviens pas à découvrir la senteur, pourriez-vous m'aider ?

-Ah oui, j'en serais heureux. Où est la bouteille ? Répondit-il.

-Elle est là. Dit Holmes, sortant la bouteille en cristal bleu de sa poche et la déposant sur le comptoir.

L'homme écarquilla les yeux pendant un instant alors qu'il prenait doucement la bouteille.

-Allez-y, j'ai hâte de savoir. Dit Holmes.

-Je...je. Bégaya l'homme.

Holmes tendit le bras et la mit plus près du visage de l'homme, ensuite il posa son doigt sur le bouton pressoir du flacon de parfum.

-Laissez-moi vous aider. Dit Holmes. Et l'homme repoussa sa main avant de tomber sur la vitrine derrière lui.

-Qu'est-ce qu'il y a ? Demanda Watson.

-Eloignez cette bouteille ! cria Whitaker.

-Pourquoi ? Demanda Holmes.

L'homme prit un grand récipient et le jeta à Holmes. Il heurta le flacon qui tomba de ses mains et éclata sur le sol. Holmes et Watson couvrirent leur visage et virent l'homme s'enfuir. Watson se mit à sa poursuite mais Holmes le rappela. Derrière le comptoir, il avait vu une photo de Whitaker avec un visage qu'il reconnaissait.

-Venez Watson, il n'y a pas de temps à perdre ! Cria Holmes.

-Où allons-nous ? Demanda Watson une fois dehors et loin des vapeurs mortelles piégées à l'intérieur du magasin. Sherlock tendit la photo à Watson et pointa l'homme.

-Qui est-ce ? Interrogea Watson. Holmes mit la main dans sa poche et en retira une autre photographie qu'il avait prise du meuble de salle de bain de Deseray.

-C'est son père. Dit Holmes. Nous devons le trouver immédiatement.

Holmes et Watson appelèrent un fiacre, ils lui donnèrent l'adresse de M. Underwood à Camden et se mirent en route. Lorsqu'ils arrivèrent à destination, M. Mortimer partait en vitesse. Alors qu'il descendait les marches, ils entendirent une voix crier avec fureur :

-Ne viens plus jamais ici !

-M. Mortimer !

-M. Holmes, je suis désolé, je ne vous avais pas vu.

-Que s'est-il passé ? Demanda-t-il.

-Everett. Même après la mort de sa fille, sa haine continue à me suivre.

-Il vous hait ?

-Et comment ! Il a essayé de nous séparer Deseray et moi pendant longtemps. Et maintenant son vœu est exaucé mais au détriment d'une grande souffrance. Continua Mortimer.

-Laissez-nous lui parler. Dit Holmes.

-J'espère que vous aurez plus de chance que moi. Conclut Mortimer avant de s'en aller.

Ils gravirent les marches et frappèrent à la porte. Un jeune homme enrobé avec des cheveux blonds ouvrit.

-Puis-je vous aider ? Demanda-t-il.

-Je suis Sherlock Holmes et voici le Dr Watson. Nous enquêtons sur le meurtre de votre sœur et nous voudrions discuter avec vous et votre père immédiatement. L'homme regarda le détective et le docteur attentivement avant d'ouvrir la porte pour les laisser entrer. Ils entrèrent dans un petit salon où ils furent par après accueilli par un homme de grande taille, bedonnant et grisonnant.

-M. Underwood ? Demanda Holmes.

-Oui, que me voulez-vous ? Répondit l'homme avec colère.

-Vous parler de votre fille et de M. Mortimer.

-Mortimer, ce porc ! Lâcha Underwood. Il n'a fait que détruire ma famille !

-Vous devez comprendre qu'il est suspect du meurtre de votre fille... Toute autre information en votre possession nous serait d'une aide précieuse. Lui expliqua Holmes.

-Et bien je peux vous assurer qu'il est responsable du meurtre.

-Comment en êtes-vous aussi sûr ?

-Il détruit tout ce qu'il touche.

-Pouvez-vous vous expliquer ? Demanda Holmes.

L'homme baissa la tête avant de continuer : Ils devaient bientôt se marier ici, dans une union profane ! Cet homme a souillé ma fille.

-Elle était enceinte ? Demanda Holmes.

Underwood fixa Holmes et Watson, et son fils s'agita dans son siège.

-Oui. Dit James Underwood.

-Fils ! Gronda Everett.

-Ils le découvriront de toute façon ! Cria-t-il en retour.

-Il n'y a rien à découvrir, je le savais déjà. J'ai pu le deviner d'après son corps quand je l'ai examiné et le choix de mots de votre père a bien fait comprendre qu'il savait et qu'il désapprouvait. Dit Holmes.

Le regard d'Everett Underwood était enflammé, des flammes qui aurait fait fuir le diable de l'enfer, mais il se calma rapidement, regarda Holmes et Watson avant de reprendre la parole.

-C'est vrai. Ma Deseray attendait un enfant. C'était la seule raison de leur mariage. En fait, elle avait l'intention d'annuler le mariage mais céda uniquement à cause du bébé. Je lui avais dit que je voulais bien l'envoyer loin, prétendre qu'elle était en vacances prolongées et puis la faire avorter. Pendant un moment, elle y a pensé mais ce garçon infernal l'a fait changer d'avis. Toutefois, je pense qu'il a repris ses esprits et qu'au lieu de la laisser partir, il l'a empoisonnée, pour mettre fin à toute cette situation !

-M. Underwood, dit Holmes, connaissez-vous un certain M. Whitaker, un parfumier sur Brick Lane ?

-Non, jamais entendu parler de lui de ma vie. Qu'est-ce que je peux avoir à faire avec parfumier ?

-Curieux. Pouvez-vous alors m'expliquer ceci ? Dit Holmes, plaçant la photo d'Everett et de M. Whitaker en face de lui. Avant qu'il ne puisse continuer, une irruption survint de l'arrière de la maison.

-Ils sont sur le coup Everett, je quitte la ville. Dit l'homme qui se précipita dans la pièce.

-Ah, M. Whitaker, c'est tellement aimable de nous rejoindre. Dit Holmes. Le vieil homme resta là, déconcerté de voir Holmes et Watson dans le salon.

-Watson ! Arrêtez cet homme. Cria Holmes et le docteur fonça sur Whitaker et l'attrapa.

-Qu'est-ce qu'il se passe ? Cria James Underwood.

-Je suis désolé mais c'est votre père qui a assassiné votre sœur. Déclara Holmes. Tout cela au nom de l'honneur.

-Vous auriez fait pareil si vous aviez un enfant sur le point de se marier à un monstre comme Mortimer. Sa famille riche achetait tout et n'importe quoi. Tout ce qu'il voulait, c'était son argent et je ne peux pas accepter ça ! Telle était son attitude avec ma fille et il a causé sa perte, donc j'ai causé la sienne ! Je lui ai pris la seule chose qu'il voulait vraiment, son argent !

-Vous avez tort M. Underwood, l'argent n'avait rien à voir dans cette histoire. Dit Holmes.

-Comment avez-vous fait pour qu'elle ait le parfum entre ses mains ? Demanda Watson.

-Il semblerait que ce soit mon œuvre. Dit James Underwood : Le week-end dernier il y avait une fête en l'honneur des fiançailles de Deseray et je savais que M. Mortimer allait lui offrir un parfum. J'ai demandé à mon père l'adresse du magasin de M. Whitaker et j'ai dit à Sam d'y aller.

-Donc vous avez devancé M. Mortimer et vous avez soudoyé M. Whitaker pour qu'il vende une bouteille de cianure liquide en échange de quoi vous partageriez son assurance. Acheva Holmes en regardant M. Underwood. Holmes fouilla dans sa poche et en extirpa une paire de menottes, James saisit son père par le bras et Watson poussa le vieux parfumier vers Holmes.

On fit entrer Lestrade, M. Underwood et M. Whitaker furent arrêtés, poursuivis et mis en prison pour le meurtre de la pauvre Deseray Underwood.

James Underwood quitta la résidence commune, vendit toutes les affaires de son père et ne lui adressa plus jamais la parole. Lorsque M. Mortimer apprit comment Deseray mouru et l'obsession de son père, il tomba en marge de la société et se replia sur lui-même. Il devint un homme brisé dont on n'entendit plus parler.

Le dernier entretien paisible
De Cathrine Mathilde Louise Hoffner
Odense, Danemark

"Venez avec moi un instant sur la terrasse, car c'est peut-être le dernier entretien paisible que nous aurons ensemble." Holmes me prit gentiment par la manche et m'entraina vers la petite terrasse à l'arrière de cette belle maison où tant d'horreur avait pris place. Nous laissâmes Von Bork attaché dans la voiture, le visage tourné dans la direction opposée, et Holmes alluma nos cigarettes avec l'expression d'un homme qui écrit le dernier chapitre de l'œuvre de sa vie.

-Que voulez-vous dire ? Demandais-je, tentant de ne pas sembler trop mélancolique, ce qui était pratiquement impossible avec cette nuit, qui se faisait soudainement tombait froide et rude, tandis que la lumière de la lune levait impitoyablement le voile sur les souvenirs des jours passés et la vision brouillée d'un futur incertain.

-Je veux dire que nous pourrions ne jamais nous revoir, Watson. Dit-il d'un ton grave retentissant à travers la distance qui nous séparait.

-Vous voulez dire demain ?

Holmes esquissa un sourire rapide, ses yeux toujours fixés sur l'horizon sombre au-delà des eaux lugubres : -Je veux dire jamais, Watson.

-Mais bien sûr, Holmes…

-Je suis très sérieux, Watson. Vous savez que je dis toujours la vérité. Il me jeta un regard rapide et retourna à sa cigarette, il rendit la nuit encore plus rude.

-Sauf quand vous avez parlé à Von Bork il y a quelques moments. Je répondis aussi sévèrement que possible alors que je tentais désespérément de garder son regard un peu plus longtemps sur moi.

Sherlock Holmes haussa les épaules et balaya l'air de sa main dédaigneusement, ses longs doigts pâles envoyant un épais nuage de fumée en direction de la voiture.

-C'était différent, et vous le savez.

Il soupira profondément et secoua la tête d'une façon que je connaissais trop bien depuis le temps qu'il avait passé, captivé par des affaires criminelles.

-La vérité, Watson. Continua-t-il, son regard fixe toujours posé quelque part au loin. C est qu'avant l'aube, ce pays sera en guerre, et la paix et la sécurité que vous connaissons devra céder face à la cruauté et à la mort. Un meurtre à Birlstone deviendra la plus petite goutte dans un océan infini de crimes humains. Qui sait ce qui pourrait nous arriver, Watson ? Avec vous qui allez rejoindre l'armée et moi qui vais continuer à travailler pour le gouvernement ? Ce n'est pas fini avec l'arrestation de Von Bork, vous savez. Ce n'était que le commencement.

Nous restâmes silencieux pendant un moment. Soudain, un sentiment douloureux me submergea, exactement le même sentiment que celui que j'avais ressenti au cours de toutes ces années quand je pensais que Holmes avait périt aux chutes de Reichenbach suite à cette lutte fatale avec le défunt Professeur Moriarty. Le monde entier semblait encore une fois s'arrêter de tourner, ne fût-ce que pour un bref moment.

Les derniers rayons du soleil disparurent dans le royaume de la nuit et au-dessus, de petites étoiles se mirent à briller sur nous comme depuis un autre monde. C'était le cœur lourd que je fus sur le point de me retourner à la voiture lorsque soudain, Holmes, à mes côtés, gloussa légèrement. Je l'observai, me remémorant toutes les fois où j'en avais fait autant par le passé et tentant vainement de lire dans ses pensées comme il lisait dans celles des autres. Ses pensées semblaient lointaines, perdues quelque part dans un endroit agréable, bien que je ne pouvais imaginer l'endroit.

-Qu'y-a-t-il, Holmes ? Ma voix était presque dénuée d'espoir, à peine au-dessus du chuchotement, mais malgré tout, il n'y avait rien ni personne sur cette puissante terre qui pouvait stimuler ma curiosité comme cet homme à mes côtés.

Il souriait, un plus large sourire cette fois, et retourna une fois de plus à ce moment uniquement pour m'emmener avec lui dans notre passé commun.

- Vous vous souvenez de cette nuit à Stoke Moran, Watson ? Je sais que c'était il y a longtemps.

Le poids sur mes épaules sembla soudain s'envoler, alors que Holmes me rappelait une de nos aventures qui, à cette époque, étaient toute ma vie.

-Bien sûr je m'en rappelle. M'exclamai-je. -La première de nos nombreuses filature. Je pense que je n'ai jamais été aussi nerveux de toute ma vie !

-C'était certainement un des cas le plus novateur et le plus intéressant. Ajouta Holmes de sa vieille voix professionnelle.

-Certainement pas plus novateur que l'affaire de la ligue des rouqins. Répondis-je chaleureusement, me remémorant soudaint avec une nette précision toutes les années de collaboration avec Holmes.

Holmes éclata violemment de rire au souvenir de son client aux cheveux roux et du mystère qui l'avait brièvement entouré, lui et son petit magasin.

-Pas autant que tu ne le penses Watson, pas autant.

Emporté par l'instant présent, j'en suis sûr, Holmes se mit soudainement à parler d'une voix rapide et enjouée. Comme d'habitude, je fis de mon mieux pour le suivre et ensemble, nous nous rappelâmes nos vieux dossiers et nos nombreuses et palpitantes aventures, comme si c'était hier.

J'aurais pu jurer que pendant un bref moment nous n'étions plus en août 1914 et que je ne me tenais pas debout sur une terrasse quelconque dans un monde chaotique à la veille de la guerre. Tout à coup, je pouvais sentir la chaleur du feu à coté de moi, tandis que j'étais une nouvelle fois assis en face de Holmes dans nos vieux appartements de Baker Street. Dehors, le vent, la pluie et le brouillard épais frappaient contre nos petites fenêtres, derrière les stores tirés alors que nous étions assis calmement, en train de boire du thé, moi derrière le journal du soir et Holmes penché sur son précieux scrapbook avec enthousiasme.
À l'étage inférieur, Mme Hudson préparait à manger et l'odeur agréable de sa cuisine anglaise montait tout doucement les marches de notre étroite cage d'escaliers et me rendit affamé.

Instantanément, en cette soirée estivale du mois d'août, tous mes sens devinrent écrasés par les souvenirs éternels de Baker Street : la fumée de tabac qui me piquait toujours les yeux en soirée ; les sons calmes et doux émanant des cordes du Stradivarius les dimanches matins ; la vue parfaite sur les rues, les magasins et les gens, qu'offraient les fenêtres de notre salon ; le frisson qui me parcourait à chaque fois qu'un nouveau client passait la porte avec une nouvelle histoire à raconter et une nouvelle affaire à résoudre qui allait marquer nos vies pour toujours.

Holmes avait raison. Cela faisait des années, mais alors que le futur pouvait être imprévisible, personne ne pouvait changer le passé.

Personne ne pouvait nous prendre ces années que nous avions passées au 221b de Baker Street, en plein cœur de la grande ville de Londres. D'une certaine manière, peu importait ce qui allait se passer, cet endroit me serait toujours cher.

-Il est vrai que nous avons passé là des moments agréables, Watson. Remarqua soudainement Holmes comme en réponse à mes pensées plutôt qu'à mes mots.

Il s'était tourné vers moi. Cela faisait de nombreuses années. Je le voyais maintenant, debout à seulement quelques mètres de son visage éclairé par la lune. Je remarquai pour la première fois les légères rides autour de ses yeux et de sa bouche ainsi que les creux marqués de ses joues, son front dégarni et la récente teinte argentée de ses cheveux noirs corbeau. C'était un vieil homme à présent, me rappelai-je, réalisant tout à coup que j'avais passé deux années complètes loin de lui.

-Les temps changent, Watson, et je crains que nous n'ayons d'autre choix que d'en faire de même. Sa voix était un peu enrouée et son accent légèrement influencé par l'accent américain.

En observant son visage, il me sembla apercevoir le plus petit soupçon de tristesse dans ses traits plein de dignité, car il y avait de la vérité dans ses mots. Les temps avaient changé. Le monde dans lequel il avait grandi, un monde qui était sien, n'existait plus et notre façon de vivre riquait, pour des raisons qui nous dépassaient, de disparaitre à jamais. Les lueurs des lampes à gaz avaient ouvert le chemin aux lampes électriques, les chevaux et les carrioles aux voitures.

Les télégrammes que Holmes avait envoyés et reçus tous les jours, à chaque fois qu'il était sur une affaire, étaient à présent dépassés et rarement utilisés, tandis que ses méthodes uniques et controversées, que j'avais souvent vues tournées en ridicule et remises en question par la police faisaient à présent définitivement partie de chaque investigation à Scotland Yard. Holmes était autrefois célèbre pour son esprit innovateur ainsi que pour ses actions toujours pleines d'énergie, distingué comme étant le meilleur détective au monde. Aujourd'hui, il appartenait à une époque révolue tout comme cette série de petits contes modestes qui illustraient le tableau de la vie d'un homme remarquable avec des pouvoirs aux capacités qui ne l'étaient pas moins qui s'estompaient rapidement. J'osais croire qu'ils parlaient également d'amitié, de loyauté et de dévouement sous leur forme la plus sincère.

Ces pensées ne me firent aucun bien et je ne pouvais pas m'empêcher de me moquer un peu de moi-même face à ma piètre tentative de contrôler mes émotions, qui, je l'avais découvert, et sans surprise, devenaient plus sensibles avec le temps.

Alors que je tournai le visage vers le chemin argenté sinuant à travers l'herbe dense et sombre qui nous séparait de l'obscurité du bord de l'eau, je tentai sérieusement de me convaincre que tout ceci appartenait au passé et que c'était pour un mieux. Plus de filatures, plus d'affaires. Plus de Mme Hudson ou de Baker Street. Plus de "ami et collègue, Dr. Watson".

Je pouvais sentir la brise du début de l'automne me glacer les os, bien qu'il fasse chaud, pendant que la réalité de tout cela devint tout à coup aussi claire et vraie pour moi que la lumière de la lune, au loin sur les collines ondulantes. Aucun retour en arrière ne nous était encore possible. Les choses ne seraient plus jamais pareilles.

Soudain, en se râclant la gorge, Holmes interrompit à nouveau mes pensées et mon attention fut ramenée de force à la terrasse déserte et l'air nocturne et frisquet. Je sentais mes jambes faiblir sous mon poids rapidement ainsi que ma tête tourner légèrement, ce qui était bien sûr parfaitement normal étant donné la journée que j'avais passée.

-Vous allez bien, Watson ? La voix de Holmes était cette fois très douce. Il pouvait sans doute ressentir mon désespoir puisque je n'avais jamais réussi à lui cacher quoi que ce soit auparavant.

-Très bien. Je mentis. J'étais incapable de dire plus, mais à son regard insistant sur moi je compris que ce n'était pas suffisant pour le convaincre.

C'est alors, à cette minute, que les bancs de brume qui entouraient mon cœur s'évaporèrent aussi vite qu'ils s'étaient condensés. Ses yeux gris, des yeux que je ne connaissais que trop bien, brillants davantage que les étoiles au-dessus de nos têtes, me pénétraient avec toute la puissance du lien qui nous unissait. Après tout il n'avait pas changé. Rien n'avait changé. Je le réalisais à présent, grâce à lui.

Pendant un bref moment, il ressembla à nouveau au détective qu'il avait été autrefois, souriant malicieusement avec toute la chaleur que son corps désormais affaibli pouvait encore rassembler.

Je dus rire de bon cœur car il en fit de même, comme s'il avait suivi toutes mes pensées depuis le début. Je vis une fois de plus devant moi l'homme jeune et fort de vingt-six ans se retournant, éprouvette en main, avec tout l'enthousiasme de la jeunesse, brillant avec une dévotion sans limites pour son travail, qui allait heureusement devenir toute son existence, tout comme moi.

Ce souvenir de notre première rencontre ne dura pas longtemps mais cela fut suffisant. Dieu seul savait combien d'années s'étaient écoulées depuis cette rencontre fatidique dans le laboratoire situé au niveau inférieur de l'hôpital et pourtant nous étions encore là, les mêmes amis et collègues de toujours.

-Advienne que pourra. Dit-il. Et il avait toujours raison.

Quand ils regagnèrent la voiture, Holmes se retourna pour contempler la mer éclairée par la lune et hocha pensivement la tête.

-Le vent d'est se lève, Watson.

-Je ne crois pas, Holmes. Il fait très chaud.

-Bon vieux Watson ! Vous êtes la seule constante d'une époque changeante

L'affaire du parasol en soie
De Jude Parsons
Corsham, Grande-Bretagne

Gladys déposa sa tasse et se pencha par-dessus la table vers sa sœur.
-M. Holmes ? Un homme singulier, ma chère, et tellement intelligent !

Elle fit un signe de tête affirmatif, reprit sa tasse et se déhancha sur sa chaise afin d'adopter une position plus confortable comme si elle soutenait cette affirmation aussi. Elle but une petite gorgée de son thé et continua.

-Oh oui, très respecté. Peut-être un peu étrange dans son comportement… Ah et puis ! Son collègue, ce cher Dr. Watson. Très différent. Un gentleman des plus agréables. Elle rougit un peu, tapota ses cheveux d'un geste nerveux qui en disait long.

-Toujours très poli.

Elle ajouta avec une pointe de regret : -Marié, bien sûr. Non pas que j'aie jamais rencontré sa femme. Grand Dieu, non. Nous ne sommes pas du même monde, vraiment pas. Elle se reprit et ajouta vivement :

- Je suis sûre qu'elle est très gentille.

Marjorie hocha la tête en accord et avala son thé de la même manière que sa sœur. Elle savait qu'elle en saurait plus si elle ne l'interrompait pas. Les acquiescements bien placés et les levés de sourcils occasionnels seraient suffisants pour qu'elle continue à cancaner. Elle attendit avec un sourire attentif que Gladys fouille dans ses souvenirs pour découvrir le prochain potin. Mais Gladys avait momentanément perdu le fil de ses pensées et s'était souvenue des bonnes manières à la place.

-Comment s'est passé ton voyage ? Se renseigna-t-elle. Pas trop difficile, j'espère ?

-Plutôt confortable. Répondit Marjorie. J'étais seule dans la voiture pendant la plus grande partie du trajet. Le paysage était magnifique. Est-ce mon imagination, ou bien les jonquilles ont fleuri plus tôt cette année ?

-Et bien, je n'y avais pas pensé. C'est possible. J'imagine que je ne les remarque pas autant que toi, ma chère. Gladys regarda par la fenêtre alors que deux enfants riaient en pourchassant un chien.

-Être seule... Commença-t-elle. C'est dur parfois. Au début, j'ai pensé que si un gentleman à l'air si distingué me louait une chambre... mais non. Pas mon type, trop brusque. Pas qu'il se soit passé quoi que ce soit de déplacé, tu comprends...

-Mon Dieu, non. Coupa Marjorie. Il nous faut rester sur nos gardes malgré tout, n'est-ce pas ?

-Oh, Il n'est pas question de ce genre de choses et les gens le savent. Je tiens une maison respectable.

-Bien sûr que oui. Convint Marjorie. Et tu la tiens merveilleusement bien.

-C'est gentil, ma chère. Et ton Frank ? Il se porte bien ?

-Oh oui, plutôt bien merci. Répondit Marjorie poliment.

Gladys ne savait jamais si elle était jalouse du mariage plutôt ennuyeux de Marjorie et de la sécurité qui en découlait, ou bien si elle préférait sa situation de veuve et sa position enviable de propriétaire du fameux détective. Elle supposa que quelle que soit la position de chacun, l'herbe semblerait toujours plus verte chez le voisin.

-Est-ce que M. Holmes est à la maison en ce moment ? Marjorie posa la question plus pour l'inciter à parler que par réelle intérêt.

-Non ma chère. Soupira Gladys. Il est sorti pour une affaire. Elle hocha la tête sagement, comme quelqu'un qui était au fait de certaines informations. Une dame a appelé ce matin et a demandé à le voir. Il était dix heures trente car je venais de mettre la bouilloire à chauffer pour préparer le thé. Elle était très distinguée également. Sa cape était faite à la main, les coutures très fines, de grande qualité, et ses bottes étaient lustrées à la perfection. Italiennes, je dirais.

-Italienne ? Sérieusement ? Et elle a fait tout ce chemin pour le voir !

-Non ma chère, les bottes étaient italiennes. Corrigea Gladys. La dame était sans aucun doute anglaise, elle avait un accent du meilleur cru. Et une affaire inhabituelle aussi. Gladys fit une pause car elle savait l'effet que ça aurait sur son audience.

-Tu as assisté à leur rendez-vous ?

-Et bien, non. Admit Gladys. Pas présente *en tant que telle*... Mais tu vois, le meuble dans le hall avait besoin d'être ciré et naturellement, je ne pouvais pas m'empêcher d'écouter une partie de la conversation.

-On entend vraiment tout dans ces maisons en bois. Dit Marjorie, pour ajouter de la substance aux excuses de Gladys pour avoir fouiné.

-Précisément. Et, bien sûr, M. Holmes a une voix qu'on reconnait. On ne peut pas faire autrement que de l'entendre même lorsqu'on fait de son mieux pour l'ignorer.

Ses excuses ayant été amenées et acceptées, Gladys continua son histoire.

-Apparemment, le parasol de la dame avait disparu la veille. Il était très raffiné et très cher.

Marjorie se pencha un peu plus près, mais Gladys fixait le mur, nostalgique.

-Te souviens-tu du parasol que j'avais ? Celui avec les rubans jaunes ? Soupira Gladys. Je l'adorais ce parasol ; j'étais tellement fâchée quand je l'ai perdu.

-Je me souviens. Marjorie s'en rappelait bien. Gladys avait fait tout un tapage de la perte de ce stupide parasol.

-Et le parasol disparu, était-il jaune ? Insista Marjorie.

Gladys se concentra sur l'expression interrogatrice de Marjorie.

-Non ! Bien sûr que non ! Celui-ci était en soie de qualité supérieure, un cadeau de sa tante qui devrait apparemment léguer une importante somme d'argent à elle et son mari. Il semblerait que la tante n'ait pas du tout apprécié que la jeune femme le perde.

-Hmmm. Marjorie réfléchit un moment. N'y-a-t-il pas autre chose ? Un quelconque subterfuge pour déshériter le jeune couple ?

-C'est possible. Acquiesça Gladys.

Marjorie fronça les sourcils. Mais j'imagine que M. Holmes ne s'intéresserait pas à une simple affaire de parasol perdu ?

-Oh, non ! Répliqua Gladys. M. Holmes a une très bonne intuition pour ces choses là. De plus, il dit souvent que les choses sont rarement aussi simples qu'elles ne le paraissent.

-Donc, M. Holmes pense qu'il y a autre chose ? Et c'est ce qu'il fait pour le moment ? Il enquête sur le problème ? Demanda Marjorie.

-Oui, il est parti un peu plus tôt ce matin. Mais où ai-je la tête ? Tu dois être épuisée après ce long voyage. Et voilà que je papote et tu n'as pas encore pu de me donner de tes nouvelles. Chère Marjorie, c'est tellement bon de te voir. Gladys prit la main de sa sœur par-dessus la table et la tapota.

-Mais peut-être devrions nous nous retirer à présent, et tu me raconteras comment ça se passe avec Frank et les enfants demain matin ? Les yeux de Marjorie s'ouvrirent dans le noir. Elle était sûre que quelque chose l'avait réveillée. Elle écouta attentivement. Le bruit revint, un bruit de pas suivi du faible grincement d'une charnière. La lumière tamisée provenant du couloir extérieur dessinait le contour de la porte de sa chambre. Elle sortit de son lit et se glissa jusqu'à celle-ci. Elle entendait des voix en bas.

-Venez mon vieil ami, asseyez-vous.

On entendit le léger craquement d'un corps qui s'installait dans un fauteuil en cuir.

-Mon cher ami, vous m'avez encore évité de me laissers aller à mes vices.

-Oui, et bien, je me doutais que je vous trouverais dans cet épouvantable endroit.

-Parmi les anges et les démons. Résonna la voix cultivée et à peine distincte. C'est là, que se trouvent les solutions dans ce cas.

-Je pense sincèrement que vous devriez arrêter ça, vous savez. Ce n'est pas bon pour vous. Dit la deuxième voix, plus douce.

-Mon cher ami, vous êtes bien un docteur ! Mais j'en ai besoin ! C'est mon inspiration ! Ma muse se trouve dans les murmures remplis de vapeurs de la fumerie d'opium. Le délicieux pavot poussant si sauvagement dans des champs lointains libère mon esprit vers la sagesse de l'orient. Si vous voyiez ce que je vois. Tout devient relativement clair.

-Et demain il vous faudra soigner votre tête et vous vous maudirez.

-Vous êtes vraiment quelqu'un de fiable, Watson, et un sacré bon ami. Même quand vous avez tort. Vous aies-je déjà dit à quel point notre amitié comptait pour moi ?

-Au moins une douzaine de fois sur le chemin, mon vieil ami. À présent, allez dormir. Demain nous devons résoudre cette affaire, les honoraires ont déjà été dépensés, j'en ai peur.

Un bref courant d'air sur les pieds de Marjorie prévint de l'ouverture de la porte d'entrée suivie par un léger clic. Marjorie se dirigea vers la fenêtre et aperçut un homme de petite taille, élégant qui disparaissait le long du trottoir en bas. La maison sombre fut surbmergée par le silence à nouveau, uniquement interrompu par le tic-tac de l'horloge du grand-père dans le hall.

Lorsque Marjorie ouvrit les yeux à nouveau, la lumière du soleil filtrait à travers les rideaux dans la chambre. Gladys frappa à la porte pour la deuxième fois et entra avec un plateau à thé.

-J'ai pensé que tu voudrais ton thé au lit, ma chère. J'imagine que tu n'en as pas l'occasion à la maison, avec un mari et des enfants dont tu dois t'occuper le matin.

Marjorie sourit et se hissa dans une position assise.

-C'est gentil, ça a l'air délicieux.

Gladys déposa le plateau sur une petite table et remplit une tasse de thé qu'elle tendit à Marjorie avant de se servir une tasse.

Elle s'assit sur le lit.

-Tu as bien dormi ?

-Oh oui, merci.

-Tu n'as pas été dérangée ?

Gladys avait dû entendre, elle aussi, pensa Marjorie.

-Non, pas du tout. Répondit-elle en buvant son thé.

Si Gladys avait entendu la conversation entre Holmes et Watson la nuit passée, il n'était pas nécessaire d'attirer l'attention dessus pour le moment. De plus, une femme avait une dignité à préserver, et Marjorie n'était pas disposée à priver sa sœur de la fierté qu'elle ressentait en tant que propriétaire du détective le plus connu d'Angleterre. Il valait mieux taire certaines choses. Comme l'absence de bonheur dans son mariage. Le tempérament de Frank. Il fallait sauver les apparences et préserver la dignité. Que nous restait-il d'autre en ces temps difficiles ?

-Maintenant. Dit Gladys, interrompant ses pensées. Dis-moi tout sur Frank et les enfants.

Marjorie rit : Oh, tu sais. Frank travaille beaucoup. On fait de nontre mieux. La campagne est bien moins intéressante que la vie que tu mènes ici. Et les enfants grandissent. Elizabeth a 11 ans maintenant, tu sais, et elle aide avec la laiterie. Je ne sais pas comment je ferais sans elle. Geoffrey nourrit les poulets tous les matins et aide son père dans les champs. La météo a été clémente jusqu'ici et nous attendons une récolte correcte cette année ; c'est un soulagement, après le désastre de l'année passée.

Gladys hocha la tête avec sympathie. Elle garda les yeux sur sa tasse de thé en se demandant : Est-ce que ton bras va mieux maintenant ?

-Mieux ? Ah oui. Marjorie frotta son bras. Bien mieux, merci. Comme c'est bête de tomber, comme ça, dans le jardin. On pourrait penser que le connais après toutes ces années.

-Bête ? Pas vraiment. Gladys haussa les sourcils. Heureusement que Frank était là quand c'est arrivé. Pas de séquelles, j'espère ?

-Non, le docteur a dit que les os étaient maintenant bien remis. Comme je l'ai dit, juste un bête accident. Dit Marjorie avec dédain.

-Très bien. Dit Gladys. Une fois que tu seras levée et habillée, j'aimerais qu'on aille se promener. J'ai une course à faire avant le diner.

Le locataire de Gladys ne s'était pas montré au petit-déjeuner ni pendant que Marjorie aidait Gladys à quelques tâches ménagères avant qu'elles ne quittent la maison. Les lits faits et le sol de la cuisine lavé, elles se mirent en route avec des bottes de marche et des parapluies le long de Baker Street et tournèrent dans Marylebone Road.

-J'avais oublié combien les bâtiments étaient hauts, et l'horrible odeur d'égouts. Et le bruit ! S'exclama Marjorie alors qu'un homme tenant un paquet de journeaux criait quelque chose d'inintelligible près de son oreille gauche.

-On s'y habitue. Lança Gladys de sous son parapluie. Voilà, il ne pleut plus.

Le parapluie replié devint une canne frappant le trottoir au rythme de ses pas.

Marjorie mit son parapluie sous son bras en gardant le rythme.

-La ville est tellement agitée. Les gens semblent vivre à toute vitesse de nos jours. Te demandes-tu parfois, si tu étais restée dans la campagne, comment auraient été les choses ?

-Oui. Répondit Gladys. Assez souvent.

Elle avait détesté la campagne. Elle pensait que les cochons étaient laids et sales, et leur odeur ! Elle préférait l'odeur des égouts de la ville tous les jours. Au moins, on pouvait rentrer chez nous sans emmener l'odeur avec nous. Il n'y avait pas un tel luxe dans la

69

campagne. L'odeur des cochons s'imprégnait partout, jusqu'à être certain de sentir le cochon sur soi.

-Où allons-nous ? Demanda Marjorie.

-Nous allons chercher quelque chose. Gladys se mordit la lèvre. Parfois, Marjorie, les gens sont tellement intelligents qu'ils ne voient pas l'arbre qui cache la forêt.

L'officier de police fit entrer les sœurs dans un bureau rangé et bien meublé.

-Merci de bien vouloir patienter mesdames. Il leur montra deux chaises qui se trouvaient à coté d'un bureau qui semblait onéreux. Je suis sûr que l'inspecteur Lestrade ne sera pas long.

Des gouttes de pluie commencèrent à frapper la fenêtre. Gladys tourna la tête pour voir s'il pleuvait beaucoup et était sur le point de faire remarquer à Marjorie qu'il vaudrait peut-être mieux prendre un fiacre pour rentrer, peu importait le prix, lorsque la porte s'ouvrit.

-Gladys Hudson ! S'exclama l'homme de grande taille, bien habillé, sa moustache bougeant en rythme avec ses mots. Quelle bonne surprise ! Que me vaut ce plaisir ? Il prit la main de Gladys.

-Ma soeur, Mme Perriman. Gladys leva l'autre main en direction de Marjorie. Voilà inspecteur, M. Holmes n'est pas dans son assiette aujourd'hui et il m'a demandé si je pouvais passer prendre quelque chose pour lui.

-Oh ? J'espère qu'il n'a rien de grave ?

Gladys évita la question : Il était certain que je pourrais le trouver ici.

-Bien, peu importe ce que c'est, j'espère que nous pouvons satisfaire notre bon ami, M. Holmes. Je suis pratiquement sûr que nous lui devons une faveur ou deux. Qu'êtes-vous venue chercher ?

-C'est un parasol, un modèle raffiné de soie imprimée dans différents tons de bleu avec des rubans lilas. Dit Gladys. Le manche est en ivoire et il y a une inscription dessus. 'Fortius quo fidelius'. Il a été oublié dans un fiacre, mardi matin et il a certainement été déposé aux objets perdus par le chauffeur.

-Bien, laissez-moi regarder si nous avons un tel objet. Lestrade ouvrit la porte et cria dans le couloir : Gillings !

L'officier Gillings apparut et on lui donna la description du parasol. Il salua et partit à la recherche de l'objet.

L'inspecteur s'appuya sur le bord de son bureau et prit un cigare dans une boite.

-Vous me permettez, mesdames ?

-Bien sûr. Gladys fit un petit signe montrant qu'elle n'émettait aucune objection : je suis habitué aux hommes qui fument.

Il alluma le cigare et prit une bouffée. Une fumée âcre se répandit dans la pièce. Restez-vous longtemps à Londres, Mme Perriman ? Se renseigna-t-il.

Marjorie sourit : seulement quelques jours encore, je le crains. Je vais manquer à mon mari et mes enfants.

-Bien sûr. L'inspecteur souffla un nuage de fumée vers le plafond d'un air pensif. Il se tourna vers Gladys : Est-ce que... ?

L'agent Gillings revint avec un parasol en soie au manche d'ivoire exquis.

L'inspecteur examina le parasol entre ses mains. Bien, je n'ai jamais compris, comment fait-il ? Comment savait-il qu'il serait ici ? Je veux dire, celui-là précisément ? Incroyable. Je lui tire mon chapeau. Il tendit le parasol à Gladys :Veuillez remettre mes amitiés et transmettre mes meilleurs vœux de rétablissement à M. Holmes.

-Merci. Gladys se leva : M. Holmes serait reconnaissant pour votre discrétion. En fait... la jeune femme en question... Et bien, je suis sûre que je ne dois pas vous préciser combien ce genre de situations peut être délicat.

L'inspecteur haussa les sourcils : Et bien, et bien ! C'est de cela qu'il s'agit ? Bien sûr, je comprends. Il toucha le coté de son nez : Vous pouvez me faire confiance, la discrétion est ma devise.

-Merci. À présent nous devons y aller, ou je serais en retard pour préparer le diner. Merci beaucoup, inspecteur.

-Toujours heureux de pouvoir aider. Voulez-vous que j'appelle un fiacre ? Il pleut terriblement, vous savez. Gillings !

Marjorie fronça les sourcils alors que le chauffeur agitait les rênes et que le cheval trottait à un rythme régulier.

- Comment savais-tu que le parasol serait là ? Marjorie baissa la voix : Je suis surprise que le chauffeur ne l'ait pas gardé et revendu. Comment savais-tu qu'il ne le ferait pas ?

Gladys sourit : Je ne le savais pas, mais tu vois, il y a encore beaucoup d'honnêtes personnes, Marjorie, même à Londres. La réputation d'un chauffeur de taxi signifie beaucoup pour lui s'il veut garder ses clients fortunés. Je soupçonnais que la dame, ne voulant pas qu'on soit au courant de sa perte, ait appelé le chauffeur elle-même dans la rue au lieu de demander à un serviteur de le faire. Le chauffeur ne savait pas où elle habitait et donc ne pouvait pas le lui rapporter. Sa seule autre option était de le déposer au commissariat.

-M. Holmes sera content de voir que tu as trouvé le parasol. S'exclama Marjorie.

-Je ne lui dirai pas. Dit Gladys fermement.

-Mais... alors comment vas-tu… ?

Gladys tapota les genoux de sa sœur : Ma chère, tu es une femme mariée et je l'étais aussi, il y a longtemps. Nous savons comment cela se passe avec les hommes, même lorsqu'ils sont aussi intelligents que M. Holmes. Il ne cherchera pas a en savoir trop car ce serait admettre qu'une femme sait quelque chose qu'il ignore. L'égo d'un homme ne permettra pas ce genre de choses. Il me croira et par conséquent, quand je lui dirai que nous avons été nous balader, qu'il a commencé à pleuvoir et que nous avons pris un fiacre pour rentrer. Imaginez notre surprise lorsque nous avons trouvé le parasol que quelqu'un aviat laissé dans le fiacre que nous avions appelé. Je le lui montrerai et lui dirai que plutôt que de le laisser dans le fiacre et que le chauffeur ne le vole, j'ai décidé de le déposer aux objets perdus au commissariat de police.

-Après quoi, coupa Marjorie, il insistera pour le ramener à ta place.

Gladys sourit : comme tu dis.

-Et la propriétaire du parasol, continua Marjorie, sera contactée et les honoraires, payés.

Gladys lui adressa un clin d'œil : Et j'aurais mon loyer et garderait ma réputation en tant que propriétaire du plus grand détective au monde.

Distraction
De Ariane DeVere
Erith, Royaume-Uni

Sherlock n'a pas eu d'affaire à traiter depuis dix-huit jours, et il s'ennuie à mourir. Le dix-neuvième jour, John l'abandonne pendant six heures. Quand John revient *enfin* à la maison, sa chaussure gauche – toujours à son pied – est emballée dans un sac en plastique.
– Voilà, annonce-t-il. J'ai traversé tout Londres : j'ai pris un taxi pour me rendre à six endroits différents et ai marché dans la terre à chacun d'eux. Ta tâche est de trouver où exactement j'ai été, et dans quel ordre.

Il s'assied sur le canapé, balance sa jambe gauche sur les genoux de Sherlock et lui fait un grand sourire.
– La partie reprend.

L'Aventure du Colonel Fou

De Evgeniya Zimina

Kostroma, Russie

- Eh bien Watson, vous avez fait la guerre n'est-ce pas? Vous savez ce que c'est, dit Holmes.

Bien qu'il l'ait dit avec un sourire, je pouvais voir qu'il était contrarié. Nos chambres étaient dans un état désastreux. L'air était empli de poussière.

- Ma guerre était... disons... différente, répondis-je en ramassant du tapis un morceau de porcelaine brisée. Pas de bombes. Pas d'assauts aériens. J'ai l'impression d'être un otage ici à Londres. Ils nous bombardent, et nous restons sans broncher.

- Nous ne pouvons pas faire grand-chose, dit Holmes, en examinant la fenêtre. Celle-ci avait éclaté sous le coup de l'onde de choc, produite par une autre attaque aérienne du tristement célèbre blitz de Londres.

- Nous devons donc rester calmes et continuer, comme le dit le nouveau poster. L'avez-vous vu, Watson ? C'est le véritable esprit britannique !

- Même le plus endurci des Britanniques perd l'esprit ces temps-ci. Le colonel Warburton, par exemple, un cas des plus tragiques. Vous avez dû lire... j'oubliais, vous ne lisez rien à part les nouvelles criminelles et le courrier du cœur.

- Et qu'en est-il du colonel Warburton?

- Il est devenu fou suite au décès de son fils. Un jeune officier apparemment, en charge de l'unité de déminage. Vous savez, les Royal Engineers. Aucune expérience. Une bombe qui n'avait pas explosé s'est déclenchée. Le vieux colonel arpente la ville en l'appelant et demande aux gens s'ils savent où il peut trouver son fils.

La sonnette interrompit notre conversation et Mme Hudson, notre gouvernante, nous informa qu'une femme désirait voir mon ami.

- Elle est bouleversée, la pauvre, ajouta-t-elle.

- Etrangement, les gens viennent rarement à moi lorsqu'ils sont heureux, dit Holmes d'un ton quelque peu acerbe. »

Une seconde plus tard, la femme entra dans la pièce. Elle était habillée avec goût, et son visage aurait été agréable, si ce n'était pour son expression de confusion totale et la gêne qui se lisait dans ses yeux. Ses lèvres tremblaient.

- Je vous en prie, asseyez-vous, dit Holmes.
- M. Holmes, dit-elle. J'ai entendu dire que vous étiez d'une grande aide, et c'est bien d'aide dont j'ai besoin par-dessus tout aujourd'hui. Mon nom est Elizabeth Warburton. Je suis l'épouse du colonel Warburton. Vous avez peut-être entendu…
- Oui, dit Holmes, en me jetant un coup d'oeil indiquant une certaine surprise. J'étais navré d'apprendre que votre famille était victime d'une telle tragédie. La perte de votre fils unique…
- M. Holmes, interrompit la femme, sa voix soudainement ferme, c'est pour cette raison que je suis ici. Le problème est que nous n'avons jamais eu de fils.

Je pouvais voir que Holmes, qui s'apprêtait à démontrer ses pouvoirs de déduction en donnant à notre visiteuse des informations sur sa propre vie, était étonné.

- Mais, Mme Warburton, votre mari, ou plutôt, sa condition… N'est-ce pas votre mari qui prétend avoir perdu son fils, David Warburton…
- Oui, il le répète à longueur de journée. Parfois, pourtant – elle hésita un instant – je ne pense pas que mon mari soit réellement fou. Vous voyez, M. Holmes, quand James pense que je ne le regarde pas, son visage change. Il a l'air parfaitement sain d'esprit. Mais il se met à parler de « son fils » et je ne sais plus quoi penser. Est-ce que sa folie est liée à des événements réels ? Et s'il avait un fils ? Un fils illégitime, de qui je ne savais rien, qu'il avait véritablement perdu et dont la mort l'avait conduit à la folie ? J'ai entendu certaines rumeurs malsaines à ce sujet.
- Pourquoi ne pas consulter un psychiatre ? Ceci me semble être le comportement logique à adopter, demandai-je.
- Je l'ai déjà fait. Un ami de la famille a invité le Dr Brown à dîner avec nous il y a une semaine. Le docteur pense que mon mari pourrait être mentalement dérangé, mais admet qu'il est impossible de sauter si hâtivement aux conclusions.
- Eh bien, le docteur et vous pourriez attendre de voir la suite des événements, non ?

- Mais ce fantasme d'un fils ne pourrait venir de nulle part, n'est-ce pas? Il y a dû y avoir une autre femme et ce garçon, ce jeune homme. Si sa mort a été un tel choc pour James… M. Holmes, je vous en prie, trouvez au moins quelque chose sur ce lieutenant Warburton !

- Veuillez m'excuser, dit Holmes, mais je n'accepte habituellement pas ce genre de cas. Les maris infidèles, sains d'esprit ou pas, ainsi que leurs fils illégitimes, ont peu d'intérêt pour moi.

- Oh M. Holmes, s'il vous plaît ! Je n'ai personne en qui me confier. Toute information m'aiderait à décider quoi faire et comment me comporter. Essayez simplement de trouver des faits sur ce fils, ce David Warburton.

- Très bien, dit Holmes, je vais voir ce que je peux faire.

Une fois notre visiteuse partie, Holmes eut un air maussade.

- J'ai l'impression d'être rétrogradé, dit-il. Moi, et le cas du fils illégitime ! Le vieux colonel avait un secret : sa folie a ouvert le placard familial et révélé le squelette de son fils.

- C'est de l'humour noir, Holmes, répondis-je. Cette femme est en plein désarroi, et nous pouvons lui venir en aide.

- J'ai stupidement fait une promesse dans un moment de faiblesse, causé par l'état de la pièce après le raid. J'ai donné de l'espoir à cette femme au lieu de lui recommander un bon médecin pour son mari !

- Ca ne doit guère être difficile d'obtenir des informations sur le jeune homme et décider s'il existait réellement ou a été inventé par l'esprit malade d'un pauvre vieil homme. Par ailleurs, Holmes, vous n'avez jamais été préoccupé par l'état désastreux de nos appartements. Pourquoi vous en inquiéter maintenant ?

- Eh bien, admit Holmes à contre-coeur, ce sera toujours mieux qu'aucune énigme. Comme les criminels ennemis oublient de commettre des crimes, et puisqu'il n'y a rien de plus satisfaisant pour occuper mon esprit, je vais essayer d'avoir des informations sur ce fils, si j'y arrive.

- De plus, il y a quelque chose d'étrange dans le comportement du colonel, d'après sa femme. Un instant il a l'air normal, l'autre…

- En tant que docteur, vous savez qu'il est extrêmement délicat de diagnostiquer la folie. L'esprit humain est une chose obscure, dit Holmes en baillant. A part le mien. Mais je suis une exception, je le crains. En ce qui concerne cette femme, elle veut naturellement que son mari soit sain d'esprit, et ne peut croire ce qu'elle voit et entend.

Les deux jours suivants n'apportèrent rien de neuf. La seule chose qu'Holmes parvint à découvrir était que le colonel se comportait en effet comme un dément. Il marchait près des postes militaires, des gares, en demandant à chaque soldat et officier s'il savait quoi que ce soit à propos du lieutenant Warburton. Il était cependant inoffensif.

Beaucoup de gens le reconnaissaient et ne lui accordaient aucune attention. Ils prenaient néanmoins un air attristé en voyant la grande silhouette supplier : « Ne pouvez-vous rien me dire sur Warburton, David Warburton ? C'est mon fils. Il ne peut pas être mort, je sais que c'est impossible. »

Mais les démarches de Holmes n'avaient pu établir que le colonel eût eu un quelconque enfant, légitime ou pas.

J'échouais à comprendre quoi que ce soit de cette étrange affaire, car à chaque tentative de déduction de ma part, je sombrais un peu plus dans un océan d'absurdité.

- En résumé, il veut retrouver un fils qu'il n'a jamais eu, et dont la mort imaginaire a rendu le vieil homme fou ? Holmes, c'est absurde, ça n'a aucun sens !

- Bien sûr que cela n'a aucun sens, nous parlons d'un fou ! répondit Holmes. Que lisez-vous Watson ? Hamlet ? Un autre fou?

- Holmes, ce n'est pas parce que vous n'appréciez pas les arts dramatiques qu'ils sont totalement inutiles. En outre, le prince Hamlet n'était pas un fou, comme toute personne éduquée le sait. Ecoutez seulement : « Il délire, mais sa folie ne manque pas de méthode… »

Un jour, je revins à Baker Street et compris que nous avions eu un visiteur, l'odeur forte des cigares préférés de Mycroft Holmes emplissant l'air.

- Vous avez raison Watson, dit Holmes en me regardant essayer en vain de calmer mes quintes de toux, Mycroft est parti il y a environ un quart d'heure.

- Que voulait-il?

- Rien de plus ni de moins que dénicher un espion, et d'après lui, sauver le monde. Il y a eu une fuite. Le War Office est inquiet. L'ennemi connaît certains de nos secrets.

- Il y a une taupe dans le War Office ? !
- Non, Mycroft pense que c'est improbable, et pourtant…
- Qu'allez-vous faire ? demandai-je.
- Eh bien, la première chose à faire est de se débarrasser de cette histoire de Warburton. David Warburton est un mythe, j'ai fait toutes les enquêtes possibles. Il est le fruit de l'imagination du colonel. La chose la plus dure va être d'annoncer à sa femme que la personne à qui elle doit s'adresser à présent est un docteur, qui pourra peut-être expliquer la cause de l'état infortuné du vieux gentleman. Cela dit, Watson, continua-t-il, quand Mme Warburton est venue nous voir, c'est vous qui lui avez dit qu'un psychiatre était nécessaire. Il vaudra mieux pour le pauvre colonel qu'il soit placé dans une bonne maison de repos, plutôt que de le laisser arpenter Londres dans son état. S'il est vraiment en train de manigancer quelque chose, comme sa femme le pense, il n'y en a pas la moindre preuve. Elle ne veut simplement pas admettre la désagréable vérité. Ce sera difficile pour elle. Elle est déprimée à cause de son mari, et la situation financière de la famille laisse à désirer. Mais je crains bien que le colonel n'ait besoin de soins spécifiques.

- C'est une curieuse personne, ce colonel, dis-je. J'aimerais l'observer, par curiosité professionnelle.

- Excellent! Vous pourrez renchérir quand je présenterai mon opinion à Mme Warburton. Ensuite, je chercherai immédiatement la solution au problème auquel Mycroft m'a demandé de consacrer toute mon attention. Vous avez dit l'autre jour que nous ne pouvions pas rester sans rien faire. Voilà une chance d'améliorer la situation et faire quelque chose d'utile pour le pays, quelque chose d'autrement plus stimulant. Pour le bien public. Maintenant, concernant Warburton. Nous pouvons aller le voir dès maintenant, puis continuer jusque chez sa femme pour lui mettre les points sur les i.

- Mais savez-vous où le trouver ? Nous pourrions passer des heures à chercher ce cinglé !

- Il n'y a rien de plus simple que de trouver le colonel Warburton. Il fait exactement les mêmes choses quasiment chaque jour. On croirait qu'il est un employé de banque, qui quitte son domicile et va travailler à exactement la même… » Holmes s'arrêta, comme s'il avait été foudroyé. Son expression nonchalante, qu'il avait chaque fois qu'il parlait du colonel Warburton, changea.

- Il délire, mais sa folie ne manque pas de méthode… Watson, combien de fois vous ai-je dit que comme conducteur de lumière, vous étiez sans pareil! Dépêchez-vous ou il sera trop tard !

Des dirigeables gris flottaient dans le ciel gris par-dessus la ville grise. Holmes courait presque et j'avais du mal à le suivre.
- Holmes, il y a une demi-heure, vous ne saviez pas comment vous débarrasser de cette affaire et maintenant vous courez comme si c'était vous le dément, et pas le colonel !
- La méthode, Watson, la méthode !
- Que voulez-vous dire Holmes ?
- Pour l'instant je peux seulement dire que j'étais aveugle, à un tel point que si vous relatez les événements d'aujourd'hui, vous devrez le faire sans masquer mon erreur, si vous êtes un homme d'honneur, Watson ! J'ai fait la même erreur que celle que je vous reproche souvent, Watson ! J'ai regardé, sans observer !

Quand nous arrivâmes à la gare, le vieux gentleman était là, sur le quai. Il avait l'air pitoyable, posant ses questions habituelles. Les passants l'écartaient hors de leur chemin. Mon cœur fut serré de pitié quand je le vis.
- Pourquoi avons-nous couru Holmes ? Est-il en danger ? Menacé par qui ?
- Regardez-le Watson, et dites-moi ce que vous en pensez, dit calmement Holmes.

En le regardant, le sentiment de pitié s'intensifiait. Les souffrances de l'homme étaient insupportables à regarder. Un groupe de jeunes officiers descendaient du quai ; ils parlaient, riaient et discutaient de quelque chose. Le vieux colonel leur tournait le dos, et nous pouvions le voir de profil.
- Eh bien Watson, dit Holmes, et je pouvais entendre son ton triomphant, que fait-il maintenant ?

Les lèvres du vieil homme bougeaient, comme s'il comptait ou se répétait quelque chose. En le faisant, il leva la tête et je fus étonné de voir son expression rusée et calculatrice. Il se tourna lentement et nous vit. Son regard froid était celui d'un homme parfaitement sain d'esprit.

- Vite, Watson ! cria Holmes. Le colonel tenta de dégainer son revolver, mais avec les officiers dans son dos et Holmes se précipitant vers lui vif comme l'éclair, il n'avait pas la moindre chance.

Mycroft venait de partir, mais l'odeur de ses cigares traînait encore dans l'air. Il était pressé d'interroger le colonel Warburton.
- Deux cas résolus en une heure, dis-je amèrement, et je dois admettre que je me sens idiot. Je n'ai toujours pas compris ce qui est arrivé là-bas, à la gare, à part que le colonel a été arrêté.
- Vous ne devriez pas être aussi amer, Watson, répondit Holmes. Ne fus-je pas un idiot moi-même ? Mme Warburton m'avait donné un élément essentiel, elle avait dit que son mari avait l'air sain d'esprit assez souvent. Mais, en tant que femme, elle était plus intéressée par sa théorie d'une possible liaison du colonel, et c'est en l'entendant que mon intérêt pour l'affaire tomba. Je l'ai regardé plusieurs fois et dans mon irritation j'ai manqué de voir le motif derrière ses actions jusqu'à ce que vous me demandiez comment trouver le colonel. Il ne parlait qu'à des militaires et il avait toujours l'air de mémoriser ou répéter quelque chose. Ce cas nécessitait une observation minutieuse, mais ma fierté avait été blessée lorsqu'on m'a présenté un cas aussi trivial, et je fus un observateur peu attentif. En outre, j'ai ignoré un aspect important que vous, Watson, n'ignorez jamais.
- Qu'est-ce donc ?, demandai-je surpris.
- Les sentiments. J'essayais d'appliquer une logique, et il misait sur les sentiments.
- De quels sentiments parlez-vous ?
- Les sentiments des gens qui entouraient le colonel Warburton. Certaines personnes étaient curieuses, de façon vulgaire, concernant les infidélités du colonel, réelles ou imaginaires. Les colporteurs de ragots, avides de toute information scandaleuse. D'autres personnes qui le rencontraient étaient navrées pour le vieux scélérat. Vous, Watson, vous avez éprouvé de la sympathie, n'est-ce pas ? Les gens qui ont perdu des êtres chers ressentaient de la compassion pour lui. Et il manipulait ces sentiments, créant une combinaison de faits improbables, prétendant être fou alors qu'il y avait une méthode derrière sa folie. Les gens pourtant le voyaient comme une victime, comme il le souhaitait.
- Et c'était un espion. Pourquoi le faisait-il? L'argent? Vous disiez que la situation financière de la famille était mauvaise.

- C'est sûrement le cas.
- C'est dégoûtant, quel que soit le motif. Mais le subterfuge était inhabituel. On s'attendrait à ce qu'un espion garde un profil bas, et il montrait sa folie à travers la ville. Pensez-vous réellement qu'il a pu en apprendre beaucoup en déambulant en ville et en parlant aux militaires ?
- Un mot ici, un mot là. Il était assez intelligent pour saisir la situation dans son ensemble, ou ses éléments les plus importants. Mais il est plaisant de penser que nous avons pu l'arrêter et faire un pas, certes modeste, vers la victoire. Au fait, Watson, avez-vous les nouvelles affiches du gouvernement ? « Propos inconsidérés, bateaux coulés. »
- Une idée de Mycroft?

Holmes haussa les épaules et sourit.

« Je Marche un Chemin de Cyclicité »

De Katharine McCain
Rosemont, Pennesylvanie, USA

Asseyez-vous, à côté de deux hommes d'importance,
Regardez les descendre leurs mains
Qui ne connaissent aucuns maux
Vierges de taches et de salissures,
Descendre, dans les pots de miel
Doré et bruni par le soleil
Adouci par des années d'effort
Leur fournissant peut-être plus
Que sa nutrition et son goût.

Je peux marcher au-delà du bourdonnement des abeilles
Et saluer l'homme qui est au coin.

Harassé par sa ronde,
Il s'appuie lourdement contre le smog
Me demande si je souhaite partager un cigare
Mais tout ce que je veux savoir, c'est son nom.

Êtes-vous Gabriel,
George
Gary
Ou Greg?

Je marche et vois les hommes invisibles
Ceux qui restent assis, à calculer dans leur toile
L'un, confortablement enveloppé de cuir,
Boiserie, feux,
De copieuses quantités de nourriture,
L'autre,
Entretenu par un régime à base de coercition
Et de poussière dc craie.

En continuant,
En passant les doigts sur une porte familière
Jusqu'à ce que je me trouve dans un hôpital également familier
Où un rapport naît au milieu des mourants
Avec une vie immodérée
Que pouvons-nous
Déduire de cela ?

Plus loin encore
Un étudiant avec son chien
(Pas, il semble, nommé comme un premier ministre
Ou le synonyme d'un rocher heureux)
Qui laisse ce corniaud accéder
À la jambe d'un autre homme
La morsure qui mène aussitôt
A des mots.

En reculant aussi loin qu'il m'est permis
Je jette un coup d'œil à travers une fenêtre quelconque
Située dans un endroit inconnu
Où cette famille anonyme se rassemble
Je les vois lui donner un nom
Et décider
Heureusement, pas Sherrinford,
Mais Sherlock

Je peux faire tout cela
Laisser des empreintes d'encre
Et encore être revenu à temps
Pour partager le miel et le thé.

Le Commencement
D'Annabelle Hammond
Norfolk, Royaume-Uni

John Watson clopina dans la salle de classe, ne s'appuyant que légèrement sur sa cheville blessée. De nombreuses peintures aux couleurs vives l'encerclaient. Il soupira de frustration. Il ne se sentait certainement pas gai et joyeux.

La classe se tut. La professeur s'approcha de lui. C'était une femme âgée, avec des cheveux courts tirant sur le gris. Elle lui sourit gentiment.

- Tu dois être John, je suis Mme Hudson. Je serai ton professeur cette année. Bienvenue en CM2, dit-elle en tapant dans ses mains de plaisir. Son sourire s'élargit comme si son visage allait se fendre.

- Va prendre une place où tu en as envie, dit-elle en poussant légèrement son épaule. Il trébucha légèrement. Les autres enfants ricanèrent et s'esclaffèrent.

- Oh, je suis tellement navrée, as-tu besoin d'aide? Je n'avais pas réalisé que tu avais un problème de cheville, dit-elle en fronçant les sourcils.

Le visage de John se plissa de contrariété. Ce n'est pas parce qu'il avait une cheville fragile qu'il était immobile : il pouvait parfaitement prendre soin de lui-même.

- Je vais parfaitement bien, vraiment, je peux le faire moi-même, dit John en tournant le dos à Mme Hudson. Le sac de John l'alourdissait. Ses parents l'avaient rempli de livres dont il n'avait pas besoin.

John chercha autour de lui une place libre et il n'y en avait qu'une. Les autres enfants chuchotèrent alors qu'il se dirigeait vers le siège. La table était au fond de la classe, sa surface était claire. Le garçon qui y était assis ne semblait pas écouter ce qui se passait autour de lui. Il était très grand et avait des cheveux bruns frisés, sa frange retombant sur ses yeux. Il avait le teint pâle et des pommettes saillantes. Il était facile de l'imaginer regarder les gens de haut, avec un air de dégoût. Il portait une chemise et un pantalon noirs. Il avait l'air trop mûr pour être en classe avec John ; après tout, ils n'auraient pas pu avoir l'air plus différents.

John avait des cheveux blonds et raides, et un visage arrondi. À 10 ans, il avait déjà le front ridé. Il portait un pull tricoté, un cadeau de sa mère. Elle le lui avait fait porter aujourd'hui pour qu'il fasse une bonne première impression en classe. Il avait grommelé en réponse mais n'avait pas protesté. Il portait un jeans et de vieilles chaussures qu'il avait héritées d'un parent lointain. John se sentait comme un enfant comparé à l'autre garçon, dont le regard le survola, les yeux d'un gris profond l'analysant avant de se reporter sur la fenêtre.

John contourna la table et s'assit, lâchant son sac à dos qui retomba au sol. Il s'effondra dans sa chaise, soulagé de ne plus être debout. Il se demanda qui était l'étrange garçon assis à côté de lui. Il avait l'air réservé et peu aimable. John toussa pour attirer son attention, ce qui lui valut un regard peu amène, puis de nouveau rien.

Devant la classe, Mme Hudson commença à parler des fournitures scolaires. John ne l'écouta pas, trop occupé à se demander qui était cette personne à côté de lui.

- Me fixer ne répondra à aucune de tes questions. A moins que tu aies mes facultés d'observation, ce dont je doute. Mon nom est Holmes , Sherlock Holmes, dit le garçon en se tournant finalement vers lui. John le scruta d'un air abasourdi. Il tendit la main par politesse. Sherlock la regarda et resta les bras croisés.

- John…, commença-t-il.
- John Watson. Tu as récemment déménagé parce que ton père a accepté un meilleur emploi à l'hôpital local. Ta mère reste à la maison et il semble qu'elle passe beaucoup de son temps libre à tricoter. Ton pull est le résultat de l'une de ses tentatives, à ce que je vois. Sûrement pas sa plus grande réussite j'en suis sûr », dit Sherlock dans un torrent de mots. Il parlait rapidement, d'un ton sérieux, laissant John confus pour un instant ; John le regarda fixement, la bouche ouverte sous le coup du choc.

- Comment… Comment sais-tu tout ça ?, s'étouffa-t-il.
- Observation et déduction, dit-il d'un ton pragmatique. Ne t'inquiète pas, vous êtes tous trop stupides pour comprendre, et encore moins maîtriser cet art. Referme donc la bouche Watson, je vois déjà que tu as deux plombages : un blanc et un gris. Tu as mangé trop de bonbons l'année passée, c'est évidemment pour cela que tu as les traits

épais. Tu perdras ce poids dans quelques années. Oh, et ta jambe, tu as clopiné dans cette salle comme une âme en peine. Tu ne mets jamais pleinement ton poids sur ta jambe gauche. Je suppose que tu te l'es contusionnée récemment en retombant d'un arbre. Une entorse de la cheville au second degré, d'après ton docteur. Je suppose qu'elle est également tordue. Tes horribles bottines brunes ont dû t'être données, pourquoi quelqu'un achèterait-il quelque chose de tellement hideux ? » Sherlock marqua un arrêt. Il offrit à John un sourire maladroit, en dépit de toutes les critiques qu'il venait de lui adresser.

- Euh, oui, tout est à peu près correct, dit John, en regardant la table et en fronçant les sourcils. Sherlock le mettait mal à l'aise.

- Sherlock, je suppose que tu as quelque chose à partager avec la classe ? La voix de Mme Hudson coupa l'air.

- Ah, je ne souhaite pas frimer, Mme Hudson, dit-il en prononçant son nom avec dédain.

- Je ne crois pas que cela soit possible M. Holmes, essayez donc je vous en prie, dit-elle avec un faux sourire.

- Bien, soit. Commençons », dit Sherlock, ses deux mains jointes comme s'il priait. Toute la classe s'était tournée pour le regarder hostilement. John se sentait encore plus mal à l'aise. Il avait commencé à transpirer dans son pull en laine.

- Vous avez appris à la classe que les métaux sont solides, durs, brillants et de bons conducteurs. Ceci est terriblement ennuyeux, le plus bête des éléphants aurait pu le dire, dit-il en retroussant la lèvre. Ses yeux gris étaient écarquillés et allaient de droite à gauche, comme s'il parcourait une carte.

- Je peux vous dire que les métaux sont malléables parce qu'ils sont constitués de plusieurs couches d'atomes qui glissent les unes par-dessus les autres quand la matière est pliée ou façonnée. Les métaux forment également des structures géantes où les électrons sur la couche extérieure sont libres de circuler. Les électrons libres et les ions métalliques peuvent être forcés ensemble dans un lien métallique. Cela suffit-il Mme Hudson, ou dois-je continuer ? dit Sherlock en se détournant de la classe avec un sourire suffisant.

John n'avait pas la moindre idée de ce que venait de dire Sherlock, son cerveau ne comprenant pas des mots comme malléable ; il n'avait que 10 ans après tout. En regardant le reste de la classe, John vit le choc sur le visage de tous les enfants. Mme Hudson se tenait devant la classe, les mains sur les hanches. Son visage était rouge tomate, et de la sueur perlait sur son front.

-       M. Holmes, nous pouvons peut-être poursuivre cette discussion hors de la classe, dit-elle en serrant les dents.

Sherlock se redressa, sa silhouette dégingandée dominant la classe. Il ramassa un crayon sur le bureau d'à côté et attendit debout. La classe regardait en silence. Sherlock rit et continua de marcher. Après quelques pas, il lança le crayon. Il manqua la tête de Mme Hudson d'un cheveu. C'était un coup raté parfait. Sherlock quitta la pièce, son rire faisant écho derrière lui.

Des voix retentirent alors que la rumeur commençait à se répandre. Personne n'approcha John, qui fixait le cadre de la porte. L'autre garçon était incroyable, personne ne pouvait être aussi intelligent mais il l'était. Il n'avait que 10 ans mais il était extraordinaire. John ne pouvait même commencer à comprendre ce qui venait de se passer.

Mme Hudson criait hors de la salle. Elle revint tremblante et en sueur. Sherlock ne revint pas.

-       Maintenant, les enfants, veuillez tous sortir jouer un instant le temps que je trouve une punition pour M. Holmes, dit-elle en contenant de peu sa colère.

La classe échappa à sa furie. La porte claqua derrière elle. John descendit les escaliers en boitant, et alla dans la cour de récréation. Une nouvelle fois, il était seul. Il repéra un banc sur le terrain. Il était vide, les autres enfants couraient autour en jouant au loup. Il marcha dans sa direction et s'y laissa doucement tomber. Il étira les jambes devant lui, en ignorant la douleur qu'il ressentait à la cheville. Elle lui faisait mal, mais cela n'irait pas mieux tant qu'il ne la ferait pas travailler.

Il regarda les autres enfants courir et jouer. Il pensa que le jeu était stupide. Il n'y avait rien à gagner à courir à tout va. John n'était pas dans la meilleure des santés, donc il ne voyait pas l'intérêt d'être capable de courir pendant des heures. Il n'aurait jamais besoin d'échapper à qui que ce soit. Surtout s'il devenait docteur, comme il en rêvait. Il n'aurait pas besoin de cavaler à toute vitesse dans un hôpital.

-       Absurde, n'est-ce pas ?, dit une voix sérieuse derrière lui. John se retourna et vit Sherlock, se tenant debout. Il portait un manteau sombre qui avait l'air trop court pour son corps dégingandé. Sherlock s'approcha et s'assit, en croisant les bras et les jambes. John acquiesça.

- Les gens sont trop bêtes pour leur propre bien, honnêtement ce jeu n'est même pas amusant, dit Sherlock, ses yeux allant d'une personne à l'autre dans la cour.
- Si ce n'est pas amusant, qu'est-ce qui l'est ? demanda John, en trouvant du courage dans la voix. Après tout, il était assez curieux.
- Seuls les gens normaux croient que courir est amusant. Ce qui est amusant, c'est de résoudre un problème que personne ne peut élucider. C'est se lancer le défi personnel d'être le meilleur. D'observer et ne jamais manquer un indice, car un jour ta vie en dépendra, dit Sherlock, son visage rayonnant à son idée de l'amusement.
- Je veux être docteur, lâcha John, sous le coup de la tension. Sherlock baissa les yeux vers lui, en haussant les sourcils.
- Un jour, John, tu le seras, dit-il. John secoua la tête, ce garçon ne pouvait pas connaître le futur. Ils restèrent assis en silence, en repensant aux paroles de l'autre.
- Un autre garçon courut vers eux. Il était de taille moyenne et avait des cheveux bruns. Son visage affichait un sourire narquois. Il y avait quelque chose de dérangeant chez lui. John pensa que c'était la façon dont ses yeux bleus le regardaient.

Tu t'es trouvé un petit ami maintenant Sherlock ? Je suis sûr que tout la classe adorerait l'apprendre », dit le garçon. Puis il cria « Sherlock a un petit ami » suffisamment fort pour que tout le monde l'entende et arrive en courant. Des voix s'élevèrent autour d'eux, les doigts pointés et les regards braqués sur eux.

Le garçon marcha vers John, en écartant Sherlock.

- Je suis James Moriarty, tu ne devrais pas parler à Sherlock. Il va te remplir la tête de mensonges, il prétend qu'il sait tout pour cacher à quel point il est bête, dit Jim, et les spectateurs ricanèrent.
- Tu ne devrais pas traîner avec des gens comme lui. Ils ne feront que te tirer vers le bas. Pourquoi ne viens-tu pas avec nous ? Nous pouvons te montrer comment être le meilleur, dit-il en reculant, les bras grand ouverts pour accueillir John dans sa petite bande.

John n'aimait pas le garçon. Il était trop arrogant. James lissa ses cheveux en arrière tandis qu'il attendait, en exhibant un sourire d'un blanc éclatant. Il ne devait pas parler à Sherlock de la sorte, tout le monde était égal.

Il se redressa lentement, en tenant le banc pour se maintenir. Sherlock le regardait d'un air curieux. John mit une main derrière son dos, trois doigts largement écartés.

- Je suis navré, mais je vais devoir décliner ton offre. Il n'y a rien de mal chez Sherlock. Certes, il est égocentrique, mais tu as l'air de l'être aussi, dit John avec un sourire.

Il n'aimait pas les petits tyrans et James en était un. Il débordait de confiance en lui. Sherlock se leva derrière lui. John plia un doigt, n'en laissant que deux redressés.

- En es-tu sûr ? Tu seras un cinglé comme lui si tu refuses. Personnes ne voudrait ça, persifla James, en affichant toujours le même sourire.
- Eh bien, je préfère être comme lui que comme toi, dit John, en repliant simultanément un autre doigt.
- Qu'il en soit ainsi, dit James, qui fronçait les sourcils à présent.

Il semblait que personne n'avait jamais refusé son offre auparavant. James s'avança, se tenant nez à nez avec John. John plia le dernier de ses doigts, sa main maintenant serrée en un poing, juste au moment où Sherlock s'avança à ses côtés. Ensemble, ils poussèrent Moriarty. Celui-ci tomba, choqué, alors que John et Sherlock s'enfuirent au pas de course, en riant ensemble à chaque foulée.

Il semblait que John s'était fait un ami en fin de compte. Il s'était également opposé à un tyran qui avait besoin d'être remis à sa place. Sherlock Holmes et John Watson faisaient une sacrée équipe. Ensemble, ils coururent hors de l'école, John traînant légèrement à l'arrière, mais s'amusant. Ils passèrent le panneau de Baker Street quelques instants plus tard. John regarda sa montre et vit qu'il était 2h21 de l'après-midi.

Les cris de Mme Hudson les poursuivaient dans leur course.

- Les garçons, revenez ici tout de suite ! Vous avez causé assez de tracas comme cela, revenez avant que j'appelle la police !

Sherlock rit encore plus fort.

- Qu'y a-t-il encore ? demanda John.
- Mon grand frère Mycroft est l'un des policiers locaux, dit Sherlock, essoufflé par la course.
- C'est vrai ? C'est aussi ce que tu veux faire ? demanda John, s'efforçant d'imaginer Sherlock en policier.

- Ah, je crains que non, John. C'est bien trop facile. Je vais être un détective consultant à la place, dit Sherlock avec fierté.
- Est-ce que ce métier existe seulement ? demanda John. Il n'en avait jamais entendu parler auparavant. Il en fronça les sourcils de confusion, son cerveau s'efforçant de trouver les mots.
- Non, ça n'existe pas. Je serai le premier. Sherlock Holmes, le premier consultant détective du monde, cria Sherlock, sa voix résonnant de confiance. Un rire excentrique perça l'air et John ne put s'empêcher de se joindre à lui. John pensa que Sherlock devait être fou, mais n'en dit rien.

Plus tard dans la nuit, assis à son bureau encombré, John écrivit :
Cher Journal, aujourd'hui je me suis fait un nouvel ami…

L'Entremetteur de Furrow Street
De Aine Kim
Londres, Royaume-Uni

C'était par une nuit froide et bruineuse, le 17 mai 1895, que je fus détourné de ma pipe par le bruit d'une calèche s'arrêtant en cliquetant devant le 221 B Baker Street. Quelques minutes plus tard, un bruit sourd se fit entendre de l'étage. Holmes me dépassa précipitamment et courut coller son visage vif et impatient contre la fenêtre en cherchant dans la pénombre, comme s'il voulait attirer le passager de la calèche de l'intérieur. Tout de suite, la sonnette retentit et mon compagnon descendit les escaliers en dansant pour ouvrir grand la porte et accueillir notre visiteur.

L'inspecteur principal Lestrade s'installa rapidement devant le feu, tandis qu'Holmes arpentait la pièce de long en large.
- Voici un temps qui n'est pas de saison, ne trouvez-vous pas, Holmes ? remarqua Lestrade.
La réponse de Holmes demeurera inconnue, car Mme Hudson entra dans la pièce en portant un plateau de thé et un exemplaire des nouvelles du jour.
- Merci, Mme Hudson. Lestrade, je suppose qu'il y a eu un meurtre effroyable à propos duquel vous souhaitez me poser des questions, dit Holmes en parcourant par intermittences le journal, qui fut prestement récupéré par Lestrade.
- Vous ne le trouverez pas là-dedans, Holmes. Le Yard essaie de garder cette affaire sous silence.
Holmes se renfonça dans sa chaise et y reposa le dos. « Dites m'en alors plus vous-même, je vous prie. »
Mme Hudson interpréta le signal et quitta la pièce.
- Eh bien, commença Lestrade, je suppose que vous vous souvenez du cas du Boucher de Putney.
- Watson, mon dossier s'il vous plaît.
Je lui tendis l'épaisse enveloppe brune archivant les informations sur la plupart des crimes et criminels du siècle dernier.

- Hum, le Boucher de Putney... Oui. Il a assassiné douze personnes et fait passer leurs carcasses pour celles d'animaux pendant six semaines... Emprisonné à vie à Old Bailey en 1886. Je suppose qu'il y a eu une autre mort, suffisamment ressemblante pour vous faire croire qu'il s'agit de lui ? Si je me souviens bien, il s'est échappé de la prison de Pentonville à la fin du mois dernier, réfléchit Holmes en parcourant le dossier.

Lestrade acquiesça.

- Juste sur tous les points, sauf un.

Il était trop tard. Holmes avait bruyamment refermé le dossier, et commencé à s'affairer autour de nous, agitant ses mains à chaque fois que Lestrade essayait de parler.

- Donc... Le retour du Boucher? Mais comment pouvez-vous être si sûr qu'il s'agit de lui ? Son évasion récente et la simplicité de ses meurtres en font une cible facile à imiter. Je suppose que vous avez déjà cherché les signes évidents, la marque d'un crochet de boucher sous l'oreille droite, les blessures au couteau à la cage thoracique...

- Holmes, intervint Lestrade, nous savons déjà qu'il n'est pas le meurtrier.

Mon compagnon s'arrêta net.

- Comment pouvez-vous en être si sûr?

- Car, expliqua patiemment l'inspecteur principal, il s'agit de la victime.

Alors que nous étions assis ensemble dans la calèche, je regardai Holmes feuilleter son toujours fidèle dossier brun et l'écoutai réfléchir au meurtre.

- Alors, le Cannibale de Boston... il y a un mobile ici, je pense qu'ils se sont rencontrés et battus en 1882... mais je suppose que cette question d'océan rend la chose peu probable. Walter Wilkerson, très certainement motivé, mais également décédé.

Le véhicule s'arrêta dans une petite rue sombre, densément peuplée par une foule d'agents de police. Holmes sortit rapidement et s'avança d'un pas délibéré vers le corps gisant sur les pavés maculés de suie.

- Watson, que pensez-vous de ceci ? me lança-t-il. Je m'approchai du corps et fus surpris de voir que sa peau était mouchetée de contusions sombres et irrégulières.

- Cet homme a été lapidé à mort.

- Exactement. Que remarquez-vous d'autre ?

Je regardai de plus près, et réalisai que celui que j'avais initialement pris pour un vieillard rabougri était en fait un homme bien plus jeune et robuste, en voyant sa fine chevelure blanche rester dans ma main.

- Holmes, cet homme était fortement déguisé, avec un déguisement digne d'un professionnel.

Holmes rit amèrement.

- Il savait que je serai à sa recherche, ou tout du moins le supposait. Je ne vais pas être appelé pour enquêter sur tous les meurtriers de seconde zone qui s'échappent d'une prison modérément gardée.

Je restai debout alors qu'Holmes parcourait la scène du crime, s'arrêtant à l'occasion en poussant un cri de joie et en se jetant sur un petit élément du décor. Soudain, le son des sabots retentit sur la pierre et un autre véhicule de police fit son apparition. Un jeune agent en sortit en sautant, et courut vers l'inspecteur principal Lestrade.

- Monsieur, cria-t-il, il y en a eu un autre !

Une fois encore, je me retrouvai à l'arrière d'une calèche avec Holmes, qui devenait de plus en plus frustré.

« Qui cela peut-il être ? Aucun de ces criminels ne vient d'une culture qui pratique les lapidations, et la taille et la forme des contusions indiquent que les pierres étaient plus petites et pointues, ce qui signifie que le tueur est soit une très jeune femme, soit un homme très âgé et infirme. Maintenant, savoir duquel il s'agit… »

Nous descendîmes à nouveau et Holmes remarqua l'emplacement du corps.

- Les deux morts ont eu lieu à moins d'un mile carré l'une de l'autre… Ce que nous pouvons déduire de cette observation sera confirmé par la prochaine victime.

- Prochaine victime ?

Mais Holmes avait disparu dans la rue et l'obscurité, agitant une petite lampe à huile et emportant avec lui la réponse à ma question.

La présence d'une traînée de taches de sang au sol conduisit Holmes à s'exclamer bruyamment « Aha ! », me faisant d'un coup arriver au bout de l'allée.

Je le trouvai voûté sur le corps d'un jeune homme, ses yeux froids et gris illuminés par la joie de la poursuite, comme ceux d'un fin limier. Il tenait entre ses doigts longs et fins une carte blanche, sur laquelle était imprimés les mots « Faits l'un pour l'autre » ainsi qu'une adresse.

- Vous observerez, Watson, dit-il, que ce gentleman est un client des services d'entremise de Carhill, à Furrow Street.
- Oui Holmes. Aurais-je raison de croire que Furrow Street ne se trouve à moins d'un demi mile d'ici ?
- Très juste, mon cher Watson. Je serais honoré que vous m'accompagniez là-bas.

Furrow Street était une petite rue, faiblement éclairée et pavée de pierres, qui ne semblait être fréquentée que par des hommes dégarnis, d'âge moyen, qui gravitaient sans honte autour d'un unique endroit. Les services d'entremise Carhill étaient installés dans un petit bâtiment quelconque, ramassé comme un crapaud au milieu de la rue.

Holmes et moi nous engouffrâmes dans une auberge de l'autre côté de la rue, et nous dirigeâmes vers la fenêtre. Mon collègue sortit rapidement son dossier et se pencha en avant.

- Nous avons établi que les deux victimes étaient clients de cet entremetteur. La première avait une raison évidente, étant tout juste sorti de prison il avait besoin de s'établir aussi rapidement que possible, d'où son besoin de trouver une épouse, sans compter sa chevelure déplorable sur les côtés. Le second… hum ! Il a été identifié comme un M. Benson Fforbes, qui était heureux en ménage.
- Il était probablement simplement à la recherche d'une nouvelle épouse?

Holmes secoua la tête.

- Un entremetteur ne s'adresse pas aux époux infidèles. Un entremetteur honnête sait que ses clients devront tout savoir sur l'autre dans les moindres détails, et s'il ne peut pas fournir une information en sachant qu'elle plaira à un public cible, il ne présentera pas le client du tout. Cependant, ceci n'a pas l'air d'être un service d'entremise ordinaire.

À ce moment, un petit homme au front dégarni détala par la porte des services Cahill pour prendre les rênes d'une calèche, qui s'éloigna lentement sur la route.

Holmes se tendit. Il semblait prêt à bondir hors de sa chaise sous le coup de l'excitation, mais se tint immobile une fois le moment passé.

- Watson, je présume que vous vous rappelez des deux catégories possibles de meurtrier que j'ai évoquées ?

- Une jeune femme, ou un homme âgé et infirme. Vous ne pensez quand même pas...

Je le pense en effet, mon cher Watson. Je suggère que nous traversions et allions enquêter sur l'identité de notre ami chauffeur.

Le propriétaire des services Carhill était un homme petit, à l'allure de rat, dont émanait une odeur âcre de cornichons.

- Eh bien messieurs, demanda-t-il, que puis-je pour vous aujourd'hui?

Sans attendre de réponse, il fit un mouvement brusque vers le meuble de rangement contre le mur, et commença à fouiller dans un des tiroirs.

- Mademoiselle Rachel Wilson, 29 ans, de fine corpulence, des cheveux noirs, le père est un banquier, vient avec une « voiture de famille », et une dot de ... non, considérons plutôt Mademoiselle Lily Curtis, 32 ans, corpulence moyenne, les cheveux blonds, dont le père est pour l'instant sans emploi mais est parti avec un héritage d'une compagnie de thé, vient avec une petite maison et...

Holmes s'impatienta à ce moment.

- Je n'ai aucun intérêt dans aucunes de ces jeunes femmes, toutes charmantes qu'elles puissent être, dit-il sèchement, mais je vous serai très reconnaissant de me donner le nom de l'homme qui vient juste de quitter votre établissement.

Je levai la tête pour voir que M. Carhill avait pris un air sombre et renfrogné.

- Je regrette messieurs, cracha-t-il, nous ne sommes pas en mesure de divulguer des informations concernant nos clients aux gens qui n'en sont pas eux-mêmes. Bonne après-midi ! »

Sur ce, il ferma le tiroir en un claquement et disparut dans le bourbier ténébreux qu'était son bureau. Les traits de Holmes s'assombrirent et une détermination sinistre apparut sur son visage.

- Qu'allons-nous faire, Holmes? Le bon M. Carhill n'est clairement pas enclin à nous donner les informations dont nous avons besoin, mais qu'en est-il du chauffeur ?

L'ombre de la calèche décrépite était toujours visible alors que le cheval éreinté la traînait laborieusement sur les pavés.

- Notre chauffeur, mon cher Watson, répondit-il, est la clé de cette enquête.

- Holmes, m'écriai-je, nous devrions alors certainement nous lancer à sa poursuite ?» Mais mon compagnon se contenta de sourire, et se reposa dans son fauteuil.

Une fois le véhicule complètement disparu de notre vue, Holmes se pencha en avant et commença à parler.

- Cet homme est certainement un suspect, mon cher Watson. C'est un homme âgé, incapable de tuer d'une autre façon qu'en lapidant quelqu'un avec des petits rochers pointus, et il a un mobile…

- Un mobile ? interrompis-je. Quel mobile peut-il avoir ?

- Watson, vous remarquez que la plupart des clients de cet établissement sont des hommes riches, d'âge moyen ?

Je le vis en effet.

- Notre bon chauffeur n'est pas riche, et n'est pas non plus d'âge moyen. Il assassine les autres clients avec l'intention simple et animale de réduire la compétition dans sa quête d'une partenaire.

- Pourquoi alors ne l'arrêtons-nous pas ?

- Parce que, sourit Holmes, sa culpabilité ou son innocence dépendra de l'identité de la prochaine victime.

Je n'avais plus guère de patience à ce stade.

- Comment pouvez-vous être sûr qu'il y aura une autre victime ? demandai-je exaspéré.

- Mon cher Watson, répondit-il, je ne suis pas sûr qu'il y en aura une autre. Je ne peux qu'espérer.

Nous restâmes assis en silence pendant quelques minutes.

- Bon, dit enfin mon compagnon, puisqu'aucune information concernant une nouvelle victime ne semble paraître, je suggère que nous allions visiter les demeures des victimes et que nous cherchions des indices dans leurs effets personnels.

La maison de la première victime était une petite chambre sordide et misérable, remplie de papiers et ne contenant aucun meuble à l'exception d'un tapis et d'un brasero. Après que j'eus péniblement escaladé les escaliers qui y conduisaient, je trouvai Holmes, arrivé avant moi, fouillant dans un coffre-fort et éparpillant des papiers à droite à gauche. Enfin, il émergea triomphant, tenant une petite enveloppe portant l'inscription « SEC ».

- Mon cher Watson, dit-il, cette petite enveloppe pourrait contenir la clé de tous ces meurtres.

Ayant dit cela, il l'ouvrit et la secoua pour en déposer le contenu dans sa paume. Dans sa main se trouvait une carte de visite de M. Carhill, des Services d'Entremise Carhill, et une petite photographie, qu'il leva entre deux doigts pour l'examiner plus en détail.

- Hum ! Un visage frais en effet Watson.

J'observai avec lui. C'était la photographie d'une jeune femme, qui ne souriait pas et fixait le photographe d'un air presque agressif, et pourtant si captivant que j'avais peine à quitter le papier des yeux.

- De qui pensez-vous qu'il s'agisse ?

- Elle est notre lien vers le meurtrier, répondit Holmes en plaçant la photographie dans sa poche. J'espère seulement que nous la trouverons également dans la maison de la seconde victime.

Le défunt M. Benson Fforbes avait résidé dans une maison à deux étages du quartier de Chelsea, à Londres, avec un assortiment considérable de domestiques et une femme. J'emboitai le pas de Holmes alors qu'il y entrait, et naviguait au milieu d'une mer de cuisiniers, femmes de chambre, femme de ménage et épouse éplorés, jusqu'à-ce que nous atteignions la chambre de Fforbes.

Sa veuve était une petite femme ronde, avec une tignasse blonde. Elle nous ouvrit la porte en sanglotant. Heureusement, quoique fort insensiblement, Holmes s'écarta pour me laisser entrer puis ferma la porte au nez de notre hôtesse. Après dix minutes de recherche, il avait retrouvé à la fois l'enveloppe SEC et la photographie de cette femme mystérieuse, qu'il dissimula avec tact dans son manteau avant de partir.

Ce soir-là, alors que nous étions assis au coin du feu à Baker Street, Holmes s'attarda sur le cas qui arrivait à sa conclusion.

- À présent mon cher Watson, nous attendons.
- Combien de temps pensez-vous que nous allons devoir attendre ?
- Combien de temps allons-nous attendre avant qu'une autre victime ne soit découverte ? Oh, je dirais que c'est l'affaire de quelques heures vu le rythme de notre tueur. Ensuite, il suffira simplement de trouver la photographie, arrêter le chauffeur et l'intimider jusqu'à en tirer une confession... Watson, je dois avouer que bien que j'aie apprécié cette affaire, elle s'est révélée être bien superficielle.

À ce moment, un fracas violent retentit en bas, suivi par le bruit sourd de pas, la porte s'ouvrant d'un grand coup, et l'apparition de Lestrade, pâle et épuisé. Holmes avait bondi hors de sa chaise.

- Qu'y a-t-il Lestrade ? cria-t-il impatiemment.
- Il y a eu un autre meurtre, fut la réponse.
- Excellent. Maintenant, tout ce qu'il nous reste à faire, c'est trouver la photographie, et arrêter le chauffeur.
- Holmes, je crains que cela ne soit impossible.

Mon compagnon s'arrêta.

- Et pourquoi cela ?
- Parce que, répondit l'inspecteur principal d'un ton las, c'est lui qui a été assassiné.

Holmes et moi étions assis dans la voiture de police qui roulait à toute allure vers la scène du crime. Les sourcils de Holmes étaient froncés, ses yeux sombres, et il ne pipait mot.

Enfin, il s'exclama :

- C'est la femme Watson ! Ca ne peut être qu'elle ! Tout ce temps, nous étions sur la mauvaise piste, en pensant qu'elle était le lien vers le meurtrier quand c'était elle la meurtrière !

Une fouille des poches du cadavre révéla la photographie, comme attendu, et apporta un changement complet dans l'humeur de Holmes. Galvanisé par sa découverte, il se lança à l'action et disparut quelques heures, avant de revenir triomphant.

- C'est sa fille, Watson!

Je levai les yeux pour voir un bagagiste sale et corpulent s'avancer dans notre salon.

- Holmes ?

Holmes, car c'était bien lui, enleva sa moustache et s'assit.

- Cette femme est Elizabeth Carhill, fille de notre ami entremetteur. Elle est également la meurtrière.

- Mais Holmes, comment pouvez-vous en être si certain ? Pourquoi tuerait-elle les clients de son père ?

- Elle intéressait toutes les victimes, et celles-ci ont toutes été assassinées la première fois qu'elles l'ont rencontrée. La première, le Boucher de Putney, il n'a jamais rien suspecté. En tant que meurtrier lui-même, il était parfaitement capable de se défendre mais sa compagne potentielle a découvert son passé et a décidé qu'il lui incombait la responsabilité de lui faire payer ses crimes. Pour la seconde, Benson Fforbes, c'est à nouveau en découvrant l'existence de son mariage que Carhill a décidé qu'une vengeance s'imposait.

- Et le chauffeur? Pourquoi l'a-t-elle tué?

Holmes haussa les épaules.

- L'excitation? La satisfaction éprouvée lors du meurtre d'un innocent, la joie ressentie en réalisant qu'elle avait le pouvoir d'ôter la vie ? Qui sait ? Pas même l'assassin probablement.

- Aussi, continuai-je, comment diable a-t-elle fait pour les tuer? Tous ces hommes mesuraient au moins 1 mètre 80, et l'un d'entre eux était un meurtrier lui-même. Cela prendrait au moins 20 minutes de tuer un homme avec des pierres aussi petites, et les victimes auraient facilement pu la maîtriser entre temps.

Holmes rit.

- Ah, elle était très futée! C'est là que se trouve le génie. Elle arrivait en avance à leur rendez-vous, glissait un narcotique à retardement dans leurs boissons, et transportait les victimes dans un autre lieu, où elle les tuait. L'usage des pierres m'échappe en revanche.

Nous étions tous deux perdus dans nos propres pensées quand Lestrade réapparut au pas de notre porte.

- Si vous êtes prêt, Holmes, nous allons procéder à l'arrestation.
- Qui arrêtez-vous?
- Eh bien, Elizabeth Carhill, bien sûr.
- Et rien qu'elle?
- Oui…

Holmes bondit hors de sa chaise.

- Pas question. Vous allez également arrêter son père.

Lestrade était sans expression. Holmes poursuivit son monologue en prenant son manteau et commença à descendre les escaliers.

- Elizabeth Carhill a certes commis les meurtres, mais elle n'est en aucun cas la seule partie coupable. J'ai trouvé des preuves particulièrement incriminantes dans le bureau de M. Carhill, des lettres qui lui étaient adressées et négociaient les prix pour l'assassinat par sa fille d'une personne donnée. Dépêchez, Watson !

- Mais Holmes, lança Lestrade derrière nous, qui était le client qui a commandité ces meurtres à l'origine ?

Holmes s'arrêta.

- Son nom est Moriarty.

- Qui est-ce ?

- C'est précisément ce que j'entends découvrir.

Le Plus Grand Détective
De Amber Butler
Bonnieville, Kentucky, Etats-Unis

Au-dessous, les sons de Baker Street.
La fumée de pipe s'étiole lentement dans l'air,
Elle flotte comme le brouillard londonien.

Il est assis, replié dans un fauteuil en cuir.
Des yeux profonds, perçants, regardent par-dessus ses mains jointes.
Ils voient des indices partout.

Les souvenirs remontent au numéro 221b ;
Le portrait d'une femme sur le bureau,
Un tableau de Reichenbach au mur,
Et un diamant bleu au fond d'un tiroir.

Puis, on entend un violon jouer,
Les cordes claironnent Mendelssohn.
Soudain, ces yeux se mettent à briller, le violon est posé de côté.

Il s'est à présent levé et près de la cheminée,
Sculptural, il se tient résolument.
Les pièces sont en place.

Aucun crime ne résiste à Sherlock Holmes
Et le docteur Watson prend son stylo.

L'Aventure des Plumes Noires
De Julianne Ducrow
Normandie, France

John Watson savait qu'il allait bientôt mourir. Sous la couche de nuages gris, John remarqua que Londres était devenue inhabituellement silencieuse. Les bruits de la ville s'étaient tus comme l'homme en face de lui levait la main. En pliant graduellement son index, il commença a appuyer sur la détente du pistolet pointé droit sur le torse de John.

À ce moment, il commença à pleuvoir doucement, comme si les cieux pleuraient, anticipant les prochains événements. De fines gouttes de pluie fonçaient peu à peu le béton sous leurs pieds, alors que John attendait que la mort le prenne finalement, ce soir même, sur ce toit.

Ce n'était pas la première fois que John s'était trouvé face au canon d'une arme. La sensation de l'acier froid traversant son corps ne serait pas non plus une expérience unique pour lui. Ils avaient appelé ça « un miracle » en Afghanistan. Si la balle avait été environ un centimètre de plus vers la gauche, John aurait été mort avant même d'avoir entendu la détonation qui allait le tuer.

Seulement, cela ne s'était pas produit. Le sniper avait peut-être mal calculé, ou quelqu'un là-haut aimait beaucoup John, car il avait non seulement survécu à la blessure, mais s'était aussi complètement rétabli, et était rentré chez lui en Angleterre sur libération honorable.

C'est alors qu'il avait rencontré Sherlock Holmes.

Ce n'était pas facile de décrire les premières pensées de John lorsqu'il avait rencontré cet homme étrange, distant mais brillant. Dès leur première rencontre, il avait ressenti un lien fulgurant et irrésistible entre eux, presque comme s'il rentrait à la maison.

John se sentait triste de penser qu'il ne verrait plus jamais Sherlock, ne l'accompagnerait plus jamais dans une enquête, ne le regarderait plus réaliser une expérience bizarre dans l'appartement qu'ils partageaient ensemble. C'était à Sherlock qu'il pensait lorsqu'il entendit le coup de feu et sut que sa vie était arrivée à son terme.

Michael Messenger avait rendu visite aux habitants du 221B Baker Street fin avril, un jour où il faisait lugubrement nuageux. John était sorti tôt pour acheter les journaux du matin et lorsqu'on sonna à la porte, il était en train de les lire, assis dans son fauteuil en face de celui de son colocataire, qui lui était plongé dans son tome préféré d'Edgar Allan Poe.

Monsieur Messenger était grand, svelte, avec des cheveux foncés et une peau claire, un peu comme Sherlock. Il se mouvait également lui aussi comme un chat, alors qu'il naviguait dans l'appartement et s'installait sur une des chaises après avoir accepté une tasse de thé de John.

- Comment vous êtes-vous connus? demanda John comme qu'il se servait une tasse. Bien qu'il soit banal que des gens de certains milieux connaissent Sherlock, il semblait y avoir une certaine familiarité entre les deux hommes. John n'aurait pas voulu appeler ça de l'amitié, mais ils étaient vraisemblablement plus proches que deux connaissances lointaines.

L'ombre d'un sourire passa sur les lèvres de leur visiteur, alors qu'il commençait à se souvenir derrière l'écran de ses yeux bleus. Il prit son souffle comme pour parler, puis fit une pause pendant un moment avant de répondre. Michael paraissait jauger combien Sherlock en avait dit à son ami, et jusqu'où il voudrait que celui-ci sache des détails de leur association.

Voyant que Sherlock ne faisait pas montre d'ouvrir la bouche, Michael informa John :

- Sherlock et moi avons travaillé une fois ensemble, il y a une éternité on dirait. En tout cas, nous avions des idées différentes et il a pris une voie, et j'en ai pris une autre.

Il laissa le dernier mot planer dans l'air, comme si la phrase n'était pas tout à fait finie.

- Et vous êtes devenu avocat, et Sherlock détective, sourit John qui, sentant une soudaine tension dans la pièce, tentait de l'aplanir ainsi qu'il lui était coutumier.

- Ce ne sont en fait pas des chemins très différents. Vous travaillez tous les deux pour préserver la loi et l'ordre.

- En effet, approuva Michael.

- En quoi puis-je t'aider, Michael ? interrompit Sherlock. Cela doit être quelque chose d'une grande importance pour t'amener ici.

- Toujours droit au but, gloussa l'avocat. Puis il se racla la gorge pour raconter son histoire.

- Un de nos clients importants, John Garrideb, a un problème, et je crois que quelqu'un avec tes compétences pourrait nous aider.

- Monsieur Garrideb a deux frères. Howard, qui est son associé, et leur autre frère Nathan, de qui les deux hommes sont éloignés. Je ne connais pas les détails mais quand leur père Alexander est décédé, il a laissé le domaine familial, Garrideb Hall inclus, en parts égales à ses fils. Le coût d'entretien d'un bâtiment de cette taille, comme tu peux l'imaginer, est considérable. Un magnat du Texas, très intéressé par l'achat de la propriété, les a contactés. Comme aucun d'eux n'y vit, ils souhaitent vendre, mais ils ont besoin de l'accord de Nathan, qui, lorsqu'il l'aura donné, lui permettra de percevoir un pourcentage de la vente une fois celle-ci conclue. Mais ils n'arrivent pas à localiser Nathan, et c'est la raison pour laquelle je viens à toi.

Les yeux de Sherlock se fixèrent sur Michael, alors qu'il joignait ses mains comme John l'avait déjà vu faire cent fois auparavant.

- Donc, tu voudrais que je localise une personne disparue, dans le but de conclure la vente du domaine familial des Garrideb, Sherlock énonça simplement.

- C'est bien cela, approuva Michael. Je pensais que c'était le genre de chose que tu déclarais faire à présent.

- Entre autres, conclut Sherlock. Je prends l'affaire. S'il est toujours vivant, je le trouverai et lui rendrai visite de ta part. Je ne te promets toutefois pas de te révéler l'endroit où il se trouve si, après que je l'informe des raisons pour lesquelles tu souhaites le contacter, il ne veut toujours pas être retrouvé.

Michael hocha la tête pour approuver les termes de ce contrat.

- Soit. Je pense qu'il sera plus qu'heureux, car il sera un homme très riche après que la vente de cette propriété ait lieu. Elle a été estimée à quinze millions de livres.

John ne fut pas étonné de la rapidité avec laquelle Sherlock dénicha le Garrideb disparu, et le jour suivant ils hélèrent un taxi noir et traversèrent la ville pour arriver à un bloc d'appartements nouvellement construit. John se rendit compte que Garrideb n'était pas le nom indiqué sur la sonnette qu'ils pressèrent. Sherlock lui expliqua que Nathan avait vécu sous un nom différent depuis un certain temps maintenant, depuis plus longtemps même que le moment où il avait arrêté de sortir de son appartement. On pouvait le croire mort, mais ses voisins avaient remarqué des livraisons régulières de courses. Après quelques investigations supplémentaires, le détective avait découvert que l'homme était agoraphobe, et qu'il était même terrifié de passer le pas de sa porte d'entrée.

Nathan Garrideb les attendait sans nul doute et, après les formalités d'usage, Sherlock lui transmit les informations que Michael Messenger lui avait données, en rapport avec la vente de Garrideb Hall.

Bien qu'il se montrât très excité au départ, la réalisation qu'il devrait quitter son appartement pour renoncer à sa part de la propriété doucha son enthousiasme quant à son héritage prochain.

- Mais je ne peux pas quitter mon appartement, protesta-t-il.

- Je comprends que votre état rende cela compliqué, mais je peux vous assurer qu'il n'y a rien dehors qui puisse vous faire de mal, lui dit Sherlock d'une voix apaisante. Il tendit la main pour lui serrer l'épaule d'une façon rassurante. Nathan sembla se détendre immédiatement à ce stade, et John se demanda si Sherlock connaissait un point de pression qu'il avait pu apprendre en tant que technique d'arts martiaux.

- Racontez-nous ce qui vous est arrivé la dernière fois que vous avez mis le pied dehors. Qu'avez-vous fait que vous n'auriez pas dû et, plus important encore, qu'avez-vous vu que vous auriez voulu ne pas voir ?

Nathan fut d'abord surpris et ouvrit de grands yeux, ébranlé par la justesse de la déduction de Sherlock. Il marqua un moment de pause, pesant ses options, et fit ensuite un mouvement brusque comme pour se jeter sur Sherlock. John fut là avant que cette dernière pensée ait le temps de terminer son chemin, et il montra du doigt le pistolet glissé dans sa ceinture, s'assurant que sa forme soit bien visible, tout en avertissant :

- Je ne ferais pas ça, si j'étais vous. Nous voulons juste vous aider, ce que nous serons peut-être capables de faire si vous commencez par répondre aux questions de Sherlock. »

- Je... Je... bégaya Nathan. C'était juste pour l'argent! s'exclama-t-il en toute hâte. Je ne savais pas que quelqu'un serait blessé, je ne voulais pas vraiment que quelqu'un soit blessé, mais ils lui ont pourtant tiré dessus ! Juste devant moi et j'ai paniqué. Je tenais le sac avec l'argent et j'ai couru. Ils ne savent pas où je vis, nous nous étions seulement arrangés pour nous rencontrer dans des endroits publics et je n'ai jamais donné mon vrai nom, ni même celui sous lequel je suis connu ici. Mais je n'ose pas sortir. J'ai encore tout l'argent, je n'ai pas dépensé un cent, tout est encore dans le sac nom de Dieu. Ce n'était pas l'entièreté du butin, ils en avaient une tonne aussi, mais c'est certainement plus que ma part. Et je sais qu'ils voudront la récupérer. Ce n'est pas le genre de personnes qu'il faut énerver, comme l'agent de sécurité l'a sûrement constaté, et je n'ai pas envie que la même chose m'arrive.

Sherlock ne dit rien pour commencer, puis se pencha et, une fois de plus, agrippa l'épaule de l'homme.

- Voici ce que vous allez faire, informa-t-il tout bas. Vous allez contacter vos frères tout de suite et leur demander de vous retrouver à votre pub habituel demain soir. Vous me donnerez autant d'informations que vous pouvez à propos de ces hommes avec qui vous vous étiez acoquinés, et vous me donnerez les clés de cet appartement, afin que John et moi puissions y entrer demain soir pendant que vous serez sorti.

Sherlock et John partirent finalement après que Nathan Garrideb ait dit être d'accord avec les requêtes de Sherlock, et John s'assit dans le taxi qui les ramenait à la maison, perplexe quant aux événements, ce qui n'était pas inhabituel chez lui lorsqu'il menait une enquête avec Sherlock.

- Alors, les Garrideb, sont-ce eux qui ont tué le vigile ? demanda John.

- Oh non, ce sont vraiment ses frères et il va sans aucun doute hériter d'une fortune après la vente de la demeure familiale.

- C'est plutôt ironique qu'il se trouve dans cette situation, alors que s'il avait attendu assez longtemps, il aurait de toute façon été un homme riche. Alors, c'est juste une grande coïncidence si ton ancien pote Michael nous a mis sur cette enquête a départ ?

Sherlock sourit d'un sourire de requin.

- Les coïncidences n'existent pas, John.

Le soir suivant, ils étaient de retour près de l'appartement. De l'autre côté de la route, ils observèrent Nathan faire ce que Sherlock lui avait demandé : quitter l'immeuble et rentrer dans le pub au coin de la rue. John était ébahi de la facilité avec laquelle Nathan venait d'accomplir ce geste, après avoir été reclus entre quatre murs pendant si longtemps. Il avait entendu parler de cas d'agoraphobie où cela prenait des années au patient pour faire le moindre pas vers la guérison. Et ici, un mot de la part de Sherlock et l'homme paraissait être guéri.

Ils pénétrèrent dans l'appartement de Nathan et attendirent les individus que Sherlock, pour une raison inconnue de John, était sûr de voir entrer par effraction ce soir-là. Évidemment, c'est ce qui arriva dans l'heure et, après un bref accrochage, Sherlock se lança à la poursuite d'un homme, et John de l'autre.

John avait pris le deuxième homme en chasse dans les escaliers de l'immeuble jusque sur le toit via la sortie de secours, mais il réalisa son erreur trop tard.

Le toit, à première vue, paraissait désert, et John se dépêcha de regarder autour de lui pour trouver un autre chemin de fuite, lorsqu'il le sentit. Le métal froid appuyé contre l'arrière de son crâne.

- Tourne-toi, lentement, ordonna le rouquin.
John obéit.

- Jette ton arme sur le sol et mets les mains en l'air, où je peux les voir.

John suivit les instructions en reculant jusqu'à ce qu'il sente que ses talons touchaient le bord du toi, et stoppa abruptement, faisant automatiquement un pas en avant.

- Ca suffit , avertit l'homme qui tenait le pistolet. Où est l'argent ?

- Je ne sais pas, répondit John en toute honnêteté.

- C'est dommage, on dirait bien qu'il y a une sacrée hauteur jusqu'en bas, alors j'espère que tu sais voler ?

- Sincèrement, je ne sais pas où est l'argent, dit à nouveau John, de la panique montant dans sa voix.

- Eh bien c'est dommage. Je le trouverai, bien sûr, même si tu ne le sauras jamais parce que, quand je l'aurai, toi tu seras une bouillie infâme sur le trottoir.

John jeta un coup d'œil vers la rue en bas par-dessus son épaule. Il n'y avait rien pour freiner sa chute s'il sautait de son propre chef. Il n'avait pas le choix, il n'y avait aucune autre échappatoire à la situation et ses chances de survie étaient minces, mais il ne pouvait pas rester là et attendre de se faire tirer dessus.

Le mouvement subit de John prit l'homme par surprise, mais son doigt était déjà appuyé sur la détente et John, lorsque la détonation se fit entendre, ressentit une vive douleur dans le flanc. C'était juste une égratignure, John le sut immédiatement. L'endroit de l'impact de la balle n'était pas du tout dans les environs des organes vitaux et, même sans examen, il était sûr qu'elle l'avait traversé mais que ce n'était pas ça qui allait le tuer. L'impact de la balle avait propulsé John en arrière et, incapable d'assurer son équilibre, il tomba dans le vide, la gravité l'entraînant vers le béton qui l'attendait en bas.

Il chuta le visage tourné vers le ciel et se sentit soudain reconnaissant du fait qu'il ne verrait pas le sol se précipiter pour le saluer. L'étrange apesanteur semblait étonnamment libératrice, malgré la conclusion évidente de son trajet, mais cela avait toujours été l'une des forces de John que d'accepter les situations, quelque chose qui lui venait peut-être de ses jours dans l'armée. Il avait vu beaucoup d'homme mourir durant la guerre, et à présent c'était finalement son tour.

Sauf que le toit ne s'éloignait pas, au contraire : il paraissait plus proche à nouveau. John se sentit soudain étourdi. Il se demanda si c'était le choc, mais il avait la nette sensation d'avoir des bras autour de lui, qui le soutenaient et le portaient sur le toit. Juste avant qu'il ne perde totalement connaissance, il put voir ce qui ressemblait à des ailes noires et duveteuses passer devant les coins de ses yeux.

- Ca va aller, John, je te tiens, lui certifia une voix familière.

Lorsque John se réveilla, il était couché sur un lit d'hôpital. Il pouvait entendre Sherlock, qui parlait à quelqu'un à l'extérieur de sa chambre particulière. L'autre voix, même si elle n'était que murmures étouffés, paraissait familière également et cela prit un moment à John pour parvenir à l'identifier. Elle appartenait à Mycroft Holmes.

- Ce n'était pas ton objectif principal, Sherlock, râlait Mycroft.
- John va vite aller mieux. Ce n'est pas la première fois qu'il a été blessé par balle, et il s'en est parfaitement remis auparavant, protesta Sherlock.
- Justement ! C'est la deuxième fois qu'on lui tire dessus et il a failli y passer en Afghanistan. Ce sont deux occasions où tu as bâclé ta tâche. Tu sais combien il est important, continua de sermonner Mycroft.

- Tu n'as pas besoin de me le dire, Mycroft. Je sais combien John est important ! Sherlock répondit, indigné.

- Alors tu dois faire plus attention dans le futur, c'est ta dernière chance, Sherlock. Tu lui as été attribué, s'il ne reçoit même qu'une égratignure, tu seras rappelé et ton statut de gardien révoqué ! Est-ce que je me fais bien comprendre, petit frère ?

Sherlock lui lança un regard noir.

- Comme toujours, c'est clair comme du cristal, Mycroft.

- Très bien, magnifique, conclut Mycroft avec un sourire qui ressemblait à celui du chat d'Alice au Pays des Merveilles, comme si tout se passait comme prévu et qu'ils n'avaient pas frôlé le désastre.

- Je déclenche la phase deux. Tu vois cette femme, là-bas ?

Sherlock tourna la tête pour regarder dans la direction indiquée par Mycroft.

- L'infirmière Morstan, oui, elle s'occupe de John , l'informa Sherlock.

- C'est cela, Mary, un nom charmant, tu ne penses pas ? demanda Mycroft.

- Evidemment, approuva Sherlock. Puis-je supposer qu'elle fait partie de la phase deux ?

Mycroft sourit d'un sourire de requin comparable à celui de son frère.

- Qu'en penses-tu ?

Un peu plus d'une semaine plus tard, John avait pu sortir de l'hôpital et était assis dans son fauteuil habituel du 221B. Il lisait le journal. Sherlock était sorti chercher les anti-douleurs prescrits à John, qui se rétablissait déjà rapidement, semblant indiquer que l'adage « c'est en forgeant qu'on devient forgeron » s'appliquait également à ce type de blessure.

Madame Hudson, leur femme de ménage, était occupée à nettoyer l'appartement de haut en bas, récriminant contre le désordre causé par les expériences de Sherlock, qui rendait sa tâche deux fois plus ardue qu'elle n'aurait dû l'être.

- D'abord, c'est de la cendre de tabac, ronchonnait-elle. Puis des je ne sais pas quoi disséqués, et par tous les dieux, est-ce que ce sont des bocaux de boue ? Sans mentionner les poulets, qu'est-ce que

Sherlock peut bien faire avec autant de poulets ? Je n'arrête pas de trouver des plumes noires partout.

John n'écoutait pas, car son esprit continuait de vagabonder vers ces événements étranges, après sa chute du toit. Ils repassaient en continu dans sa mémoire. Il était sûr que c'était un délire induit par le choc mais quand même, tout cela paraissait si vrai et il y avait quelque chose sur lequel il ne parvenait pas à mettre le doigt.

Une demi-heure plus tard, Sherlock n'était toujours pas rentré, mais Madame Hudson, avait terminé pour la journée et elle passait son manteau pour sortir.

- Je m'en vais maintenant, John. Je pense que Sherlock ne va pas tarder. Est-ce que tu vas t'en sortir, tout seul ? demanda-t-elle avec plus qu'un soupçon d'inquiétude dans la voix.

John posa son journal un moment pour lui répondre.

- Oui, pas de souci. Sherlock prend bien soin de moi et il ne quitte jamais l'appartement très longtemps depuis que je suis rentré de l'hôpital, alors je suis sûr que ça va aller.

- C'est vrai, Sherlock a été tellement bien dans tout ça, un vrai ange, acquiesça Madame Hudson.

Un sourire soudain éclaira le visage de John, comme si un fait essentiel qui lui avait échappé pendant longtemps venait enfin de se mettre à la bonne place.

Il rendit son regard à Madame Hudson et, très sérieusement, dit :

- Oui, un vrai ange, n'est-ce pas.

221b pour Undershaw
De Maria Fleischhack
Leipzig, Allemagne

Sherlock Holmes est un homme de logique et de déduction. Même s'il a connaissance de toutes les émotions qu'un être humain peut ressentir et de leurs conséquences, il ne se sent pas personnellement concerné et habituellement reste concentré sur les problèmes qui lui sont posés.

Mais une nuit de printemps, quand le détective – assis dans son fauteuil au côté de Watson — ouvrit le journal du soir, un article en particulier le toucha. C'était la gravure d'une magnifique maison, abandonnée et en ruine, qui captiva son attention et il se trouva plongé dans la lecture de l'article qui l'accompagnait.

On aurait dit que des fantômes hantaient la maison ; des fantômes qui n'effrayaient pas les visiteurs, mais qui donnaient l'impression que les lieux étaient déjà occupés si bien que personne ne se sentait le droit de vivre dans cette maison sans être d'abord familier avec ces esprits.

Les voisins parlaient de rires d'enfants qui résonnaient depuis le seuil ; d'hommes discutant de sport et politique ; d'histoires d'horreur racontées la nuit.

Et Sherlock Holmes, pour la première fois, sentit dans son cœur un tiraillement puissant et irrationnel qui, après examen, fut identifié comme de la nostalgie. Pendant un instant, il fut lui-même un fantôme et les larmes lui montèrent aux yeux. Et comme la maison, son cœur était brisé.

Le Docteur et le maboul

De Cambria Trillian

San Antonio, Texas, USA

Il existait un homme, vous ne le connaissez peut-être pas,
Il portait l'Afghanistan dans son esprit.
Pendant qu'il soignait les balles-ricochets,
Les grains de sable essayaient de le chasser,
Mais sous les vents, il ne pliait pas ; plus féroce que la peur
Son cœur fatigué ne pouvait être commandé.

Un autre gentleman, la pipe à la bouche
Était l'emblème du caprice, de la folie douce.
Son violon sonnait à n'importe quelle heure.
Il était l'intelligence, s'enflammait comme la poudre.
Son sang bouillait dans ses veines
Si vous lui disiez « chassons l'assassin ».

C'était peu probable, mais ils se sont rencontrés
Ils ont vécu leurs neuf vies à Baker Street
Le soldat ancré et l'ami versatile
Une aubaine improbable pour l'un comme l'autre
D'enquêtes à résoudre aux quêtes de cocaïne
Le docteur et le maboul, toujours un vrai mystère.

Un plongeon impromptu
De William Warren
Moffat, Ontario, Canada

— Non, vraiment je ne vois pas comment je pourrais vous aider, dit Sherlock Holmes. Il ne me semble pas qu'un crime ait été commis.

— Non, il n'y a en pas eu, convint notre éventuel client, mais je veux seulement que vous vérifiiez.

La femme âgée leva les mains priant Holmes de rester assis.

Il se leva quand même et se dirigea vers une pile de journaux dans le coin de la pièce — une archive des trois derniers mois.

— Un funambule chute et meurt : accident, l'affaire est close, que dire de plus ? Il a fait une erreur, ou plutôt deux. La première : une mauvaise évaluation de la distance entre les deux plateformes. La seconde : son choix de carrière de funambule. Il est tombé juste avant d'atteindre la fin du fil. Cela n'a rien de remarquable.

— Il avait les yeux bandés, Monsieur Holmes, la femme ajouta.

— Cela fait donc trois erreurs. Il agita la main pour mettre fin à la discussion.

— Absolument pas, je ne peux pas du tout vous aider.

— Je vous payerai pour que vous veniez jeter un dernier coup d'œil sur les lieux.

— L'argent n'est pas ma motivation, Madame Browner, dit-il d'un ton brusque. Mon souhait est d'attraper ces gens qui pensent pouvoir abuser des lois des hommes et de la nature et en éviter les conséquences. Pour cela et pour distraire mon cerveau de l'ennui. Non. Absolument, irréfutablement, non.

— Voyons, Holmes, protestais-je. Elle veut seulement pouvoir faire le deuil de son fils en paix ; nous pouvons au moins l'aider à cela. Même s'il se trouve que ce n'était qu'un accident, nous n'aurons fait aucun mal. De plus, il vous fera le plus grand bien de prendre un peu l'air.

— Pourriez-vous, s'il vous plaît, arrêter ! s'écria Holmes. Je n'ai pas à aller dehors, je n'ai pas besoin d'aller dehors, je ne veux pas aller dehors, vous ne pouvez pas m'y obliger. Je n'irai pas dehors, et je n'enquêterai surement pas sur un accident.

— Eh bien, j'annonçais, si vous n'y allez pas, j'irai.

— Watson, vous n'oseriez pas ! Lorsque vous vous essayez à la déduction, vous vous trompez toujours du tout au tout.

— Je demanderai donc à Mycroft. Je suis certain qu'il aura plus de cœur que vous.

— Avez-vous rencontré mon frère ? se moqua-t-il, je vous ai déjà dit qu'il ne s'écarterait pas de ces routines à moins qu'il ne soit question de la sécurité nationale.

Sa forme souple tremblait de rage.

— Et est-ce que la mort accidentelle d'un funambule peut être considérée comme un problème de sécurité nationale ? Non, je ne crois pas.

— Alors, j'irai moi-même !

— Si vous y allez, je vous tuerai.

— Alors, venez et vous n'aurez pas à vous arrêter vous-même.

Il se leva, s'empara de son chapeau, son manteau, sa cane et ses gants avant d'ouvrir la porte qui donnait sur le hall.

— Allons-y dès à présent.

Quand nous arrivâmes dans le quartier ouest, lieu où se trouvait le cirque, Holmes se précipita hors du fiacre et courut à toute vitesse vers la tente du spectacle de funambule. Quand nous le rattrapâmes, il se trouvait déjà en haut de la plateforme ayant grimpé à la longue échelle en quelques instants. Il s'affairait à l'examen de la plateforme pendant que je regardais autour de moi.

La tente faisait au moins soixante mètres de haut ; elle était jaune avec de larges rayures rouges et bleues. Le long des parois se trouvaient douze rangs de chaises pliables en bois. La tente était entièrement vide, et ce depuis le terrible événement, bien qu'il y ait eu quelques agents postés aux entrées.

— Ah, Monsieur Holmes, la voix de notre ami, le détective Lestrade, se fit entendre.

— Je pensais que vous aviez refusé l'affaire.

— Tout comme vous, répondit Holmes. Mais je vois que vous êtes toujours ici.

— Oui, il y a bien quelque chose que je devrais vous dire à propos de cette affaire avant que vous ne vous y engagiez.

L'homme à la mine chafouine porta alors ses mains autour de sa bouche mimant un mégaphone avant d'ajouter :

— Ne pouvez-vous donc pas descendre ?

— Je ne préfère pas. Je suis beaucoup plus intéressé par ce que je peux voir depuis ici, mais je descendrai d'ici peu, quand j'aurai fini, merci.

— Je ne comprends pas cet homme, se moqua Lestrade.

Lestrade est l'un des détectives les plus compétents de Scotland Yard et non pas le lourdaud que bon nombre de mes lecteurs s'imaginent. En effet, il ne pouvait pas être un idiot sans réelle compétence sans quoi mon ami Sherlock Holmes n'aurait jamais toléré sa compagnie. Mais il était un peu impatient, ce qui était la raison principale pour laquelle ses affaires se retrouvaient souvent aux mains de Holmes ; il voulait des résultats immédiats et n'était pas assez patient pour attendre que les choses se développent ni pour rechercher les indices.

— J'en conclus que vous avez réussi à le convaincre de nous donner son avis sur l'affaire, docteur ? demanda-t-il en se rapprochant de moi.

Nous étions face aux sièges des spectateurs, tournant le dos à Holmes.

— En effet, quoiqu'il ne m'ait pas fallu grand-chose pour le convaincre.

— Qu'avez-vous fait ?

— Je l'ai menacé de le laisser seul à la maison et de venir moi-même.

Nous rîmes ensemble pendant un moment avant d'être fortement agrippés au niveau de l'épaule par des mains longues et fines. Le visage de Holmes apparut entre nous ; d'abord son nez, long et pointu, suivi de ses pommettes saillantes, puis par ses yeux globuleux, intenses et sombres, et enfin de ses lèvres minces.

— Vous vous amusez à ce que je vois, nous dit-il, un léger sourire méprisant aux lèvres. Ses yeux étaient froids ; j'avais le sentiment qu'il savait pourquoi nous riions.

— Vous riiez alors que c'est une scène de crime ?

— Une scène de crime, monsieur Holmes ?

— Oui, Watson, une scène de crime.

— Et qu'est-ce qui vous fait dire cela ?

Je me tournais vers lui l'air incrédule.

— Regardez donc.

Il me tourna par l'épaule qu'il agrippait toujours, et, ayant relâché Lestrade de sa poigne, il désigna le fil de l'autre main.

— Examinez la distance entre les plateformes.

Je regardai et m'aperçus qu'elles étaient plus proches que ce que j'avais pensé. Je le fis remarquer à Holmes qui ricana.

— En effet. Il est peu probable qu'une traversée si courte soit le théâtre d'une erreur de jugement.

— Mais vous ne pouvez pas baser vos théories seulement sur ce fait, protesta Lestrade.

— Je ne le fais pas.

— Alors de quoi parlez-vous ? demanda le détective.

— Quel était ce détail de l'affaire dont vous vouliez discuter avec moi ?

— Ah, oui. Seulement que je pense que cette affaire est une perte de temps. Nous allions partir ; en ce qui concerne Scotland Yard, l'affaire est close.

— Et si je vous disais que je suis un chimpanzé, dit Holmes d'un ton brusque, le croiriez-vous ?

— Vous savez, cela expliquerait pas mal de choses, murmura Lestrade.

— Watson, accompagnez-moi, s'il vous plaît. J'aimerais visiter le reste du cirque. Lestrade, continuez votre admirable travail.

Il se dirigea vers l'entrée à grands pas ; je le suivis de près.

— Holmes, vous avez été peu aimable.

— Peut-être, mais la bataille de Waterloo aussi peut être considérée comme peu aimable.

Se laissant apparemment guider par le hasard, il m'amena à travers les chapiteaux regardant dans les tentes au fur et à mesure que nous y passions devant. Tout à coup, quand je regardai en arrière, je m'aperçus que Holmes n'était plus là. J'étais retourné à l'endroit de ma distraction et vérifiais dans toutes les tentes à partir de celle où je m'étais rendu compte de la disparition de Holmes, quand tout à coup, j'entendis :

— T'és un p'tit voyeur, dis donc ?

Je fis volte-face en criant et vis qu'un homme du cirque d'au moins un mètre plus grand que moi se tenait là. Il portait des vêtements bleu clair et un haut chapeau à fanfreluches avec des plumes rouges. Son visage était mutilé, son nez ayant été brisé de nombreuses fois, ses yeux gonflés et sa bouche difforme. Je me rendis compte qu'il était sur des échasses.

— Excusez-moi, Monsieur, j'ai égaré un de mes amis.

— Ég'ré ? Eh ben, doit êtr' p'tit, pou'le perdr' si facile.

Sa voix était tranchante et anormalement aiguë.

— Non, ce que je veux dire c'est que je ne le trouve plus.

— Eh ben, vous f'rriez mieux d'le trouver, bon' journhée. Il partit en faisant craquer l'herbe gelée derrière lui.

Je continuais à chercher Holmes avant de le retrouver une heure plus tard de l'autre côté du cirque discutant avec des artistes. Je l'attendais sur le côté pendant qu'il leur parlait. Ils riaient beaucoup, échangeaient des railleries et des banalités. Après un moment, Holmes s'éloigna d'eux et me rejoignit.

— Des gens intéressants, les artistes du cirque, dit-il. Si un jour je me trouve fatigué du travail de détective, je pourrais bien les rejoindre.

— Et que feriez-vous ?

Sa réponse me surprit.

— Je pense que je serais un clown. Un jongleur.

Nous partîmes du cirque pour regagner Baker Street après que Holmes eut promis à madame Browner qu'il dédierait toute son attention à cette affaire. Dès que nous entrâmes à la maison, il se lova dans le fauteuil, sa pipe à la bouche.

— Est-ce donc cela que vous appelez votre entière attention ? demandais-je.

— Oui, oui, très certainement. Ses yeux étaient fermés et ses doigts tambourinaient sur sa pipe.

— Eh bien, je vais vous laisser à votre travail et rendre visite à Mary.

— Qui ?

— Ma fiancée. Vous vous souvenez.

Il prétendait souvent ignorer qui était Mary Morstan même si c'était elle qui lui présenta l'extraordinaire affaire du Signe des Quatre et qu'il l'avait rencontrée à plusieurs reprises. Je n'avais jamais su dire si son oubli volontaire de l'existence de Mary était parce qu'il ne l'aimait pas, ou bien si c'était parce qu'il était déçu que je dusse le quitter pour me marier. Quelque part, j'optais pour la première solution ; il y avait toujours eu un décalage certain entre Holmes et moi-même, et Mary était seulement une autre femme qui n'avait absolument aucun lien avec lui après que l'affaire du Signe des Quatre fut classée.

— Oh, oui, bien sûr. Puisqu'il ne dit plus rien, je partis.

Dans les jours qui suivirent, Holmes et moi étions rarement en compagnie l'un de l'autre. Non pas parce que nous nous évitions nous étions seulement tous les deux très occupés. Holmes disait qu'il était sur une affaire urgente qu'il se devait de résoudre promptement. Il se précipitait hors de nos appartements sans me prévenir à des heures très irrégulières. De plus, pendant la saison de la grippe, mon cabinet ne désemplissait pas. Je n'étais donc pas à Baker Street pendant la journée, alors que les escapades de Holmes se déroulaient souvent à la nuit tombée. Je m'étais habitué à trouver les notes manuscrites de Holmes sous le heurtoir : « *Sortis. Le repas est servi. Ne m'attendez pas. Petit-déjeuner à six heures vingt-deux précises, s'il vous plaît. Ne touchez pas ma seringue de cocaïne.* »

Samedi, quand je rentrai dans le salon, je trouvai Lesdrade qui attendait assis dans le fauteuil préféré de Holmes, l'air exaspéré et un mégot de cigarette entre ses doigts. Il tapait du pied impatiemment.

— Ah, vous êtes arrivé, Watson, il me salua en se levant pour me serrer la main. J'allais partir et revenir plus tard. Savez-vous quand Holmes sera de retour ?

— Je n'en ai aucune idée. Il est sorti à toute heure cette semaine. Que vouliez-vous lui dire ? Je peux lui faire passer un message quand il sera de retour.

— Oh, je peux attendre. C'est seulement un petit problème que j'ai avec cette affaire. Je dois admettre que je suis très perplexe.

Nous fûmes interrompus par le bruit de la porte d'entrée que l'on refermait violemment ainsi que par le vacarme d'une bagarre, quand tout à coup, Holmes fit irruption à la porte, traînant un homme par l'oreille. Il le poussa sur le sofa et le retint fortement par l'épaule.

— Holmes, au nom du Ciel, que faites-vous ? Lestrade babilla.

— Je vous présente monsieur Eugène Hailey, il fait partie du cirque. Serrez-leur la main, Gene.

Il frappa l'homme au bras. Monsieur Hailey tendit sa main et Lestrade et moi la lui serrâmes. Il était petit, portait un costume gris qui était taché et ses cheveux étaient sales.

— Et que faites-vous avec cet homme ? Je lui demandais en rangeant le pistolet que j'avais sorti de ma poche quand j'avais entendu la bagarre dans l'escalier.

— Je l'arrête pour le meurtre d'Abram Browner.

— Le funambule ? Lestrade dit en gémissant. L'affaire est close depuis longtemps ; c'était un accident.

Je devais avouer que j'avais moi aussi oublié l'affaire.

— Ouvrez donc les yeux, Lestrade, la preuve du contraire se tient devant vous. Sherlock Holmes agrippa l'homme au niveau du coup et le détective de Scotland Yard poussa un cri.

— Holmes, vous savez pertinemment que je peux vous arrêter pour le traitement que vous infligez à cet homme, cria Lestrade.

— Vous le pouvez. Allez-y, arrêtez-moi.

— Oh, eh bien, je viens de me souvenir que je suis attendu à Scotland Yard. Lestrade se dirigea vers la porte.

— Au revoir, docteur.

Je fermais la porte derrière lui.

— Maintenant, Watson, j'aimerais utiliser votre revolver.

— Holmes, vous ne pouvez pas...

— Non. Seulement, je n'ai pas envie de continuer à le questionner dans cette position.

Il se leva, prit le revolver et le pointa vers le visage de l'homme. Holmes s'assit à table et, posant la crosse du pistolet sur la table, il fixa son prisonnier.

— Maintenant, monsieur Hailey, chef d'orchestre du cirque, écoutez attentivement s'il vous plaît. Watson aussi.

» Monsieur Abram Browner vous a prêté une jolie somme d'argent quand vous avez eu besoin de rembourser vos dettes en bourse. Et il était un très bon débiteur à ce que l'on m'a dit. Toutefois, après trois ans d'attente pour le remboursement, il commença à vous harceler pour que vous le remboursiez. Deux ans plus tard, il vous menaça de porter le cas au chef des Gitans. Naturellement, étant extérieur au cirque, vous auriez été renvoyé sur-le-champ et vous ne vouliez pas prendre de risque. C'est à ce moment-là que vous avez envisagé le meurtre.

Il frappa la table du poing et fit tomber le vase qui se trouvait en son centre.

— Vous avez assassiné votre seul ami, n'est-ce pas ?

Comme Hailey ne répondait pas, Holmes pointa le pistolet vers le sol et tira un coup.

— Ai-je raison ? Répondez-moi !

— Oui, je l'ai tué.

Eugène Hailey releva son menton avec défiance.

— Mais vous ne pourrez pas le prouver. Scotland Yard ne vous croira jamais.

— Nous le pourrions bien, dit une voix à la porte. Lestrade entra avec deux agents.

— Eh bien, n'est-ce pas une joyeuse réunion ? Holmes rit. Que disiez-vous, Monsieur Hailey ?

— Je l'ai tué, c'est sûr. Mais vous ne pourrez jamais le prouver devant une cour de justice. La seule preuve que vous ayez est purement accidentelle.

— Si vous pouviez nous l'expliquer, demanda Lestrade.

— Non, je vais le faire. Holmes se leva.

— Watson, pointez le pistolet vers notre ami. Je détesterais le voir partir avant la fin de mon explication.

— Vous ne pouviez pas simplement lui tirer dessus. Les Gitans sont assez intelligents ; vous aviez un mobile et il aurait été assez facile de vous relier au meurtre. Leurs punitions sont connues pour être beaucoup plus médiévales que celles du gouvernement. Vous vous deviez de faire croire à l'accident. Comment est-ce que je m'en sors pour l'instant ?

— C'est tout à fait correct, Monsieur. Hailey le défiait toujours du regard.

— Vous avez donc organisé un accident pour monsieur Browner. Les funambules qui évoluent les yeux bandés se basent sur la musique pour savoir quand ils ont atteint la fin du fil ; vous avez simplement arrêté la musique plus tôt. Vous vous êtes même assuré qu'au cas où il testerait qu'il était bien à la fin du fil il chuterait quand même en détendant celui-ci. C'est l'erreur qui vous a couté la victoire. Vous avez dévissé les vis qui tenaient en place le fil en utilisant de l'huile pour lampe. C'est ce qui m'a convaincu que ce n'était pas un accident. Vous avez arrêté la musique avant qu'il atteigne la fin du fil et il est tombé. Si vous n'aviez pas détendu le fil, la chute aurait eu l'air d'un véritable accident, mais vous n'avez pas été capable de nettoyer l'huile qui se trouvait sur les vis. C'est cette huile qui m'a fait réfléchir. Ensuite, j'ai simplement interrogé les gens du cirque en me présentant comme un échassier pour essayer de trouver qui pourrait avoir un mobile pour tuer monsieur Browner. J'ai même rencontré le docteur Watson lorsque j'étais déguisé.

Il me sourit pour s'excuser.

— C'est comme cela que je suis devenu un expert en funambule. La musique est la clé. Suis-je dans le vrai ?

— Absolument, monsieur Holmes. Mais vos preuves ne valent rien devant une cour.

— Très certainement, mais pour votre abus de la musique, je peux au moins vous donner une punition entièrement légale. Watson, le pistolet, s'il vous plaît. Non, je ne vais pas lui tirer dessus. Donnez-le-moi.

Il prit l'arme et la porta près de l'oreille droite de Hailey avant de tirer deux coups en direction du fauteuil, puis il changea d'oreille et tira les trois dernières balles. Dans la petite pièce, les tirs étaient très bruyants, si bien que juste à côté des oreilles de Hailey ils avaient dû être assourdissants.

— Et voilà, j'en ai fini avec lui. Lestrade, vous pouvez l'emmener.

Au moment où ils allaient partir, Holmes demanda :

— Watson, veillez à en informer madame Browner par courrier. Et, à propos Lestrade, quelle était cette affaire que vous apportiez à mon attention ?

— Un autre accident irrégulier. J'avais pensé que vous aimeriez y voir un autre meurtre.

Eugène Hailey fut emmené sous les rires résonnants de Sherlock Holmes.

Un élan de confiance
D'Emily Bignell
Brisbane, Australie

Les clients qui venaient au 221B Baker Street n'étaient habituellement pas suivis de paparazzis ou de chasseurs d'autographes. Mais ces clients n'étaient pas Aidan Crawley, le célèbre auteur de thriller à succès dont les livres venaient d'être portés à l'écran avec triomphe.

Sherlock s'attendait à la visite d'Aidan. Non pas qu'il avait déduit qu'il viendrait, mais il avait vu l'interview de l'auteur aux informations de neuf heures la veille au soir. Aidan avait annoncé publiquement l'échec de son mariage avec Melanie après dix ans de vie commune. Il n'avait pas réussi à la contacter depuis qu'elle l'avait quitté c'est pourquoi il avait annoncé les larmes aux yeux qu'il ferait appel à l'aide de Holmes pour la retrouver. « Il s'agit de retrouver ma femme ; je ne peux rien laisser au hasard. Sherlock Holmes est le meilleur détective au monde, si lui ne la retrouve pas, alors personne ne le pourra. »

Aidan avait encore les larmes aux yeux alors qu'il montrait à Sherlock et John les photos de Melanie expliquant que six mois auparavant alors qu'il rentrait chez lui il s'aperçut qu'elle était partie.

— Six mois ? répéta Sherlock déconcerté, elle est partie il y a six mois et vous ne venez me trouver que maintenant ?

Aidan paraissait gêné.

— C'est que j'espérais la retrouver ou bien qu'elle reviendrait d'elle-même. Vous voyez, notre mariage battait de l'aile depuis quelque temps. La gloire et le succès ont un prix. J'étais souvent en déplacement et quand j'étais à la maison, c'était pour travailler terré dans mon bureau. Melanie était devenue un peu... irrationnelle. Elle m'a accusé de préférer mon travail à elle. Elle a même été dire que j'entretenais une liaison avec Caroline Cooley, ce qui est parfaitement ridicule.

La mention désinvolte du nom de la magnifique actrice qui tient le rôle principal dans l'adaptation de ses romans fit tiquer John et Sherlock. N'ayant rien remarqué, Aidan continua :

— Elle m'avait même menacé de demander le divorce et de me mettre sur la paille. Enfin bref, j'étais à Los Angeles en train de réviser la dernière version du script, et quand je suis rentré la plupart de ses affaires avaient disparu et Melanie avec elles. Je lui ai alors envoyé un texto lui demandant ce qu'il se passait et voilà ce qu'elle m'a répondu.

Aidan chercha dans ses poches et en sortit un iPhone qu'il montra à Sherlock et John. Le message était bref et sans ambiguïté : « Je te quitte. Mes avocats te contacteront. »

— Vous ont-ils contacté ? demanda Sherlock.

— Non, répondit Aidan. J'espère qu'elle a changé d'avis. Je veux seulement la retrouver pour pouvoir en parler.

— A-t-elle contacté sa famille ou ses amis ? demanda John.

— Melanie n'avait pas vraiment d'amis et elle n'avait pas de famille mise à part moi. C'était une enfant unique ; tous ses parents sont morts. Il n'y avait que moi.

Aidan paraissait triste.

— Je pense que c'est à cause de cela qu'elle était jalouse. Elle avait peur de perdre sa seule famille.

— Elle s'en est donc assurée en vous quittant. Sherlock finit.

Aidan le regarda ne sachant pas quoi répondre. John, qui se rendit compte du malaise d'Aidan, intervint :

— Merci d'être venu nous voir, Aidan. Nous ferons tout ce que nous pourrons pour retrouver votre femme — bien que si elle se cache de vous, je ne pense pas que nous ayons beaucoup de chance de la retrouver.

John raccompagna Aidan et revint dans le salon où Sherlock était allongé sur le canapé à regarder le plafond.

— Nous n'avons aucune chance de la retrouver, dit Sherlock quand John entra. Nous ne savons même pas où commencer à chercher le corps.

— Tu es sérieux ? Tu penses vraiment qu'Aidan a tué sa femme ? demanda John.

— Je ne pense pas. Je le sais. J'ai un mauvais pressentiment. Il bondit sur ses pieds et alla à la fenêtre ; son regard se perdit dans la rue.

— Mais où devons-nous commencer les recherches ? Il se parlait à lui-même.

Pendant ce temps, John recherchait des informations sur Aidan Crawley sur internet. Ce qui revenait le plus souvent était les histoires parlant de lui et de Caroline Cooley. Les photos qui accompagnaient les articles aidaient surement à alimenter la rumeur — Aidan appliquant de la crème solaire sur le dos de Caroline, Aidan et Caroline s'enlaçant à l'arrière d'un taxi, Aidan et Caroline sortant ensemble d'un hôtel...

— Il me semble que la pauvre Melanie avait des raisons d'être jalouse, John réfléchit. Quel salaud.

— Excusez-moi, les garçons. Madame Hudson frappa à la porte qui était déjà ouverte.

— Je suis désolée de vous déranger, mais vous avez un autre visiteur. Voici Lucy Bennet.

Elle introduit une jolie jeune femme qui devait avoir leur âge. John s'avança avec enthousiasme pour la saluer.

— Je suis John Watson et l'homme là-bas qui nous ignore est Sherlock Holmes. Comment pouvons-nous vous aider ?

— Enchantée, John. Cela va paraître étrange, mais je suis ici à cause de Melanie Crawley.

Cela suffit à tirer Sherlock de sa rêverie.

— Vous savez où se trouve Melanie ? demanda-t-il.

— Peut-être, répondit Lucy.

— Peut-être ? Soit vous savez, soit vous ne savez pas. Si vous n'êtes ici que pour me faire perdre mon temps, partez.

— Ce n'est pas aussi simple ! Comme j'ai dit, je sais peut-être où elle se trouve, mais vous devez garder l'esprit ouvert.

— J'ai toujours l'esprit ouvert, répondit Sherlock dédaigneusement.

— Dites-nous ce que vous savez, s'il vous plaît, John intervint avant que les choses ne dégénèrent.

— D'accord. Je regardais les informations hier soir quand j'ai vu le reportage sur Melanie. Ils ont montré une photographie et je ne sais pas pourquoi je ne pouvais pas m'arrêter d'y penser. Le mot « Undershaw » me vint en tête, mais je ne savais pas ce que c'était. Sur le moment, je n'y ai pas fait attention, mais quand j'essayais de dormir je revoyais cette image.

Elle s'arrêta, comme si elle avait du mal à s'exprimer. John, en voyant le scepticisme de Sherlock, le fit taire du regard.

— Continuez, Lucy. Qu'avez-vous vu ? demanda-t-il gentiment.

— C'était quelque part à la campagne. Comme si j'étais allongée sous un arbre. Je regardais le ciel à travers les branches et les feuilles et je voyais une tour au loin, une tour en ruine. Je ne sais pas du tout où cela pouvait être, mais c'était clair comme une photographie. Et là encore, le mot Undershaw me venait à l'esprit. Le lendemain, je recherchais Undershaw sur internet. Il se trouve que c'est une demeure en ruine à la campagne et qui appartenait à un auteur connu. C'est complètement abandonné maintenant, plus personne n'y va.

— Essayez-vous de me dire que Melanie est enterrée quelque part à cet endroit dont vous avez rêvé ? demanda Sherlock.

Lucy le regarda le menton défiant.

— Je ne le pense pas, je le sais, elle répondit simplement.

— Où est-ce que j'ai déjà entendu ça avant ? John murmura.

Sherlock rigola.

— Oh, vous êtes une voyante, que c'est amusant !

— Je ne suis PAS une voyante.

La voix de Lucy était glaciale.

— Je ne sais pas comment je connais ces choses ; je le sais, c'est tout. Et normalement, je ne partage pas mes connaissances pour éviter ce genre de réaction. Contre mon meilleur jugement, j'ai décidé de vous le dire, parce qu'Aidan Crawley en a parlé aux informations et dit qu'il porterait l'affaire à vos soins.

— Vous avez donc pensé que j'irai fouiller de vieilles ruines au milieu de nulle part parce que vous l'avez rêvé ? Sherlock se moquait ouvertement.

— Et voilà l'esprit ouvert, dit Lucy en se levant. Eh bien, j'aurais essayé. Je vais vous laisser avec vos vrais indices tangibles et scientifiques, n'est-ce pas ? Vous en avez beaucoup, n'est-ce pas ?

— Lucy, glissa John avant que Sherlock ne puisse répondre, mais elle secoua la tête.

— Ne vous donnez pas la peine, je m'en vais.

Elle alla à la porte et leur tourna le dos.

— Oh, une dernière chose. Il se trouve qu'Undershaw se situe près du village où Melanie a grandi. C'était sur internet ; je précise au cas où vous croiriez que je l'ai rêvé aussi.

Sur ce, elle descendit les escaliers. Sherlock la rattrapa avant qu'elle n'atteigne la porte d'entrée.

— Comment puis-je être sûr que vous n'avez pas tout inventé ? lui demanda-t-il. Elle le regarda dans les yeux sans sourciller.

— Comment pouvez-vous savoir si je l'ai inventé ?

Si le chemin qui menait à Undershaw était une indication sur l'état de la maison, alors elle devait être en piteux état. Les nids de poule et les branches tombées sur la route rendaient la conduite périlleuse ; John naviguait de son mieux entre les obstacles.

— C'est dommage que ça tombe en ruine, dit doucement Lucy à la vue du bâtiment délabré, on voit encore que ça a dû être une belle demeure.

Elle commençait à regarder les arbres aux alentours de la maison quand un arbre en particulier attira son attention. Elle le regarda pendant un moment avant de marcher dans sa direction. John et Sherlock la suivaient de près. Quand ils la rejoignirent, elle était en train de regarder au loin vers une tour en ruine.

— C'est ici, dit-elle, elle est ici.

Ils observèrent la terre autour de l'arbre. Ils savaient ce qu'ils recherchaient : ils trouvèrent facilement un léger monticule de terre où l'herbe était d'une teinte différente. Ils se regardèrent et John prit son téléphone pour appeler Lestrade.

John pensa que Lucy n'avait pas besoin d'assister à l'exhumation du corps ; il laissait Sherlock avec Lestrade et son équipe et il l'amena au pub dans lequel ils avaient réservé des chambres pour la nuit. Il trouvait une table près du feu et rapportait un verre de vin pour elle et une bière pour lui. Une fois de retour, il s'assit et la regarda.

— Ça va ? demanda-t-il.

— Oui, répondit-elle avec un sourire fatigué. Elle but une gorgée de vin puis le regarda.

— Et vous ?

John lui rendit le même sourire fatigué.

— Un peu... secoué, pour être honnête. Sherlock peut d'un seul regard vous dire tout ce que vous avez besoin de savoir sur une personne, mais c'est parce qu'il observe les détails et les additionne. Ce que vous avez fait, c'est quelque chose de complètement différent. Vous avez rêvé de cet endroit-là précisément ?

— Cet endroit-là précisément, elle confirma avec une ironie désabusée. Ne vous inquiétez pas, ça n'arrive pas souvent. Et c'est la première fois que je rêve d'une personne disparue. C'est ce que je veux dire quand je dis que je ne suis pas une voyante. Je ne le fais pas à la demande. Quelquefois, je sais des choses. C'est ma seule explication. John acquiesça. Il pouvait voir la fatigue sur le visage de Melanie, il changea donc pour un sujet un peu plus léger. Bientôt, ils étaient tellement absorbés par leur conversation qu'ils ne s'aperçurent pas du temps qui passait jusqu'à que Sherlock s'assit à leur table.

— Ils ont trouvé un corps, commença-t-il, ils auront besoin de faire de tests ADN bien sûr, mais ils ont aussi trouvé un pendentif avec l'inscription 'De Aidan pour Melanie'.

Il regarda Lucy puis détourna le regard.

John pouvait voir qu'il était aussi inconfortable que lui-même l'avait été, peut-être même plus. Sherlock n'avait aucune confiance dans les choses qui ne pouvaient pas être prouvées, testées et mesurées. Même pour ses plus impressionnantes déductions, il avait toujours eu des preuves pour étayer ses théories. Le fait que ce soit un rêve et l'intuition qui les a conduits à Melanie le dérangeaient.

— Au fait, Lestrade voulait savoir ce que l'on faisait ici, Sherlock continua. Je lui ai dit que Lucy était ta dernière petite amie et que vous étiez venu ici pour faire une pause.

— Et tu es venu avec nous, tout simplement. C'est bien ça ? John demanda, incrédule.

— Lestrade n'y a rien trouvé de bizarre, lui !

— Non, surement pas. John murmura. J'espère que ça ne te dérange pas, Lucy.

— Tant que ça ne te dérange pas, répondit-elle en souriant.

— Donc, j'ai dit à Lestrade que nous étions en train de visiter Undershaw, Sherlock coupa la parole à John.

— Et que nous avions trouvé la tombe pendant notre exploration.

— C'est une bonne histoire, Sherlock. Si Lestrade est comme vous, je ne pense pas qu'il aurait cru à mon histoire, dit Lucy.

— Non, il vous aurait surement interrogé.

— Sherlock ! La voix de John sonnait comme un avertissement.

— Êtes-vous en train de dire que je suis un suspect ? dit Lucy très calmement.

— Non, répondit John. Il est seulement en colère parce que tu avais raison.

Sherlock et John se fixaient du regard quand Lucy interrompit le silence inconfortable.

— Regardez, Aidan Crawley est encore à la télé.

Elle pointait la télévision sur le mur. Le programme était un talk-show dont Aidan était l'invité. Le son n'était pas assez fort pour qu'ils puissent entendre, mais d'après les expressions et les gestes d'Aidan, Sherlock et John déduisirent qu'il racontait au présentateur la même histoire qu'il leur avait servie. La caméra montrait une photographie de Melanie avant de revenir en gros plan sur Aidan, la larme à l'œil.

Le serveur remarqua l'attention qu'ils portaient à l'écran et les rejoint.

— C'est triste, n'est-ce pas ? dit-il. Melanie a grandi ici, vous savez. Elle et Aidan venaient au village pour souffler un peu ; ils restaient toujours ici.

— Vous ne les avez donc pas vus récemment ? demanda Sherlock.

— Eh bien, Melanie est venue il y a six mois, mais pas Aidan. Je m'étais bien demandé si tout allait bien, mais après Aidan est revenu la chercher pour retourner en ville.

— Aidan est venu pour l'emmener ? demanda Sherlock.

— C'est une façon de parler. Il voulait surprendre Melanie, mais elle était sortie. Il alla la chercher ; elle était près de Undershaw — elle aime bien se balader dans le coin — et ils décidèrent de rentrer à Londres.

— Alors Melanie est revenue pour prendre ses affaires ? insista Sherlock.

Le serveur parut surpris, mais répondit quand même :

— Non, Aidan l'a fait. Il m'avait dit que Melanie était restée à Undershaw ; il était donc venu récupérer ses affaires et payer la note. Excusez-moi, je dois aller servir ces clients.

Il partit laissant un silence stupéfait derrière lui. John et Lucy se regardèrent, puis se tournèrent vers Sherlock.

— Quand Aidan a reçu son texto, il avait deviné qu'elle était ici, Sherlock dit. Il vint et fut chanceux de la trouver à Undershaw. C'est un endroit isolé, personne à des miles à la ronde : l'endroit parfait pour un meurtre et une tombe cachée. Il n'avait plus à se soucier du divorce couteux. Après ça, il annonce qu'elle l'a quitté, il prétend la rechercher et

128

après six mois, il m'apporte 'l'affaire' ! Vous avez entendu ce qu'il a dit « Si Sherlock Holmes ne la retrouve pas, personne ne le pourra». Quand je ne l'aurai pas retrouvée, alors tout espoir serait perdu et il pourrait être officiellement avec Caroline Cooley sans éveiller aucun soupçon. Même s'il y avait quelque chose de louche, qui saurait par où commencer pour le prouver ? Oh, c'est très malin.

— Mais est-ce qu'on peut le prouver ? demanda Lucy avec doute.

— Une fois que les tests ADN auront prouvé que les restes sont ceux de Melanie et que la police aura entendu le témoignage du serveur, il sera très difficile pour Aidan de s'expliquer, Sherlock répondit. Il a lui-même admis avoir trouvé Melanie à Undershaw. Il est revenu chercher les affaires de Melanie et depuis le serveur ne l'a plus revue. Je suis certain qu'un examen des relevés téléphoniques et bancaires de Melanie prouvera qu'il n'y a eu aucune activité depuis qu'Aidan est venu la retrouver ici. C'est déjà une bonne preuve circonstancielle.

— Donc maintenant on attend le retour des tests ADN, dit Lucy.

— Oui, maintenant, on attend.

Les résultats des tests ADN étaient positifs. Le corps était bien celui de Melanie Crawley, et tout comme Sherlock l'avait prédit, une fois que Lestrade eut entendu le témoignage du serveur, il amena Aidan Crawley pour l'interroger. Il comprit qu'il n'avait aucun moyen de s'en sortir et il finit par avouer le meurtre de Melanie. C'était l'une des plus grosses affaires de l'époque.

— Pauvre Melanie, dit Lucy. Elle était passée par Baker Street à la demande de John avant qu'ils sortent voir un film et ils étaient en train de regarder un rapport de l'enquête à la télé.

— Je suis contente que justice soit faite.

— Sans toi, ça n'aurait pas été possible, répondit John.

— Oh, Sherlock y serait arrivé avec un peu de temps, répondit-elle en regardant vers Sherlock qui était collé à son microscope.

— Pas besoin de fausse modestie, Lucy, répondit Sherlock sans lever les yeux. Même si je n'aime pas l'admettre, dans cette affaire, votre intuition était correcte.

— Tout comme la vôtre, répondit Lucy.

Ce qui fit lever les yeux de Sherlock avec mécontentement.

— Expliquez-vous, dit-il.

— John m'a dit que vous pensiez que Aidan avait tué Melanie. Rien ne le suggérait, pourtant vous le saviez. Comme je savais qu'elle se trouvait à Undershaw.

— C'était évident, dit Sherlock laconiquement.

— Mais vous ne pouviez pas expliquer pourquoi. Pas plus que je ne pouvais expliquer comment je savais où elle se trouvait. Peut-être que c'est pour cela que vous étiez si acerbe quand je vous en ai parlé. Votre intuition n'était pas plus vérifiable que la mienne. Vous le saviez et vous le détestiez. Est-ce la raison pour laquelle vous avez eu un élan de confiance et êtes venu avec moi à Undershaw ?

— Non, j'espérais vous prouver que vous aviez tort, dit Sherlock s'en retournant à son microscope.

— Bien sûr, dit Lucy sèchement. C'était idiot de ma part de considérer autre chose. On ferait mieux d'y aller, John, sans quoi nous serons en retard pour le film.

Un détective qui en vaut le coût.

De Jacoba Taylor
Albany, New York, Etats-Unis

Comme ça, vous recherchez un détective ?
Un qui n'a jamais été vaincu ?
Je vais vous dire où chercher, l'ami :
Essayez 221B Baker Street.

C'est le meilleur au monde,
Oui, Monsieur, il est vraiment bon
Il résout les crimes mieux que quiconque
(Scotland Yard est vert de jalousie).

Son intelligence est vraiment formidable ;
Je n'ai jamais rencontré un homme aussi savant
Il sait tout ce qu'il y a à savoir
Du violon aux abeilles en passant par l'art.

Mais quand il devient vraiment stupéfiant
C'est en appliquant ses connaissances au crime
Il a l'œil pour trouver le plus subtil des signes
Votre mystère sera résolu en un rien de temps.

Et en prime, il vient accompagné de son ami,
Un docteur très utile
Pendant que votre homme réfléchit
Son assistant vous accompagne jusqu'à la fin.

Vous avez besoin qu'il garde un secret ?
Eh bien, dites-le-lui d'entrée.
Il jurera sur sa vie pour le protéger
Il ne le révèlera jamais.

Il est aussi un homme agile,
À la boxe, au tir, ou à l'escrime.
Il n'est pas – seulement – savant

À cheval aussi il est élégant.

Il aime son travail passionnément.
Et avec son docteur — qui n'est jamais loin —
Ensemble, ils résolvent tous les crimes
Vous en aurez pour votre argent.

Vous n'avez plus qu'une seule question :
Qui sont-ils ? vous demandez.
Sherlock Holmes et Watson
Sont là pour vous aider.

Le violoniste aveugle
De Amy White
Hampshire, Royaume-Uni

Plusieurs fois, j'avais entendu Holmes gratter son violon, souvent pour accompagner son raisonnement lorsqu'il réfléchissait à ses enquêtes. Les musiques dissonantes étaient toujours suivies de chefs-d'œuvre connus comme pour s'excuser des musiques peu mélodieuses jouées au préalable. Par conséquent, quand une affaire se présentait et que le meurtre tournait autour du dit instrument, il était tout naturel que Sherlock Holmes s'en occupe.

C'était environ un an après mon mariage ; à cette époque, j'avais peu de contacts avec Holmes. J'avais reçu un télégramme me demandant de me rendre à Baker Street. Quand j'arrivais, Holmes était recroquevillé dans son fauteuil, habillé de sa robe de chambre en soie bleue, et en face de lui se trouvait le violoniste le plus prestigieux d'Europe, Joseph Tsaikov. Ses longs doigts agiles tapaient impatiemment sur l'accoudoir et quand je rentrais, il leva brusquement les yeux vers moi, même s'ils étaient d'un blanc laiteux. Tsaikov avait été rendu aveugle par de l'acide carbolique à l'âge de sept ans et les cicatrices étaient toujours visibles.

— J'imagine que c'est ce que nous attendions, Monsieur Holmes.

— Le docteur Watson a été d'une aide inestimable dans la plupart de mes enquêtes, maestro. J'espère que ce sera encore le cas.

Ses doigts arrêtèrent de taper.

— Dans ce cas, je dois vous raconter mon histoire. J'ai été envoyé ici par le détective Lestrade qui semblait croire que vous vous occuperiez de mon cas mieux que lui.

— Chez moi, le bureau est dédié à la pratique du violon. Tous les soirs, j'y enferme en sécurité mon Stradivarius et il n'a que deux clés : la mienne et celle de ma gouvernante qui travaille pour moi depuis vingt-deux ans et en laquelle j'ai toute confiance. La nuit dernière, aux alentours de onze heures, j'ai été réveillé par un cri qui venait de mon bureau. J'ai le sommeil léger, j'étais donc le seul éveillé quand j'accourus vers la source du bruit. Je bataillais avec les clés et quand j'ouvris la porte, mon pied se cogna à quelque chose de chaud. Je suis entré dans la pièce et j'ai entendu des gargarismes que j'ai identifiés comme ceux de Worcester, mon majordome. Il était allongé au sol, le violon dans une main, l'archet dans l'autre et une vilaine entaille à la gorge.

Holmes sourit. Quand cela se produisait, c'était rarement bon signe. Il appuya son menton sur ses mains jointes.

— Depuis combien de temps ce majordome travaillait-il pour vous ?

— Depuis que j'étais enfant. Quand j'ai déménagé ici, il a été le seul membre du personnel à me suivre.

— Qu'est-il advenu du reste ?

— Ils avaient décidé de rester dans leur pays d'origine.

— Êtes-vous certain que le violon et l'archet étaient les vôtres ?

— Très certainement. Je les avais fait graver d'un motif particulier pour pouvoir les reconnaître d'un simple frôlement.

— Qui a exécuté ce motif ?

— Un bon ami, Hans Bolkov. Je le connais depuis des années.

— Est-ce que votre majordome s'est comporté bizarrement dernièrement ?

— Pas plus que d'habitude.

— Que voulez-vous dire ? demanda Holmes sévèrement.

— Worcester a toujours eu un comportement... bizarre depuis que je le connais. Je crois qu'il s'était disputé avec mes parents quand je venais tout juste de commencer l'école et depuis, il a toujours été très froid envers moi.

— Et pourtant vous l'employez encore ?

— C'est un excellent majordome. C'est le meilleur que je n'ai jamais eu.

— Je vois. Eh bien, Watson, je pense qu'il est temps que nous voyions la scène de crime.

Avant de partir, Holmes prit son étui à violon sur la table. Je ne l'avais pas questionné à ce propos sachant qu'il ne me répondrait probablement pas ; le voyage jusqu'au manoir de Tsaikov se fit en silence. Quand nous descendîmes, ce fut Lestrade qui nous accueillit. Il se frottait les mains en partie à cause de l'excitation, en partie à cause du froid.

— J'ai pensé que c'était votre rayon, Monsieur Holmes, siffla-t-il, vous savez à cause du violon. Et puis, c'est un joli petit meurtre, plutôt bien planifié. Le majordome, Worcester, avait une bonne soixantaine d'années et travaillait pour les Tsaikov depuis ses vingt et un ans. Ce sont les seules informations que j'ai pu réunir, je serais donc reconnaissant que vous jetiez un coup d'œil.

Feu Andrew Worcester fut tué par une étroite, mais fatale entaille de l'artère carotide et l'immense quantité de sang perdu signifiait qu'il était mort avant l'arrivée de secours. Ses cheveux étaient coagulés dans une mare de sang alors que Holmes s'affairait autour de lui, plié en deux. Utilisant sa loupe, il examina la blessure, les doigts de la victime et son visage avant de passer à l'examen du violon et de l'archet toujours dans les mains de l'homme mort. Il mesura le poids de l'instrument avant de le comparer au sien qu'il avait amené. Quand il souleva les deux archets vers la lumière, son visage s'éclaira pendant un court instant avant de retrouver son impassibilité. Il avait résolu l'affaire.

— Lestrade, j'ai vos hommes.

— Mes hommes ?

— En effet. Passez à Baker Street dans une heure et je vous les livrerai.

— Vous serez heureux de savoir, Watson, que j'avais défini l'identité du meurtrier avant la fin de notre interrogation de monsieur Tsaikov.

— Mon cher Holmes !

Nous étions assis face à face dans notre appartement en attendant l'arrivée du détective Lestrade et des hommes qui étaient responsables de la mort de Worcester.

— Le violoniste a parlé plus que ce qu'il ne devait.

— Vous ne voulez pas dire...

Avant que je ne puisse finir ma phrase, nous étions interrompus par l'arrivée de Lestrade, Tsaikov et d'un homme frêle aux cheveux blancs qui semblait n'avoir jamais vu le soleil. Holmes se leva et leur fit signe.

— Gentlemen, puis-je vous présenter Hans Bolkov, le complice de ce lâche complot avec lequel l'assassin aveugle était déterminé à tuer le majordome qui, lorsqu'il était enfant, le rendit aveugle à l'acide à la suite d'une dispute avec ses parents.

— Je ne resterais pas ici à écouter ces cancans absurdes !

— Attendez un moment s'il vous plaît, Monsieur !

Lestrade posa une main sur l'épaule du maestro qui venait tout juste de se lever de sa chaise avec rage.

Holmes ignora son accès de colère et se tourna vers le détective :

— Lestrade, je crois que vous nous avez amené l'archet de monsieur Tsaikov ?

— En effet, bien que je ne comprenne pas pourquoi vous le vouliez plutôt que l'instrument lui-même.

Il le donna à Holmes qui défit d'un côté le loquet qui tenait le crin de cheval tendu pour l'enlever. Au lieu que le crin ne se détende, l'extrémité sortit du bois de quelques centimètres révélant un éclat de métal brillant. Holmes le glissa hors de son étui et dévoila une longue dague, très fine et magnifique, qui devenait presque invisible si vous la tourniez de côté.

— Et voici, dit-il doucement, l'arme du crime. Tsaikov attira avec ruse son majordome dans son bureau, lui trancha la gorge, plaça le Stradivarius entre ses mains et enfin donna l'alerte donnant l'impression qu'il venait de découvrir le corps.

— Mais pourquoi ? demandai-je. Vous y avez fait allusion plus tôt, mais je vous confesse que je suis toujours dans le noir.

— Moi aussi dit Lestrade, hochant la tête gravement.

— Tsaikov nous a lui-même confié que Worcester s'était disputé avec ses parents. Il nous a aussi dit que c'est à la même époque qu'il reçut de l'acide carbolique. Ce n'était pas difficile, même pour un enfant, de se rendre compte que c'était le même acide qu'utilisait son majordome pour le nettoyage.

Tsaikov s'assit, tremblant de rage. Bolkov, quant à lui, regardait Holmes avec crainte et respect.

— Vous devez être magique, proféra-t-il, pour vous rendre compte de cela. Ou bien, vous êtes de connivence avec le diable. Comment, au nom de tout les saints, l'avez-vous compris ?

— Avec beaucoup d'aisance, dit Holmes en souriant.

Il était toujours flatté quand quelqu'un remarquait son génie, même si cela arrivait très souvent.

— Ce que j'ai compris en premier était l'impossibilité que Worcester ait volé le Stradivarius lui-même. Premièrement, il n'avait pas la clé et deuxièmement, pourquoi le voler seulement maintenant ? J'ai souvent dit que lorsque vous avez éliminé tout ce qui est impossible, il ne reste plus que la vérité, aussi improbable qu'elle puisse paraître. La seule option qu'il me restait était que le violon avait été placé sur le corps après la mort. Le responsable avait une clé et les seules en existence sont celles de Tsaikov et celle de la gouvernante, qui n'a aucun mobile. C'était donc lui. Mais comment l'a-t-il tué ? La méthode était évidente, pourtant il n'y avait pas d'arme du crime. J'ai amené mon violon seulement pour le comparer à un Stradivarius, mais en comparant les deux archets je me suis rendu compte que la différence n'était pas seulement due au luthier ni aux gravures qui permettaient leur identification à leur propriétaire, mais aussi au poids, à la masse et à la sonorité. Je présageais donc la présence d'une fine pièce de métal à l'intérieur du bois qui correspondrait parfaitement à l'entaille du cou du majordome. La seule personne ayant eu la possibilité d'ajouter la lame est celle qui avait créé les gravures, je vous ai donc fait attraper Bolkov aussi. Je ne doute pas que Tsaikov ait voulu se débarrasser de l'arme, mais il aurait été inutile de l'échanger avec une autre, les marques étaient trop distinctives pour nous tromper. D'ailleurs, mes suspicions concernant le majordome ayant brûlé à l'acide Tsaikov ont été confirmées par les traces de brûlures au niveau de sa joue droite, près de l'oreille.

— Il aurait très bien pu se brûler en nettoyant avec le produit, remarqua Lestrade quoiqu'évidemment impressionné par Holmes.

— Non, non ; la forme de la brûlure nous montre que les éclaboussures ont été faites en jetant de l'acide puisqu'une infime quantité, comme toujours, revient en arrière avec le mouvement.

— Eh bien, Holmes, dis-je plus tard dans la journée quand Lestrade avait emmené le meurtrier et son complice, c'était une perle rare, cette affaire. Unique, tant par les circonstances grotesques que par la façon remarquable dont vous l'avez résolue.

— Je n'en doute pas. Le détective indépendant s'assit dans son fauteuil et tirait des ronds de fumée bleue avec sa pipe.

— Les affaires que j'accepte sont rarement banales. Et maintenant, retournons à l'élément central de cet affreux complot, mais de façon plus innocente.

Sur ces mots, il prit son violon et, la pipe à la bouche, il se mit à jouer.

La rencontre constante
De William Maulden
Londres, Royaume-Uni

==IM/2185AD/03/04/21:06GMT==

==IM/FRAGMENT RETABLI==

Pendant l'entrainement, notre instructeur nous disait que la seule constante, c'est la guerre ; je ne suis pas d'accord. L'autre est Sherlock Holmes, mon ami.

==IM/CORROMPU/AMORÇAGE /RECHERCHE MOT CLE : PREMIÈRE RENCONTRE==

==IM/2183AD/05/23/15:32GMT==

J'essaie encore de m'habituer à mon environnement. Mon nom est John Watson, j'ai trente-quatre ans et je suis médecin des armées. Ou plutôt, je l'étais.

Mon expérience est un mélange étrange de ce qui est arrivé à une personne et ce qui est arrivé à une autre ; c'est actuellement une lutte pour les aligner toutes les deux, comme si elles se rencontraient pour la première fois. Alors, on m'a suggéré de réactiver l'outil d'IM et d'enregistrer les pensées et les sentiments pendant que je me remets de l'opération pour essayer de « rectifier les deux parties de votre personnalité, John » comme le dit l'équipe du Critérion. Ils m'appellent John comme si ce n'était pas mon véritable nom. J'imagine que ça ne l'est pas.

Parfois quand je ferme les yeux je me souviens vaguement d'un visage dont l'image me reste comme l'ombre d'une lumière que vous fixez depuis trop longtemps. Hier, je l'ai senti au-dessus de moi, puis elle n'était plus là.

Je vais mettre du temps à m'y habituer. D'autant plus que je n'arrive pas à dormir pour le moment.

Donc ouais, les deux derniers jours ont été une période d'apprentissage. La fonction tactique de l'IM à laquelle j'étais habitué a été enlevée, ce qui est une bonne chose, je suppose. Plus de bombardements d'informations constants, ce qu'une partie de moi regrette presque. Les docteurs m'ont dit que l'opération a été un succès, mais pour l'instant je boite encore beaucoup. Enfin bref, ils m'ont lâché à Londres, une ville que je n'ai jamais visitée, dans un pays où je ne suis jamais allé, sur une planète où je n'ai jamais mis les pieds.

Sauf que oui, je connais les principaux monuments et je sais comment m'y rendre en taxi ou en Maglev , pendant qu'une autre partie de moi s'émerveille comme un enfant. Étrangement, la première chose que je fis fut de me diriger vers la Tamise, dans le quartier du patrimoine mondial, et d'admirer la Tour de Londres, la Tower Bridge et The Shard, qui avaient été construits au temps où les humains vivaient encore sur cette planète, et qui paraissaient maintenant des nains à côté du Greenwich Sky Hook qui disparaissait dans les nuages à travers l'atmosphère pour finir dans l'espace. Extraordinaire, tellement d'Histoire. Et une lutte constante, je me sens comme un touriste alors que j'ai déjà tout vu, mais pas avec ces yeux-là.

Stamford, qui est responsable de mes soins post-psyché, m'a demandé de le retrouver demain à l'hôpital Saint Bartholomew. Il dit qu'il a quelqu'un en tête pour m'aider à me loger, je sais que j'en ai besoin, mais ça me surprend. L'impression de 'lutte' n'a pas l'air de se dissiper. Quoiqu'au moins je commence à ressentir la fatigue ce qui n'arrivait pas avant. Dans quelques jours, je pourrais peut-être même dormir et je suppose qu'un lit sera adéquat pour ça. Mais pour le moment, je vais seulement profiter de la ville encore pour la première fois.

Je suis allé à St Bart à l'avance pour rencontrer mon nouveau colocataire. Stamford était déjà arrivé et m'amena à l'intérieur. C'est surement le plus vieux des bâtiments dans lequel j'ai jamais mis les pieds ; incroyable qu'il tienne encore debout après des centaines d'années.

J'ai rencontré Sherlock Holmes pour la première fois dans un laboratoire au sous-sol du vieil hôpital. Il se tenait dos à nous. C'est un homme d'environ quarante-cinq ans, grand et mince, portant un costume, les cheveux foncés et longs jusqu'à la nuque ; il tenait dans sa main une vieille tablette tesseract LT. Je n'en avais pas vu depuis quinze ans ; elles étaient très à la mode avant les puces IM. Et il était là, à utiliser une ancienne technologie pour étudier quelque chose sur le bureau devant lui.

Sans même se retourner, il dit :

— Bonjour, docteur Watson. Comment allez-vous ?

Ses épaules affaissées semblaient se soulever avec chaque mot.

Stamford lui avait — semblait-il — parlé de moi à l'avance même s'il ne m'avait confié que très peu sur lui : je connaissais seulement son nom. Je m'approchais un peu en boitant.

— Pas si mal, merci, Monsieur Holmes.

Il se retourna alors et les premières choses que je remarquais furent son sourire crispé et les étincelles dans ses yeux, qui semblèrent alors se durcir et disparaître aussi rapidement que l'étrange éclair de reconnaissance que je ressentis.

— Bienvenue sur Terre. Un sacré changement par rapport au Nouveau Kaboul j'imagine.

Je me tournais vers Stamfort qui me sourit et secoua la tête. Il ne lui avait rien dit finalement.

— Comment savez-vous d'où je viens ?

— Relativement simple. Je pourrais faire une démonstration en vous parlant de votre allure militaire ou bien du léger boitement dû au remplacement de vos Lumières Tangibles, mais c'est surtout le code-barres sur votre nuque qui a trahi le fait que vous venez d'être déchargé comme bien militaire.

» C'est un honneur assez rare et inattendu, j'imagine. L'unique planète avec une zone de combat, selon les dires de mon frère, est située dans la principale ceinture d'astéroïdes du secteur Piazzi entre Mars et Jupiter ; une roche, à la période de rotation lente où notre armée se bat contre les idiots d'une secte extraterrestre. Une roche qui s'appelle Nouveau Kaboul.

J'en restais muet. J'avais un code-barres sur ma nuque ? Il faudrait que j'en parle avec Stamford plus tard. Holmes se rendit évidemment compte qu'il venait de m'apprendre quelque chose sur moi-même.

— Je suis un frimeur. Appelez-moi Sherlock, s'il vous plaît, si je peux vous appeler John.

— Bien sûr, j'arrivais à dire.

— Maintenant, puisque nous nous entendons manifestement bien et que nous cherchons tous les deux un logement, vous devez savoir que je suis désorganisé, occasionnellement belligérant et très probablement ce que certains peuvent percevoir comme impoli. J'ai mes habitudes et je préfère l'ancienne technologie à la nouvelle, comme vous avez déjà pu le remarquer ; je suis en possession d'un violon vieux de trois cents ans et j'en joue parfois assez fort et à des heures étranges quand mon cerveau n'a aucune information à traiter. Je suis aussi appelé tout au long du jour et de la nuit par la Police de Ville à titre de consultant, en somme, vous pourrez trouver votre vie de colocataire comme moins calme que ce que vous aviez imaginé quand vous avez quitté l'hôpital il y a quelques jours.

— Comment savez-vous que c'était il y a quelques jours ? lâchai-je.

— Encore les remplacements de vos jambes en Lumières Tangibles. Il est assez difficile de s'y adapter m'a-t-on dit. Vous sentez encore la démangeaison de votre ancien membre même s'il y a un nouveau à la place ; et le rythme de votre cœur qui s'est adapté pour la production du Champ Myocartique qui génère ce remplacement est aussi un contrepoint nécessaire pour votre équilibre. On dit que cela passera avec un usage normal ou fréquent, du moins c'est ce qu'en disent les manuels.

Ses yeux se fixèrent sur Stamford à cette dernière remarque, avant de revenir vers moi. Je restais bouche bée face à la vitesse hallucinante à laquelle il venait de parler. Sherlock se tourna et prit un manteau marron qui était passé de mode depuis dix ans pour les civils.

— Puisque je ne pense pas qu'une autre nuit éveillé dans la rue vous soit profitable, je vous rencontrerai à Baker Street cet après-midi vers trois heures. Numéro 221, appartement B.

J'acquiesçais et Sherlock me serra la main — ma vraie main.

— À plus tard.

Sur ce, il était parti. Je me tournais vers Stamford probablement avec une expression un peu accusatrice.

— Je ne lui ai rien dit, dit-il, bien qu'il m'ait en effet demandé de vous présenter quand il a su que vous étiez sur cette planète. Je hochais la tête, un peu raide. C'est très bizarre. Maintenant, il faut simplement que je trouve Baker Street.

==IM/2183AD/05/27/16:02GMT==

Je pris un taxi, c'est assez simple vraiment. J'imagine que ça deviendra trop cher si je continue à le faire, mais j'étais impatient de rejoindre Sherlock à Baker Street. Quand j'arrivais, j'étais choqué. Après le polymère, le verre de la planète extraterrestre, la simple brique utilisée dans cette rue était flagrante quoique réconfortante. Je touchais le pavé d'admission sur le côté de la porte et je fus surpris de la voir, la porte, s'ouvrir automatiquement. Dès qu'elle se referma, une voix de femme âgée étrangement familiale semblait faire chanter les murs.

— Bonjour, cher John, Sherlock vous attend en haut.

— Merci, je balbutiais avec surprise.

En entrant dans la pièce principale, je trouvais Sherlock, assis à la table, qui étudiait une coupelle à l'aide d'une loupe générée par sa vieille tablette LT. Il leva les yeux immédiatement, souriant largement.

— Comment se fait-il que l'IA connaisse déjà mon nom ? lui demandais-je sans préambule.

— Oh, j'ai pris un échantillon de peau lorsque nous nous sommes serré la main, puis j'ai programmé l'admission des entrées pour madame Hudson. J'ai pensé que cela accélérerait les choses. De plus, je ne voulais pas avoir à me lever si ce n'était pas vous à la porte.

— Je vois. Madame Hudson ?

— L'Intelligence Artificielle de l'immeuble. J'imagine que vous êtes habitué à ce qu'elle soit seulement fonctionnelle, mais j'ai remarqué que laisser le logiciel se détériorer lui apporte une pensée plus libre et une personnalité, même si ce n'est au final qu'une femme de ménage glorifiée.

Depuis le plafond, ou peut-être des murs, une voix dit :

— Je suis un peu plus que ça, Sherlock, avec un ton gentil quoique légèrement irrité.

— Du moment que vous laissez le chauffage allumé en hiver, le reste n'a pas d'importance, Madame Hudson, dit Sherlock dans le vide.

Il avait raison ; j'étais habitué à ce que l'IA soit un simple outil et non pas quelque chose à laquelle vous devez répondre. Je regardais autour de moi ; la pièce était remplie d'objets étranges et divers, de technologies antiques.

— On dirait que vous êtes ici depuis un moment déjà, dis-je à Sherlock.

— Oui, plusieurs années en fait. Mon ancien colocataire a dû partir, aucune faute de sa part.

— Stamford m'a dit que vous aviez spécialement demandé pour moi.

— Ou quelqu'un comme vous, répondit Sherlock sur la défensive. Pas forcément vous. Je suis habitué à avoir quelqu'un pour me contrebalancer. L'Armée s'est souvent révélé un bon parti.

— À cause de ce truc, la résolution de crimes ?

— Exact.

— Pourquoi la Police demanderait-elle de l'aide à quelqu'un extérieur aux forces ?

Sherlock sourit légèrement, comme si on lui avait déjà posé souvent cette question.

— Vous avez une puce militaire IM implantée dans votre hippocampe, John, tout comme tous les membres de la police. Je n'en ai pas.

— D'accord, donc ils peuvent faire appel à leurs informations sur n'importe quel sujet, partout, à n'importe quel moment.

— Exactement et cette dépendance engendre la paresse. Ils sont peut-être capables d'accéder à l'information dont ils ont besoin en quelques secondes, mais il leur manque souvent l'intelligence de les connecter entre elles. Ma capacité à penser librement et à rassembler les données moi-même me donne un précieux avantage.

— Alors, pourquoi est-ce que la Police s'embête à implanter ces puces à ses officiers ?

— Oh c'est parfaitement adéquat et même utile pour les crimes banals et insignifiants. Les affaires pour lesquelles la Police me contacte ne sont ni banales ni insignifiantes.

— Qu'est-ce qui vous fait penser que je souhaiterais vivre ici pour vous aider dans vos enquêtes ?

— Je n'ai jamais dit que vous pourriez m'aider, mais puisque vous le mentionnez, excellent. Vous êtes habitué à être utile. C'est ce pour quoi vous avez été élevé , si j'ose dire. C'est dans chaque fibre de votre ADN. Quand j'ai vu qu'un soldat récemment invalidé et rapatrié avait été amené au centre du Critérion, j'ai utilisé mon célèbre cerveau et en ai déduit que ce serait une perte de vous laisser à la dérive. Tout ce que je vous ai dit n'est qu'une proposition, le choix est le vôtre.

J'étais sur le point de m'asseoir, me sentant un peu exaspéré, quand l'omniprésente Madame Hudson réapparut :

— L'inspecteur Lestrade est à la porte, Monsieur Holmes.

Sherlock me fixa du regard, un sourire aux lèvres.

— Nous y voilà, John. Faites-le entrer, Madame Hudson.

Et c'est là où nous en sommes maintenant. Je suis en train d'écouter un policier, Lestrade, qui explique à Sherlock qu'ils ont trouvé un corps au sommet du Shard. Un meurtre déroutant sur une attraction touristique vieille de cent cinquante ans, un lieu public et exposé ; je peux comprendre pourquoi il est venu ici. Ils peuvent tout connaître sur le bâtiment, son histoire et son importance ; toutes les entrées, les sorties, les zones les plus peuplées, mais malgré toutes ces informations ils ne comprennent pas comment un meurtre a pu y être commis et comment le criminel a pu disparaître. Mais Sherlock le peut surement et je pense que je vais l'accompagner pour trouver qui est l'auteur de ce crime.

==IM/SUFFISAMMENT DE DONNEES RETABLIES/DEMARRER TENTATIVE RECHERCHE INITIALE==

==IM/2185AD/03/04/21:01GMT==

Quand je suis revenu à l'appartement ce soir, j'ai trouvé Sherlock d'humeur étrangement pensive. Cela devait être dû au récent manque d'enquête puisque ce n'était certainement pas un de ses 'épisodes'. Je rentrais et pris place en face de lui. Son violon était posé sur le côté ; deux cordes étaient cassées.

— C'est étrange comment les gens oublient, John, dit-il, que pendant qu'ils partaient tous pour les étoiles il y a de ça quarante ans, la Terre n'a pas vraiment changé. Pas vraiment. De nouveaux endroits à visiter et de nouvelles batailles que nous nous sommes inventées, mais ici-bas, le crime est resté.

J'acquiesçais, me demandant où il voulait en venir.

— Je n'ai pas été entièrement honnête avec vous, John, mais je pense que ce soir je devrais l'être.

Je pense que c'est à ce moment que ma bouche se dessécha.

— John Watson est mort il y a dix ans aujourd'hui. Ce n'était pas sa faute, mais la mienne. Du moins, c'est ce que je me disais au début. Mais au final, on ne peut pas arrêter un homme fou avec une arme, seulement le pur hasard du destin. James Winter a payé pour ce qu'il a fait cependant.

Sherlock fit une pause. Son visage ne trahissait aucune émotion. Au lieu de ça, il croisa ses mains en face de son visage, comme pour une prière, ses coudes reposants sur les accoudoirs de sa chaise. Il fixait un point droit devant lui, mais sans me regarder.

— Avant que je le connaisse, John Watson était dans l'armée comme docteur. Il loua son corps pour ce qu'ils lui demandèrent, ce qui eut pour conséquence votre création et une centaine d'autres. Physiquement du moins. Cependant, il conserva son essence pour lui-même, surtout pour protester contre l'éthique de ce processus. Vous n'étiez pas supposé venir sur Terre, alors quand, il y a deux ans, j'ai entendu dire que vous étiez dans le centre Critérion à Londres, j'étais déconcerté. Mais ensuite, j'ai compris — Mycroft. Il n'y avait que lui avec assez d'influence pour vous faire placer là, pour que je puisse vous trouver et par la même occasion, vous protéger. Donc oui, comme vous vous en doutez, notre première rencontre était orchestrée, mais c'était nécessaire. Je m'étais habitué à travailler seul, mais mon frère savait que la mort de votre prédécesseur avait laissé un vide qui devait être comblé. J'ai demandé à Mycroft de vous autoriser à penser librement et de vous donner les souvenirs de John avant que je ne le rencontre. Il y avait cependant le risque que je ne sois pas complètement effacé de votre mémoire. J'imagine que c'est ce qui est arrivé, vu comment vous avez vite accepté ma confiance ce premier jour.

Il s'arrêta après cette longue explication qu'il délivra sans reprendre son souffle.

— J'espère que vous ne changerez pas votre opinion sur moi.

Je restais assis, pendant ce qu'il me sembla être des heures, mais je suis certain que ma réaction fut instantanée :

— Non, Sherlock, dis-je les lèvres sèches, je ne vous en veux pas. Si vous ne m'aviez pas traîné dans cette folle aventure, je n'aurais jamais survécu, ou alors je n'aurais eu aucun but dans ma vie.

Les yeux de Sherlock se fixèrent sur moi ; un petit sourire ironique apparut sur son visage.

— Il y a plusieurs constantes dans le monde, John, et tout ce que l'on tient pour acquis n'est que le résultat de ce qui nous a précédés. Le miel est un sirop sucré et artificiel que l'on met sur nos toasts, mais avant cela il était produit par d'incroyables insectes dont les humains prenaient soin. Maintenant, même les abeilles ont disparu pourtant leur héritage reste. Je considérais l'amitié de John Watson comme acquise et le jour d'après, il n'était plus là. Je ne referais pas la même erreur.

Je ris à son audace. Un homme qui avait contrôlé mon intégration dans la société avait le culot de me dire tout ça et très probablement de me comparer à un insecte mort. Mais c'était sa façon de faire.

— Je ne crois pas aux secondes chances, lui dis-je, mais cette ville n'a pas le droit d'exister. Tout aurait dû être détruit et reconstruit pourtant elle est encore ici. Tout comme moi.

Je me penchais en avant vers lui, ma main tendue. Celle en Lumière Tangible. Sherlock ne bougea pas pendant quelques secondes puis finalement prit ma main, réalisant l'ironie de ce que je venais de faire.

Pendant l'entrainement, notre instructeur nous disait que la seule constante, c'est la guerre ; je ne suis pas d'accord. L'autre est Sherlock Holmes, mon ami.

==IM/FIN/SUPPRIMER RECHERCHE==

Vir Requiēs

De Kaylin C. Sapp

Ohio, Etats-Unis

Rythmes endiablés et chœurs dissonants
Amadoué par les cordes, plus écorchées que la mélodie,
Partenaire du crépuscule disparaissant
Par la lune auréolée de brouillard, enseveli

La lumière des lampes maintenant tremble doucement
Sur ce visage pensif reflétant
Les ombres qui trahissent la noirceur
Des abîmes de la race humaine

Un espoir d'enfant, un fardeau de parent
Un ordre décidé de femme gracieuse –
Mais L'art pour l'art[2], parce que le Maître
N'est pas prisonnier de la richesse ou du succès.

Quand ensuite, la rêverie mélodieuse prend fin
Comme les mensonges alambiqués leur envol
Sophisme et idées fausses
Doivent s'effondrer devant la Lumière.

La Vérité est Lumière et son Conducteur
Fort, discret, inassumé –
Ami fidèle et chroniqueur,
De Baker Street, il garde la clé.

Études en rouge, Jeux et folie
Le ruban moucheté il en est fallu de peu
La vallée de la peur devient celle des ombres
Annonçant l'Ultime Automne

---

[2] Ndt. : en français dans le texte.

Une Maison Vide, immobile et silencieuse
Monument de génie enfoui
        Mais aucun véritable héro ne reste dans
l'oubli
        Lorsqu'un chroniqueur survit

L'heure la plus sombre
De Peter Holmstrom
Oregon, Etats-Unis

Il m'a fallu une bonne dose de détermination et surtout la prise de conscience que ma mort était imminente pour me décider à vous relater cette histoire liée aux heures les plus sombres de ma vie. Lorsque la guerre s'est déclarée en Europe, je me suis porté volontaire dans n'importe quel service qui pouvait me convenir. Je ne nie pas à ce moment-là que j'avais imaginé faire partie de l'équipe de formation en premiers secours, ou dans le pire des cas, de celle d'aide au rapatriement des blessés en Angleterre. Alors que les victimes ne cessaient d'arriver par milliers, j'ai été envoyé en première ligne, tout droit au cœur de la fournaise de la grande Bataille de la Somme.

Cette expérience fut la plus horrible de ma vie. Le centre médical, situé dans une église à l'abandon, s'est transformé en un lieu où l'on donnait la mort plutôt qu'on sauvait des vies. Après les premiers jours, nous manquions de morphine ; nous nous contentions de nettoyer les blessures et mener les victimes à Dieu, pour ce qu'ils avaient fait de bon. L'air embaumait la mort. Le sol extérieur reflétait une couleur sang et les cris déchirants résonnaient toujours quelque part dans nos pensées.

Mon pire souvenir de la guerre remonte à la fin du mois de juillet. Je soignais l'un des nombreux blessés. Un morceau d'obus avait transpercé son poumon droit. Alors que je posais mon regard sur ce jeune homme qui était bien trop jeune pour mourir, une pensée récurrente et en quelque sorte réconfortante me traversait l'esprit : ce garçon n'était même pas encore né quand j'ai rencontré pour la première fois mon vieil ami Sherlock Holmes. Nos dernières aventures n'auraient été autres que les cris vains du vendeur de journaux, face aux horreurs de ce monde. Et ce garçon gisait là, laissant passer son dernier souffle sur ma table d'op de fortune.

Mon esprit se replongeait à l'époque de Baker Street. Le feu de bois chaleureux, la chaise vétuste dans laquelle je me trouvais bien souvent et Holmes qui se tenait près de la cheminée jouant du violon. Une cloche sonnerait et de pauvres diables arriveraient réclamant l'aide de grand Sherlock Holmes. Peu importe que la situation soit désespérée,

Holmes pouvait vaincre le moindre esprit maléfique. Mais Holmes était retraité dans sa ferme où il s'occupait de ses abeilles, je ne l'avais plus vu depuis plus de dix ans ; et maintenant, il y avait un méchant, qu'il ne pouvait pas vaincre.

Le garçon sur la table d'opération mourut. Criant et haletant comme bien d'autres, suppliant un miracle qui n'arrivera jamais. Du sang dégoulinait sur mon tablier, alors que je regardais la vie s'envoler des yeux du garçon.

Je sortis en trombe de l'église, maudissant le jour où j'avais décidé de me porter volontaire dans cette foutue guerre, quand j'aperçus quelque chose du coin de l'œil. En me concentrant davantage, mon esprit pensait presque que j'hallucinais. De l'autre côté de la place qui séparait l'ancienne église du village détruit se tenait Sherlock Holmes.

Du moins, je pensais que c'était Holmes. L'homme d'en face était habillé comme un mendiant d'un certain âge, courbé et appuyé sur une canne. Il avait cependant une petite chose dans le regard et une façon de marcher qui m'ont presque convaincu qu'il s'agissait de mon vieil ami.

Je pouvais à peine en croire mes yeux. Je traversais avec la ferme intention de lui faire face. Malgré la pluie et la foule de gens, malgré la guerre entière, je devais le voir.

Le temps que je traverse la place, l'homme avait disparu. J'observais autour de moi avec frénésie, en attirant sans nul doute l'attention de certains soldats qui trainaient dehors, mais je n'y prêtais aucune attention. Je me déplaçais dans la foule et entrai dans l'allée la plus proche, qui devait, selon moi, être son itinéraire le plus probable. Les ombres s'élevaient autour de moi alors que je marchais entre les débris du village.

J'allais arrêter mes recherches lorsqu'une main qui semblait sortie de nulle part tira sur ma manche. En me retournant, je vis dans la pénombre ce même homme bossu, négligé et d'un certain âge. Il sortit quelques mots en français, que je ne compris pas, mais cette étincelle dans les yeux était toujours présente.

- Holmes ? Je devais avoir l'air désespéré pour que Holmes commence à glousser d'excuses.

- Et bien, mon cher Watson, que faites-vous en ce lieu ?

Je lâchai un soupir qui contenait toute la torture émotionnelle retenue depuis des semaines dans ce taudis.

La tension dans mes muscles se relâchait en regardant mon vieil ami, Sherlock Holmes.

- Holmes, vous n'avez aucune idée du bien que cela me fait de vous voir !

- Vous aussi, mon vieil ami, mais je vous en prie, ne parlez pas trop fort, ce déguisement n'est pas une plaisanterie.

Il me tira en arrière dans la pénombre en nous asseyant sur un tas de décombres.

Je fixais mon vieil ami du mieux que je pouvais dans cette lumière tamisée. Malgré le déguisement, je pouvais voir que les années ne l'avaient pas épargné depuis la dernière fois que nous avions parlé. Les poches sous les yeux et le gris de ses cheveux ne pouvaient pas être dissimulés plus longtemps. Alors qu'il parlait, je pouvais dire que son esprit était toujours aussi fort, et malgré toutes ces années, il était toujours Sherlock Holmes.

- Je suppose que tu te demandes pourquoi j'ai délaissé ma vie paisible et mes abeilles pour venir ici.

- Honnêtement Holmes, vous pourriez venir pour prendre le thé ou peu importe, je suis simplement extrêmement content de vous voir. Cette guerre me ronge comme jamais je n'aurais pu l'imaginer.

Holmes me fixa pendant un moment et laissa échapper un long soupir, avant de sortir sa traditionnelle pipe en cerisier.

- Je suis désolée pour votre femme Watson...

La douleur me traversa comme une aiguille brulante ; le rappel de la mort de ma femme des suites d'une maladie que je n'avais pu soigner me faisait souffrir plus que tout, d'une manière que je n'aurais pas crue possible dans cette ville de sang. J'essuyai une larme, presque rassuré d'avoir toujours des sentiments.

- Dites-moi tout Holmes. Comment êtes-vous arrivé ici ?

Holmes sourit légèrement et me tapota le genou.

- Il y a quelques semaines, en fait, je coulais des jours assez paisibles dans une ferme du Sussex à m'occuper de mes abeilles, satisfait de laisser la guerre se dérouler sans moi, jusqu'à ce qu'une voiture débarque dans mon allée... Auriez-vous une allumette, mon vieux ?

Je secouai la tête ; plusieurs mois s'étaient écoulés sans que je ne fume la moindre chose.

- Ah bien, comme je le disais... Il s'avérait que le chauffeur n'était autre que mon frère Mycroft. Vous savez certainement qu'avec la position qu'il occupait au gouvernement, il était plus qu'indispensable en période de guerre. Je savais dès lors qu'il ne s'agissait pas d'une visite de courtoisie. Il est venu, insistant pour que je l'accompagne dans le nord de la France pour une urgence.

Je pouvais entendre le mépris dans sa voix, c'était clair que Mycroft avait exercé une certaine pression sur lui.

Nous sommes arrivés dans une petite ville près des lignes de combat et avons continué pour atteindre directement un hôpital militaire, sans que Mycroft ne me dise un mot sur ce qui se tramait.

- Tout ce que je peux te dire Sherlock c'est qu'une situation requière ton expérience.
- L'aide précieuse de quelqu'un qui s'occupe d'abeilles, je ne pense pas.
- Ne sois pas désinvolte Sherlock, cela revêt une importance capitale. Il s'agit d'un problème de haute importance.
- J'ai déjà peur. Je me rassis en bougonnant, comme vous pouvez l'imaginer Watson, j'étais resté sur ma faim.
- À notre arrivée à l'hôpital, je me trouvais confronté à des scènes qui doivent être habituelles pour vous, mais elles m'ont glacé le sang. On nous emmena jusqu'à une pièce à l'écart où un homme était allongé, il devait probablement mesurer autrefois un mètre soixante-dix[3], mais il lui manquait à présent les jambes, et le reste de son corps était à peine en meilleur état.
- Que faisons-nous ici Mycroft ?
- Attendez... Lieutenant... pouvez-vous m'entendre ? L'homme fit bouger ses paupières pour ouvrir ses yeux et fixer le plafond, mais ne dit rien. Je regardai Mycroft, attendant des explications.
- Voici le Lieutenant Prendergast, Sherlock. Il a été fait prisonnier il y a trois mois, juste en dehors de Ypres. Il y a une semaine, il est parvenu à s'enfuir à travers les lignes. Nous l'avons retrouvé baignant dans son sang sur le champ

---

3 Ndt. : *5 foot 6* dans le texte original.

de bataille de la Somme, nous pensons que ses récentes blessures proviennent de là. Depuis, il oscille entre conscience et inconscience, dans ses moments de délires, il a répété un fait... Mycroft se pencha en arrière pour parler à l'oreille de Prendergast. Prendergast, dites-nous le secret que vous avez répété aux infirmières.

Pendant un moment Watson, je pensais que Prendergast allait mourir là ; il tremblait et suait abondamment, mais il parvint à trouver la force et luttait pour trouver ses mots.

- J'les ai entendus, ils pensaient que j'étais mort, mais j'les ai entendus...

- Qu'avez-vous entendu Prendergast ? répéta Mycroft. À ce moment, Prendergast souleva la tête pour plonger directement dans les yeux de Mycroft.

- Il y a un espion, Monsieur... un espion allemand, sur la Somme... Un espion allemand nous a tendu un piège !

- Comment pouvez-vous en être sûr ? dis-je.

- J'les ai entendus parler... Les soldats qui passaient près de moi ne savaient pas que j'étais là, mais j'les ai entendus... Ils ont mentionné la façon dont ils avaient obtenu des informations de quelqu'un des lignes britanniques. Ils savaient quand nous allions attaquer... Avant même que les soldats... Je trouvais cela étrange qu'ils... Qu'ils sachent plusieurs jours avant même ceux qui allaient se lancer dans la bataille. Qui pouvait le savoir monsieur ? Qui pouvait savoir nos propres déplacements avant qu'on ne les effectue ?

- Nous sommes sortis de l'hôpital et avons rejoint la voiture ; nous avions tous les deux tenu notre langue jusque là.

- Mycroft, je ne sais vraiment pas ce que tu attends de moi ?

- C'est pourtant évident, résous cette affaire, trouve le traitre. J'ai laissé échapper un bruit tellement son raisonnement était absurde.

- Si ce qu'il dit est vrai, que les Allemands connaissent notre plan d'attaque avant qu'il n'atteigne tous les soldats, alors il ne peut y avoir que quatre ou cinq personnes qui...

- Il s'agit d'une situation extrêmement délicate Sherlock ! Nous apprenons tous les jours les mutineries qui se passent en premières lignes. Apprendre qu'une enquête est en cours au sein des officiers de haut rang peut se répandre et mener à une révolte massive ! Cela doit être fait discrètement, pour que personne ne sache. Si tu trouves le coupable, Scotland Yard n'interviendra pas pour l'arrêter. Il n'y aura pas de procès Sherlock, la morale de cette guerre est lâche, tout comme ses fondements. Personne ne doit être au courant de cette trahison. Est-ce que tu comprends ?

Je fixais Holmes, n'en croyant pas mes oreilles.
- Est-ce que Mycroft vous demanda ce que je pense qu'il a demandé ? Holmes mâchonnait sa pipe éteinte et fixait le vide.
- Nous naviguons en eaux extrêmement dangereuses ici Watson, et il est possible que la destination ne soit pas des plus plaisantes.
Nous sommes restés assis là en silence pendant un moment, aucun de nous ne voulait mettre des mots là-dessus. Le bruit de la pluie était indissociable de celui des balles au loin, et je priais Dieu pour qu'on soit encore à Baker Street. Après un moment, il se tourna vers moi.
- J'ai donc atterri ici, Watson... Il ne fallait pas chercher loin pour comprendre que l'espion devait être ici ; les ordres émanaient de trop de personnes différentes pour que cela provienne du quartier général. Au contraire, cela devait venir de l'autre bout de la chaîne. J'ai mis le déguisement et suis arrivé ici.
J'entendis à peine cette dernière phrase. Un espion allemand... dans nos lignes, fournissant des informations à propos des mouvements des troupes et plans d'attaque, cela pouvait couter à l'Angleterre des milliers de vies.
- Puis-je aider d'une manière ou d'une autre Holmes ?
- J'aimerais bien Watson. J'ai conclu que les informations n'étaient pas envoyées par câble ou via toute autre technologie plus moderne. J'ai donc veillé les deux nuits dernières en premières lignes. Jusqu'à présent, je n'ai rien vu.
- Je vais donc vous accompagner ce soir.
- Merci, merci mon ami. Retrouvons-nous ici, aux alentours de neuf heures, et ensemble nous pourrons peut-être arrêter le traitre, et par la même occasion, sauver l'Angleterre.

J'ai passé le reste de la journée aux côtés des blessés, passant plus de temps à sauver des vies qu'à en voir partir, ce qui me soulagea quelque peu. Je trouvais mon esprit en meilleur état ; l'idée de poursuivre à nouveau des criminels en compagnie de Holmes rendit même la guerre acceptable pendant un bref moment.

Au coup de neuf heures, je me glissai hors de l'église dans le noir, pour retrouver Holmes où je l'avais quitté quelques heures plus tôt. Il avait abandonné son déguisement et ressemblait maintenant bien plus au vieil Holmes de mes souvenirs.

Nous marchâmes dans la pénombre, derrière le village, nous rapprochant des premières lignes. Nous terminâmes notre voyage au pied d'une colline, d'où nous pouvions observer le village de loin, mais aussi les tranchées occupées par des milliers de jeunes hommes anglais, dont la plupart ne reverraient probablement jamais leur maison.

Nous nous assîmes côte à côte pendant un moment, à l'abri, dans un affleurement de pierres pour observer le champ de la Somme découvert. Les cris sont ce dont je me souviens le plus.

Avec le nombre impressionnant de blessés par attaque, le Général qui en ordonnait des milliers par jour, la plupart des blessés restaient où ils étaient. Criant à l'aide qui ne viendrait jamais. Malgré tous les cris lointains, il y avait un inquiétant et profond silence dans l'air. Le ciel était inhabituellement dégagé et la lune brillait sur le paysage en ruines ; parsemé et estropié d'innombrables plaies ouvertes, ces champs, autrefois beaux, ressemblaient à présent à un *no mans's land*. Des zones grisées de la terre ne verront probablement plus la vie y renaitre. Je ne pouvais pas empêcher ses pensées de me traverser l'esprit alors que nous étions assis ensemble, à attendre un signe de trahison en cette froide nuit d'été.

- Est-ce que cela en vaut la peine Holmes ? Est-ce que cette mort et cette destruction ont un sens ?

- Il n'y a peut-être pas de but Watson, mais ce n'est pas à nous d'en juger. Le sombre paysage que nous avons devant nous et les horreurs dont vous avez été témoin à l'hôpital seront utilisés comme un symbole. Un signal d'alarme pour les générations futures, pour leur rappeler que la guerre n'est pas un moyen pour les politiciens d'arriver à leurs fins. Des cendres de cette guerre renaîtra un monde paisible et plus respectueux. C'est la raison pour laquelle nous nous battons Watson.

Pas pour les hommes politiques du Whitehall[4], mais pour le bien-être de tous. Et qu'un meilleur monde naisse de cela.

- On ne peut qu'espérer.

Holmes se pencha tout d'un coup en avant en regardant attentivement dans le ciel et l'expression sur son visage devint de plus en plus grave. Je me tournai pour voir ce qu'il regardait, mais je ne vis rien.

- Holmes ? Que se passe-t-il ?
- Mais c'est bien sûr, Quel idiot !
- Holmes ? Qu'avez-vous vu ? Je pouvais le jurer, Holmes ne pouvait m'entendre. Malgré la pénombre, je pouvais voir les méninges de ce grand homme marcher plus vite que n'importe quelles autres.
- Quel idiot ! Allez Watson ! Il nous reste peu de temps !
- Nous avons dévalé la colline avant même que Holmes ne termine sa phrase. Plus préoccupé de rester caché dans l'ombre, Holmes courait à la vitesse d'un homme qui faisait la moitié de son âge, avec une double détermination. Je parvins tant bien que mal à le suivre en serrant le revolver que j'avais dans ma poche.

Nous courrions à travers la nuit, atteignant le village en quelques petites minutes pour terminer notre course devant l'église que j'avais quittée quelques petites heures plus tôt.

- Holmes, que faites-vous ici ? Dites-moi ! Qu'avez-vous vu ?

Holmes m'attira dans l'ombre de l'église afin d'avoir une vue dégagée sur l'entrée de l'église.

- J'ai été stupide de ne pas y avoir pensé plus tôt, et si cela n'avait pas été une nuit dégagée, je serais passé complètement à côté.
- Je regardais moi aussi, mais ne voyais rien !
- Cela s'est joué en l'espace d'un instant, passant directement dans la lumière de la lune. Un oiseau Watson ! Un pigeon voyageur. Il doit être peint en noir pour être camouflé dans la nuit. Et dans quel lieu est-ce que le bruit d'un pigeon n'attirerait pas les soupçons ?
- Dans le clocher d'une église ! Merde Holmes, vous êtes en train de me dire que le traitre était sous mes propres yeux pendant tout ce temps !

---

[4] Bâtiment de la rue de Westminster, utilisé ici comme métonymie pour désigner le gouvernement.

- Oui, et heureusement que nous ne l'avons pas encore laissé filer aujourd'hui.

Notre attente ne fut pas trop longe. En cinq minutes, les grandes portes en chêne s'ouvrirent et un homme sortit de manière décontractée.

- Holmes ! C'est le Général…
- Pas de noms Watson ! Pas même en chuchotant. Calmement maintenant, nous devons le suivre.

Nous l'avons suivi à travers la nuit directement jusqu'à ses propres quartiers. Je fixais l'homme que nous suivions. L'homme qui avait mené des centaines de milliers d'hommes à la mort. L'homme qui, je le croyais, avait nos intérêts à cœur. Cet homme qui était un traitre.

Un homme tenait la garde devant les quartiers du Général, mais Holmes nous mena à l'arrière où une fenêtre avait la vitre cassée. Nous attendions de l'autre côté de la rue, sans quitter la fenêtre des yeux, conscients de ce qu'il y avait derrière.

Malgré la pénombre, je pouvais voir un air de hargne sur le visage de Holmes.

- Je dois avouer Watson que je ne sais que faire.
- Pourquoi ne pas le faire arrêter ? Le nom de Sherlock Holmes sera certainement assez convaincant pour démarrer au moins une enquête !
- Non Watson, Mycroft avait raison. Si cela s'ébruite, les répercussions seront désastreuses."

Les instants qui suivirent parurent une éternité. Je pouvais à peine croire ce que j'entendais. Sherlock Holmes, un meurtrier…

- Il doit forcément avoir une autre solution ?

Holmes laissa échapper un long soupir, et je priais Dieu qu'il soit plus long encore.

- Laisse-moi le faire…

Holmes me regarda pendant un moment.

- Non Watson…
- C'est mon commandant ! Et lorsqu'un commandant est responsable de trahison, la peine est la mort. Pardonnez-moi Holmes, mais certains héros doivent rester purs.

Nous sommes restés là un moment, l'air paraissait geler sous le poids de cela. Lentement, Holmes se mit à acquiescer.

Deux jours plus tard, Holmes quitta le front, le Général avait été déclaré mort des suites d'une crise cardiaque.

Je me suis demandé les motivations du Général plus tard, j'avais la réponse de Holmes toute prête.

- Je ne peux pas savoir Watson. Peut-être qu'à la fin, il voyait tous ces morts et cette destruction dont il était responsable, et se dit que le moyen le plus rapide pour terminer cette guerre était de soutenir l'ennemi. Quand le péché d'un homme est une vertu, pouvons-nous vraiment le savoir ? Peut-on vraiment savoir si c'est bien ou mal ?

Un aller pour Londres
De C.M. Vale
Bronx, NY, Etats-Unis

Je n'avais aucune raison de me turlupiner à ce sujet jusqu'à ce que je découvre, en descendant du train à la gare d'Euston, une chose des plus étranges au fond de ma poche…

Lorsque j'appris la mort de mon père en décembre 1887, j'avais vécu, pendant près de six ans, dans un paisible village d'Écosse. J'y vivais de manière rurale, bien loin des rues crasseuses et de l'air vicié, si coutumiers à ce grand cloaque londonien.

Il apparut dès lors que, étant l'aîné et le seul héritier toujours en vie de notre insignifiante fortune, la tâche morose de régler la succession des biens m'incomba. La tâche allait s'avérer ardue, car les papiers de père avaient toujours été conservés de manière totalement désorganisée. Ce n'était pas tellement le fait d'être forcé d'arrêter ma pratique générale plutôt lucrative qui consistait à mettre de l'ordre dans le cafouillis de factures et (selon toute probabilité) comptes à découvert qui m'irritait dans cette histoire. La réelle source de mon irritation provenait du fait de devoir être tenu à l'écart de ma maison et des miens pendant Noël, qui était, accessoirement, le premier en compagnie de ma jeune épouse bien aimée, Violet.

C'est une femme têtue qui est toujours parvenue à ses fins avec son mari et son intention était de m'accompagner, aucun argument ne pouvait dès lors la persuader du contraire. J'espérais que l'un d'entre nous serait épargné de ces pénibles procédures et pourrait passer les fêtes autour d'un traditionnel repas de Noël et d'un feu crépitant dans la cheminée d'un proche, mais ce n'était pas le cas.

Nous avons entamé notre périple la veille, le jour du réveillon de Noël, au départ de la gare d'Oxfordshire, où un train nous mènerait directement à Londres.

L'attente de ce foutu train fut interminable, malgré notre arrivée à sept heures cinq précises, l'heure qu'on nous avait indiquée ; il faisait un froid glacial, les moindres moments passés à attendre sans rien faire suffisaient à vous glacer le sang dans les veines. Plus loin sur le quai, l'agitation était au rendez-vous, un excentrique — pour ne pas dire un

160

être complètement dérangé – s'était mis en tête qu'il s'agissait du moment idéal pour se balader le long des rails. Bien sûr, lorsque le train arriva enfin, il fut retenu par cet individu aventureux. Ce manège dura onze minutes et treize secondes, temps qui aurait pu être passé à décongeler à l'intérieur, bien au chaud.

Toute cette histoire s'est finalement résorbée, ou plutôt, devrais-je dire, a été étouffée. Je ne peux dire exactement comment tout est rentré dans l'ordre, car malgré l'heure tardive, une foule assez large s'était rassemblée, probablement pour retrouver au plus vite leurs familles respectives avant le lendemain matin, ce qui m'empêchait de voir la scène.

Lorsque nous avons enfin pu embarquer, j'ai tenu à demander au chauffeur ce qu'il s'était réellement passé.

- La chose la plus étrange que je n'aie vue, remarqua-t-il.
- Un type qui n'était pas tout droit dans sa tête passait la terre au crible, répétant qu'il avait besoin d'échantillons pour une monographie. Je n'ai jamais entendu personne s'intéresser à une chose pareille de toute ma vie.
- Étrange, dis-je, alors qu'il nous menait au dernier wagon libre.
- Pourquoi avons-nous des asiles si les fous sont autorisés à se balader librement ?

Il ne savait pas non plus que penser de cela et nous laissa méditer sur le devenir de notre monde.

J'ai toujours préféré voyager dans un compartiment privé, que le voyage soit court ou long, on n'est jamais trop prudent avec toutes ces personnes dérangées sur cette terre. Notre ami qui faisait sa petite promenade sur les rails nous l'a bien prouvé.

J'étais donc déjà un peu troublé quand, en entrant avec l'encombrante valise de Violet et mon petit sac de voyage (alors qu'elle discutaillait avec d'autres dames), je suis tombé nez à nez avec un type maigre de taille non négligeable qui occupait déjà un siège. J'utilise le déterminant « un » siège, qui pour le commun des mortels renvoie à un usage solitaire, et pourtant cette personne qui manque d'égards était vautrée d'une telle manière que ses pieds avaient envahi le siège opposé. Qu'une personne qui semble en manque d'un bon repas puisse prendre tant de place dépasse mon entendement.

Pendant ce temps, un nuage de fumée infecte se frayait un chemin à travers sa capuche, qui était inclinée sur son sourcil.

- Il s'agit d'un compartiment non-fumeur, mon cher monsieur, lui ai-je lancé après m'être installé sur mon propre siège, qu'il eût eu la courtoisie de libérer de ses chaussures.

Je n'eus pour seule réponse à mes doléances qu'une nouvelle bouffée de fumée.

C'est à ce moment que ma femme, tout danger de devoir m'aider avec sa valise étant à présent écarté, nous rejoignit et ma contrariété au sujet de notre compagnon de voyage ne fit que s'aggraver. L'homme, imaginez son insolence, laissa échapper un triste gémissement à son arrivée, marmonnant une chose ou l'autre au sujet des tendances intolérables du sexe faible.

J'étais sur le point d'ouvrir ma bouche pour formuler une réprimande au nom de Violet, mais le type rompit le silence.

- Toutes mes condoléances pour la perte de votre père.

- Bien, mer… bonté divine ! Comment pouvez-vous être au courant de cela ? Mon signe de deuil était, bien entendu, dissimulé sous mon manteau.

Comme si la connaissance de mes affaires personnelles ne suffisait pas, à mon plus grand étonnement, il se mit à glousser.

- Sherlock Homes ! m'écriai-je, il avait levé la tête et ces formes anguleuses étaient instantanément reconnaissables.
- Bonté divine ! Je ne pensais jamais vous revoir un jour !

Je l'espérais en fait. Depuis que j'avais réalisé tout ce que j'avais fait subir à un pauvre homme, que je n'avais pas suspecté d'invalide et qui avait terriblement besoin de paix et normalité pour soigner sa constitution fatiguée. C'est tout à fait compréhensible que le docteur ait montré de l'intérêt pour un type si intrigant avec une intelligence si subtilement aiguisée, mais endurer sa compagnie constante était tout autre chose.

J'avais, à l'époque, réalisé que l'homme devait cruellement manquer de moyens pour se partager son logement et je l'avais cordialement averti, mais comment ce pauvre Dr Watson aurait-il pu connaître la réelle étendue de la folie à laquelle il allait être confrontée avant qu'ils ne cohabitent ? Il ne méritait probablement pas d'être envoyé dans un logement confiné avec un homme qui réduit les morts en bouillie au nom de la science et se moque des émotions humaines les plus basiques. Quand je pensais aux horreurs que le Dr Watson avait dû endurer en compagnie de cet homme… bien, je ne peux que, dans mon for intérieur, tressaillir.

J'imagine que, aussi désespéré que fût le docteur, il était susceptible de maudire encore mon nom des années plus tard.

- Moi non plus, dit Holmes, et laissait-il passer une pointe de sincérité dans sa voix ?

L'autre choc de la soirée a eu lieu lorsque M. Sherlock Holmes m'a tendu une main et offert un large sourire, ce qui, venant de lui, était considéré comme une salutation expansive. Une telle marque de cordialité était la dernière chose qu'on aurait attendue d'un personnage si insensible.

- Je vois que vous avez toujours vos vieilles combines, que le diable lui-même sait faire, ai-je remarqué. Mais oui, vous avez en effet raison. Mon père nous a quittés et ma femme et moi-même nous rendons à Londres afin de régler la succession.
- Le diable n'a rien avoir dans cette histoire, Stamford. Ce que vous prenez pour de la sorcellerie était en fait ma propre observation de la façon dont vous avez noué le lacet de votre botte gauche et votre toilette de ce matin qui manque de précision.
- Évidemment, dis-je, content de confirmer ses élucubrations.

J'ai ensuite entamé les présentations entre Violet et cette vieille connaissance qui, je pouvais le jurer, ricana à la simple énonciation de mon mariage.

Il ne s'est jamais fort préoccupé des femmes. Cela n'était pas étonnant, il était seul depuis toujours, pas d'alliance au doigt et probablement pas un seul ami au monde. Non pas que le Sherlock Holmes de mes souvenirs n'avait aucune envie de créer des liens d'amitié. Il était simplement le type de gars qu'on admire pour son cerveau stupéfiant, mais qui maintenait la compassion à une telle distance et regardait ses collègues avec une telle indifférence qu'il était tout simplement impossible de s'entendre avec lui à long terme. Il n'était l'ami de personne, car qui pouvait bien se préoccuper d'une machine à raisonner sans cœur ?

- Dites-moi, qu'avez-vous bien pu faire pendant toutes ces années ? Nous avons toujours été curieux de savoir quel métier vous alliez bien pouvoir exercer avec des intérêts si….peu conventionnels.

Holmes laissa échapper un léger rire d'amusement.

- Ma profession est indéniablement unique. En fait, je suis le seul au monde.

Oui, vous êtes certainement un être unique, Holmes, suffisant, arrogant…

- Oh, ne nous laissez pas languir, intervint ma Violet. Que faites-vous donc, M. Holmes ?

Il se pencha en avant, éteignit son mégot de cigarette sur la vitre. Holmes déclara ensuite, non sans fierté, qu'il était un « détective privé indépendant », soulignant bien son indépendance par rapport à ces « maladroits » de Scotland Yard.

- Un détective ? Mais enfin Holmes, vous plaisantez ! Je reconnais avec un peu de cruauté non intentionnelle que son dédain d'antan semblait s'être perfectionné.

- Je suis loin de plaisanter, dit-il, croisant ses bras de manière irritée. J'ai créé mon propre métier et je m'en sors plutôt bien, mon fidèle chroniqueur tâchera dès lors de vous convaincre. Il a l'art de me donner plus de crédit que je ne mérite, dit-il, les yeux légèrement humides à la mention de son chroniqueur présumé.

La vérité étant dite, j'étais quelque peu surpris par tout cela. Qui prendrait la peine d'écrire la biographie de Sherlock Holmes ?

- Vraiment Holmes, vous allez trop loin ! Qu'avez-vous accompli qui justifie de telles choses ?

De toutes les réponses possibles, je pensais qu'il allait tenter de justifier ces propos ; au contraire, sa réponse m'étonna davantage.

- Rien. Et poursuivit avec son allure habituelle. Mon succès réside uniquement dans une déduction de type élémentaire qui échappe à l'intelligence furtive des professionnels. Je n'ai rien fait de grandiose, sauf me baser sur une dose raisonnable de logique et imagination. En fait, j'invite régulièrement Scotland Yard à appliquer mes méthodes, mais elles s'avèrent être terriblement difficiles pour eux à saisir.

- Si c'est tellement simple comme vous nous le stipulez, pourquoi quelqu'un prendrait-il la peine de relater vos exploits ?

- Oh, tais-toi, chéri. Mon mari se comporte de manière extrêmement grossière. Vous devez certainement avoir résolu des affaires importantes, M. Holmes ?

- Certaines sont de grande importance, oui, même si je préfère les problèmes les plus abscons pour me mettre au défi et ces affaires remportent souvent peu d'intérêt auprès de Scotland Yard ou des journalistes.

L'idée qu'il ne s'agissait de rien d'autre qu'un penchant de vanité bien enracinée m'avait traversé l'esprit et j'étais sur le point de le dire lorsqu'un autre type est entré dans le compartiment, entrainant avec lui un souffle d'air abominablement froid.

C'était un gars élégant de taille et corpulence moyennes aux cheveux et à la moustache blonds, dont l'attitude générale suggérait un aimable tempérament. Alors qu'il semblait gêné par un boitillement et qu'il se battait avec deux mains remplies de valises bourrées et une trousse médicale, il affichait pourtant un agréable sourire. Il s'avéra que cet homme m'était vaguement familier, mais j'avais du mal à replacer qui il pouvait bien être et où nos chemins s'étaient croisés.

- Terriblement désolé, s'excusa-t-il, alors qu'il tentait péniblement de placer les sacs sur le compartiment à bagages, et j'imagine que l'effort à fournir de sa part était bien plus important que le mien, précédemment.

Soupirant profondément, il s'affala à côté du détective privé, qui tentait d'allumer la pipe qu'il avait sortie de la poche de son manteau.

- Je présume que le conducteur devait être un peu contrarié, dit Holmes alors qu'il tripotait une allumette.

- Mon pauvre ami, il était furieux !

- Vous exagérez.

- Peu importe. Tout est réglé, même si je pense qu'il n'est pas nécessaire de rappeler qu'il a menacé de lâcher son chien à trois pattes si jamais il reprenait l'un de nous sur ces rails.

La convenance impose que je ne relève pas la réponse de Holmes.

- Je crois, dit Sherlock Holmes alors que son attention se tournait à nouveau vers moi, que vous connaissez déjà mon ami, collègue, et récemment, chroniqueur, Dr John Watson. Docteur, vous vous souvenez de Stamford, n'est-ce pas ?

La lueur de reconnaissance brillait dans ses yeux d'un bleu saisissant quand qu'il me regarda pour de bon. Il faisait sombre, certes, la dernière fois que nous nous sommes rencontrés, mais c'était en effet le chirurgien retraité de l'armée que j'avais présenté à Holmes plusieurs années auparavant. Watson avait considérablement changé, adieu l'homme anxieux, la silhouette émaciée, au visage autrefois hagard, il respirait à présent la santé. Il avait pris un peu de poids, ce qui laissait transparaître son bien-être d'antan, et cet air grave qui dominait ce jour-là au bar Criterion avait maintenant laissé place à un esprit qui, de toute évidence, se voulait gai.

Comment y est-il parvenu en présence de l'unique détective indépendant reste pour moi un des mystères insolubles de la vie.

Aussi impoli que cela ait pu être, ma curiosité eut raison de moi.

- Pas fâché sur moi de vous avoir présenté à Holmes ? lançai-je, lui serrant la main. Étrangement, Watson se mit à rire et me tordre la main de manière plus enthousiaste alors qu'il s'agissait pour moi d'une requête des plus sérieuses.

- Cela doit être votre charmante épouse, en montrant Violet. Le docteur s'en tirait toujours bien en matière de bonnes manières, ce qui est loin d'être le cas de l'autre passager, qui fumait en silence, visiblement lasse de ces efforts de condescendance pour s'entretenir avec nous, mortels.

Pendant les heures qui ont suivi, nous avons passé un moment agréable à discuter jusqu'à ce que le sujet de l'activité de Holmes ne revienne sur le tapis. Je dois l'admettre, nous étions pendus aux lèvres de Watson qui relatait des affaires singulières de son compagnon et il possédait de toute évidence un don naturel pour raconter des histoires. Quoi qu'il en soit, Holmes ne pouvait rarement résister au plaisir de lever les yeux au ciel à intervalles réguliers ou critiquer ces fioritures et effets romancés qui piquaient pourtant notre curiosité et animaient le récit. Même si, je reconnaissais l'avoir surpris, à plusieurs reprises, esquisser un sourire derrière cette abominable pipe, que je pris, dans un premier temps et à défaut, pour le plaisir arrogant d'avoir son intelligence mise en avant en public.

Sur le coup de minuit, le train s'arrêta à la gare d'Euston.

- Joyeux Noël, Holmes, dit le docteur à son ami avec une petite tape affectueuse sur le genou.

- Bah ! Fut la seule récompense qu'il obtint pour ses efforts, et cette réponse grincheuse semblait ne pas le perturber outre mesure.

- Quel est son problème ? demandai-je pendant que je descendais mes bagages. Watson s'était entre temps levé pour m'assister, malgré cette jambe qui le faisait atrocement souffrir.

- Oh ! - dit-il, aussi calmement - Il est seulement inquiet, car la saison semble restreindre les crimes à des délits mineurs.

La folie est, semble-t-il, contagieuse.

Lorsque nous atteignîmes le quai, Watson me prit à part afin de me remercier pour cette présentation accidentelle, soutenant qu'il avait été plus anéanti par la campagne afghâne qu'il n'avait bien voulu le croire au début et qu'il n'était pas certain de la manière dont il aurait pu soigner ces blessures à la cicatrice intangible.

L'air était chargé d'un silence qui en dit long et je suis reconnaissant que M. Holmes ait choisi ce moment pour sortir du train et me rejoinder, pour que Watson ne puisse conclure sa sombre pensée. Il entreprit de faire un commentaire sarcastique pour mettre un terme à cette soirée éminemment stimulante, en y ajoutant un bâillement pour souligner son spectaculaire état d'ennui. Ce qui tracassa le docteur sur ses misérables conditions de sommeil, et nous nous saluâmes peu de temps après que nous avons tous serré la main avec une profonde affection.

Comme je l'ai signalé au début de ce récit de longue haleine, lorsque nous nous sommes séparés du docteur et de cet insupportable détective, j'en étais à considérer cet incident comme rien d'autre qu'une bonne (la plupart du temps) nuit passée à se remémorer des souvenirs entre vieilles connaissances, une agréable façon de passer le temps lors d'un voyage qui l'était moins. J'ai ensuite plongé ma main dans ma poche et découvert qu'une chose très étrange y avait été posée.

Une édition roulée du magazine « Beeton's Christmas Annual ».

Sur la première page, on pouvait lire une publicité en gras de l'histoire d'un certain A.C. Doyle, agent de John H. Watson, M.D. L'histoire elle-même était entourée et accompagnée d'une annotation griffonnée d'un trait vif. La note était courte et précise, et pendant un moment, je suis resté cloué sur place, fixant de manière médusée les mots que j'avais lus suffisant de fois pour les connaître déjà par cœur. J'entrevis ensuite juste une fraction de ce que le docteur avait dû voir il y a des années de cela chez un étudiant arrogant au labo, se vantant de son expérience sur l'hémoglobine.

Au bras de Violet, je lus la note une dernière fois et avant d'entrer dans un taxi à l'arrêt et chuchotai « Joyeux Noël », à personne en particulier.

Stamford,

Prends cela pour un cadeau de Noël. Si je ne me trompe pas, en temps voulu, tu considèreras cela comme un gage très précieux de notre reconnaissance mutuelle. Merci d'avoir sauvé deux âmes perdues.

— S.H.

L'Aventure de l'explosion du bateau *Moon*

De Scott Varnham

C'était en 1897, quand Sherlock Holmes et moi avions été appelés sur l'affaire du bateau tout bonnement appelé *Moon*, un conte qui intéressera les admirateurs de l'art de la déduction.

Mon ami essayait de m'endormir au son d'une de ses compositions de violon après la conclusion de l'affaire de l'*Abbey grange*. Au moment où je commençais juste à m'endormir, ma rêverie fut interrompue par le bruit d'un pas maladroit montant les 17 marches menant à notre sueil de Baker Street. Notre vieil ami, l'inspecteur Lestrade, ouvrit la porte et il se précipita chez nous.

- Je vous en prie, Lestrade, asseyez-vous. La route est longue depuis les quais et l'heure précoce me laisse penser qu'il ne devait pas y avoir beaucoup de taxis à héler. J'en déduis donc que vous êtes bien entrainé ! remarqua mon ami.

- Holmes, comment donc savez-vous que je viens directement des quais ? Lestrade semblait quelque peu interloqué par la déduction banale de mon ami.

- C'est assez simple. Quand je vois un homme vêtu d'un pull, un matin froid à Londres, je sais qu'il a effectué un grand effort physique et qu'il a parcouru une longue distance pour me voir. Et quand je peux détecter une odeur d'air marin sur vous, Lestrade, ce n'est alors pas difficile de déduire d'où vous venez. Holmes s'installa confortablement et donna à Lestrade le temps de digérer ses déductions.

Lestrade me jeta un regard suffisant.

- La simplicité elle-même ! Ayant rebattu ce dialogue maintes fois auparavant, Holmes et moi levions nos yeux au ciel. Lestrade s'assit finalement et présenta son affaire.

- Il y a environ deux jours, nous avons reçu un télégramme de Scotland Yard nous relatant quelques événements étranges survenus à bord du bateau à vapeur, le *Moon*, qui est récemment parti de Terre Neuve pour Docklands. Apparemment, l'ingénieur aurait déclaré malade, après être entré un matin dans la salle des machines et avoir vu une étrange substance blanche partout sur les murs. Après l'avoir nettoyée, ils en trouvèrent encore plus le matin suivant, toujours plus qu'au premier jour. Il s'était également produit plusieurs petits vols insignifiants pendant la nuit. Il semblerait qu'ils étaient en train de tendre un piège à l'escroc, le jour avant que le télégraphe n'arrive, mais cela n'a pas été fructueux.

À ce moment, Holmes intervint.

- Pourrais-je voir le télégramme ?

Lestrade fouilla dans une poche avant de donner à mon ami un morceau de papier froissé qu'il regarda brièvement. Il glissa légèrement ses doigts sur le papier avant de le placer sur son bureau pour l'examiner plus tard.

- Je vous en prie, continuez votre histoire.

- Bien, à part la substance dans la salle des machines, tout paraissait assez banal. Ce matin, j'ai emmené quelques policiers sur les quais pour attendre l'arrivée du bateau afin d'obtenir les déclarations des passagers et peut-être en fouiller l'un ou l'autre à l'air suspect.

- J'en déduis donc que le bateau n'est jamais arrivé ? Holmes se détourna à ce moment du fidèle policier pour chercher sa pantoufle persienne. J'étais assis dessus et donc ne dis mot.

- Oh, il est arrivé. Nous avons vu le bateau s'arrêter, M. Holmes, jusqu'à ce que celui-ci explose. Holmes se retourna plus rapidement que jamais je ne l'avais vu faire.

- Il a quoi ?

- Oui, Monsieur, il a explosé. Arrivant lentement au port, de manière tout à fait normale comme vous aimez, quand tout à coup il partit en fumée et commença à s'échouer lourdement sur le flanc. Holmes semblait plutôt troublé par la tournure des événements, j'ai donc subtilement libéré sa pantoufle et l'ai laissée tomber sur le sol. Ses yeux l'ont immédiatement repérée et il fit un mouvement vers la pantoufle. Je la lui ai donnée pendant qu'il posait quelques questions à Lestrade.

- Sale affaire. Il y a-t-il des survivants ?

- Personne qu'on a pu voir. Il n'y avait de toute façon pas beaucoup de monde à bord ; il n'y avait qu'une équipe réduite et l'un ou l'autre passager qui cherchaient un voyage pas cher vers les Colonies.

Cela nous a déroutés.

- Qui avait à gagner d'une telle chose ?

- C'est exactement ce que je me demandais. Ce serait assez facile de vérifier ; quelques notes peuvent avoir survécu à l'explosion. Avez-vous déjà eu la chance d'examiner le bateau de manière plus approfondie ?

171

Lestrade laissa passer une sorte de demi-sourire, quelque chose qui était rare pour lui.

- Non, je suis venu directement chez vous. Je sais combien vous aimez avoir des indices frais à examiner.

- Assez, oui. C'est étrange, Lestrade, mais vous auriez pu me présenter l'énigme et la solution dans la même histoire. Holmes s'assit confortablement en souriant et laissa ce dernier y réfléchir.

- Allez maintenant, ne jouez pas ! Des gens sont morts !

Les gestes de Holmes changèrent en un instant. Son visage affichait un regard sincère de tristesse, qui laissait transparaitre son âge toujours plus avancé.

- Je vous assure que quand je fais une déclaration comme celle-là, je parle en toute honnêteté. J'ai en effet une hypothèse qui fonctionne, mais cela va prendre du temps de la vérifier. Je vais avoir besoin de descendre jusqu'au bateau et jeter un œil autour.

- Parfait ! s'exclama Lestrade. J'étais justement sur le point de vous le suggérer ! Irions-nous sur les lieux de suite ?

Holmes jeta un regard presque indiscernable en ma direction. J'acquiesçai en guise d'accord.

- Si votre enquête requiert ma participation, alors nous ne devrions nous permettre aucun retard. Watson ! Allez chercher votre revolver de service, nous ne devrions pas en avoir besoin, mais c'est mieux d'être préparé, n'est-ce pas ? Ah, je vois que vous l'avez déjà. Il appela notre propriétaire avec cette voix forte, mais mélodieuse à laquelle elle s'était habituée.
- Mme Hudson ? Pourriez-vous nous appeler un taxi sans tarder ?

172

Nous arrivâmes sur les quais peu de temps après. Les nouvelles de cette terrible affaire avaient vite fait le tour, nous avons donc dû nous frayer un passage parmi la foule de curieux pour approcher la scène du crime. Une fois à l'écart de la foule, Lestrade nous mena jusqu'aux débris du bateau. La plupart des bateaux étaient intacts, car l'explosion (bien qu'impressionnante) s'était limitée à ce bateau et les pompiers avaient agi rapidement. Ceci permit à Holmes de jeter un rapide coup d'œil autour du bateau, même s'il devait se déplacer avec précaution à certains endroits. Nous croisâmes quelques infirmiers avec des brancards qui transportaient les corps hors du bateau. Je m'arrêtai pour discuter avec eux sur la nature des blessures alors que Holmes et Lestrade continuaient leur visite. Il ressortit de son interrogatoire que la plupart des corps présentaient des brûlures massives, mais celui qu'ils transportaient avait une blessure à l'arrière de la tête comme s'il avait été frappé par une conduite en plomb. Je promis de transmettre l'information à Lestrade, qui n'avait pas encore pris connaissance de cette information, car il était chez nous. Je présentai mes respects à l'homme sur le brancard et me dépêchai de retrouver mes amis.

Quand je les rejoignis, ils étaient dans la salle des machines qui, j'en conclus, était la pièce la plus touchée par l'explosion. La salle était un vrai capharnaüm : le moteur était complètement détruit et ne fonctionnerait plus jamais, les murs étaient entièrement calcinés et tous les meubles de la pièce réduits en cendres et gisaient sur le plancher. Holmes se tenait au centre de la pièce avec Lestrade et un agent de police qui répondait aux questions de Lestrade. Holmes me remarqua du coin de l'œil.

- Ah, Watson. Avancez. L'agent Harrison ici nous disait qu'ils ont trouvé un survivant. Il est en état de choc pour le moment, mais il devrait rapidement se sentir mieux. Avez-vous entendu quelque chose de significatif ?

- D'après les hommes avec qui j'ai parlé dehors, ils ont retrouvé une des victimes avec un coup à la tête, en plus des brûlures. Aucun doute que le coup ait précédé les brûlures.

- Cela doit être une déduction naturelle, Watson. Après tout, il n'y a aucune raison de lui donner des coups alors qu'il est déjà brûlé vif. Toutefois, c'est une erreur capitale d'élaborer une hypothèse sans données. Nous devrions attendre le rapport du coroner avant d'émettre notre jugement final. J'ai noté que je ne devais pas oublier de lui reparler de la victime potentielle du meurtre dans quelques jours, au cas où cela lui sortirait de la tête.

Lestrade donna quelques instructions à l'agent qui allait nous quitter pour nous laisser poursuivre l'enquête.

- Des chances de trouver des indices, Holmes ? demandai-je, sachant qu'il n'avait probablement encore rien trouvé. Il me donna raison.

- Pas encore, Watson. Nous avons été dérangés par l'agent. Cette pièce était clairement l'épicentre de l'explosion qui a détruit le bateau, voyons où peut bien nous mener son examen.

Nous tentâmes ensuite de chercher des indices expliquant les raisons de cette épouvantable affaire. J'avais comme l'impression que Lestrade et moi-même n'allions rien trouver qui vaille, car seul Holmes savait ce qu'il cherchait. Je fis de mon mieux pour trouver quelque chose pour nous faire avancer, mais la pièce était dépouillée et presque rien n'avait été épargné. Naturellement donc, ce ne fut pas une surprise lorsque Holmes nous indiqua à tous les deux avec une exclamation bruyante la direction dans laquelle il regardait. Nous nous précipitâmes pour voir ce qu'il avait trouvé.

- De quoi s'agit-il, Holmes ? hurlai-je avec une pointe d'exaspération dans la voix. Nombreuses sont les fois où vous êtes surpris quand votre ami plus intelligent se montre meilleur que vous dans son propre domaine.

- Ah, mes chers. Voyez le long de ce mur ici, il y a quelques petits résidus de l'étrange substance dont faisait objet le télégramme de Lestrade. De toute évidence, le feu n'avait pas tout brûlé. Il est temps de parler à votre survivant Lestrade !

À ce stade, nous quittâmes le bateau et allâmes parler au survivant du *Moon*, un jeune homme prénommé Jack, qui se remettait du choc à l'hôpital de la région. Nous appelâmes un fiacre et arrivâmes une vingtaine de minutes plus tard. Une fois sur place, nous fûmes escortés chez le jeune. Il s'avéra être un jeune homme robuste d'une vingtaine d'années, sans doute un jeune membre de l'équipage.

- Jack, n'est-ce pas ? Vous êtes en très bon état, après ce que vous avez vécu. Pouvez-vous nous dire comment vous avez survécu à ce drame ? Holmes s'aventura à essayer de l'amadouer et lui faire raconter son histoire.

- En fait, Monsieur, cela s'est passé comme cela : je n'ai jamais vraiment eu la chance de mon côté depuis ma naissance, j'ai donc essayé de la faire tourner comme je pouvais. J'ai embarqué à Terre Neuve dans l'espoir de trouver un boulot à Londres. Peu m'importait comment j'allais arriver jusque là, j'ai donc accepté un emploi de nettoyage général faiblement rémunéré. La deuxième nuit, nous avons entendu un cri provenant de la salle des machines. Nous avons tous accouru et découvert l'ingénieur-chef fermant la porte, grommelant quelque chose à propos de fantômes et ectoplasme sur les murs. Nous avons jeté un rapide coup d'œil à l'intérieur, mais l'ingénieur était une personne imposante et s'il nous disait de ne pas nous éterniser à l'intérieur, croyez-moi, nous écoutions ce qu'il disait. Il a retrouvé ses moyens peu de temps après et avec l'aide de son assistant, a retiré ce qu'il y avait sur les murs. Si seulement il n'y en avait pas eu plus le jour suivant, plus encore qu'au premier jour.

- Un instant ! Qui d'autre avait accès à la salle des machines quand l'ingénieur et son assistant n'y étaient pas ? interrompit Holmes.

- Bien, en théorie, personne, mais la salle n'est pas fermée à clé au cas où l'on devrait régler le moteur de toute urgence et que l'ingénieur n'était pas dans les parages. J'en déduis donc que personne ne pouvait entrer là dedans lorsqu'il n'était pas là. Il regarda Holmes comme s'il s'attendait à une autre question et ne fut pas déçu.

- J'ai l'impression qu'en nous concentrant sur ces histoires de fantômes, nous nous éloignons de notre affaire. Voyez-vous, tout crime doit avoir un commanditaire. Celui-ci n'est pas une exception. Continuez donc votre récit, mais tentez de laisser de côté l'aspect… « sensations fortes ».

- Je pense pouvoir le faire, M. Holmes. Le garçon but un verre d'eau avant de poursuivre son récit. Mis à part tout cela, tout était plutôt calme. Il y eut quelques petits vols, mais rien de bien grave. Tout se passait bien jusqu'à ce qu'on atteigne le port. J'étais sur le quai, respirant mes premières bouffées d'air anglais lorsque j'ai entendu ce qui ressemblait à deux hommes criant, en direction de la salle des machines. La seule autre chose que je puisse ajouter est qu'il y eut une grande explosion non loin d'eux. J'ai été projeté au sol par la puissance de celle-ci et j'ai dû atterrir sur la jetée ou non loin de là. Je pense que l'important, c'est que je sois chanceux. Je me suis ensuite réveillé ici.

Après cela, Holmes remercia le garçon et nous prîmes congé. Nous quittâmes l'hôpital et appelâmes un taxi. Lestrade ne pouvait contenir sa curiosité.

- Qu'en pensez-vous, Holmes ? Êtes-vous prêt à coincer notre homme ?

- Je sais exactement qui est l'auteur, Lestrade. Je dois juste trouver les quelques détails essentiels qui me manquent. Je serai de retour à Baker Street pour sept heures. Watson, rentrez déjà et préparez-vous à mon retour. Les lieux où je dois me rendre ne sont pas destinés à des hommes civilisés comme vous.

Il esquissa un sourire narquois après ce dernier commentaire et profita du taxi que nous avions appelé. Lestrade avait des obligations à remplir, nos chemins se séparèrent donc et je rentrai à Baker Street pour me remettre de cette courte nuit.

J'avais totalement récupéré à midi, je passai donc le reste de la journée à écrire des notes sur d'anciennes affaires et résoudre les mots croisés de Holmes dans le journal (une habitude que j'ai prise un jour où il était particulièrement dur à vivre). J'étais plongé dans cette dernière activité quand Holmes arriva, montant les escaliers, la voix triomphante.

- Bonne nouvelle, Watson ! Il surgit dans la pièce, un petit bout de papier à la main. La police a notre homme. Je me suis rendu à Scotland Yard plus tôt dans la journée et étais présent pour les aveux du scélérat. Bien entendu, cela ne pouvait se terminer autrement.

Je lui pris le télégramme et le lus.

- 'Holmes. L'ingénieur est notre homme. Trouvé dans une taverne locale. Merci pour le tuyau. Lestrade.' L'ingénieur est leur homme ? Holmes, que diable se passe-t-il ?

Il s'assit dans son fauteuil préféré.

- Je ne mentais pas à Lestrade lorsque je lui ai dit que j'avais résolu toute l'affaire dès le début et qu'il me manquait quelques détails. C'était en effet une sombre affaire. Une pointe de mélancolie s'était glissée dans sa voix en entamant le résumé de tout ce qu'il avait déduit. Mon premier indice provenait du fait que même s'il était devenu insensible à un « fantôme », l'ingénieur avait nettoyé la salle des machines. Il ne voulait indéniablement pas que quelqu'un d'autre entre dans cette pièce, à l'exception de lui-même et de son assistant. Par ailleurs, cet assistant n'était autre que le jeune que nous avons rencontré plus tôt. Une fois que j'avais cela, le reste était facile. La substance sur les murs était de la cire.

- L'assistant l'a prise de la soute, dans la réserve de bougies, alors que l'ingénieur les faisait fondre. Une fois la cire fondue et prête à l'emploi, les deux compères ont recouvert la pièce et éteint la chaudière pour la nuit pour que la cire durcisse sur les murs. Lorsqu'ils l'ont retirée le lendemain matin, ils ont conservé la cire dans des sceaux, pour recommencer la même chose, avec des bougies supplémentaires ; le processus était donc plus rapide et recouvrait davantage la pièce. Ce manège a continué jusqu'à la dernière nuit, lorsqu'ils ont recouvert les murs d'une couche encore plus épaisse et posé une bombe pour faire exploser le bateau. L'ingénieur s'est ensuite caché dans une zone sécurisée du bateau pendant que la bombe explosait et a ensuite été emmené hors du bateau sur un brancard par des connaissances sur terre. La preuve de leur supercherie a été détruite par les flammes. Cependant, j'ai découvert quelques échantillons de cire sur le sol au pied du mur et cela a suffi pour confirmer mes hypothèses.

- Grand Dieu ! La fripouille est passée juste à côté de moi ! J'ai prié pour son âme ! J'en bafouillais des propos indignés alors que mon ami poursuivait avec son histoire.

- Terrible affaire Watson, le tout pour tuer un homme : le capitaine du bateau. Apparemment, le capitaine aurait été un peu trop libéré quand ils étaient en Amérique et l'une de ses cibles était la femme de l'ingénieur. Il s'en est offusqué et a commencé à mettre sur pied un plan pour le lui faire payer. Notre ami l'ingénieur est un tueur au sang froid des plus vicieux, quelqu'un qui considère les gens ordinaires comme des victimes acceptables. Malheureusement, son plan infâme a parfaitement fonctionné.

- Au moins, il a été arrêté. Il payera dans cette vie et la suivante.

- Peut-être Watson, peut-être. Il soupira fortement, et avec un effort extrême, se ressaisit. La vie continue. Passe-moi mon tabac à rouler. J'en prends une petite bouffée et ensuite nous sortons pour aller voir une représentation de William Tell au music-hall.

C'était le lieu approprié pour conclure cette histoire. Et c'est ainsi, cher lecteur, qu'Holmes arrêta l'un des plus abominables tueurs de toute sa carrière, le jour même de son crime.

Les Poussières dans le Vent
De Daphné Vertommen
Mechelen, Belgique

Pour les autres, cela aurait pu s'apparenter à une aube anglaise traditionnelle. Pour nous – les deux silhouettes traversant les champs verts et couverts de rosée –, la brume alpine apportait l'odeur d'un mystère frais et intrigant. Nous n'avions pas échangé le moindre mot depuis notre arrivée, mais nous n'en ressentions pas le besoin. Cette excitation tacite à laquelle j'étais devenu habitué au fil des ans était palpable comme un vague bourdonnement dans l'air, nous poussant tous les deux à continuer.

Au cours de la promenade, je pris un moment pour admirer les alentours époustouflants. Il n'y avait rien d'autre que des feuillages verts et l'espace autour de nous, notre solitude n'était dérangée que par un lièvre qui surgissait à l'occasion. Ma respiration ralentissait et je pouvais entendre le chant des oiseaux qui se cachaient dans les sapins peu éloignés. Cela ressemblait à un lieu paisible et rustique...

Mes pensées furent interrompues par un assourdissant « Juste là ! » et je me cognai soudainement contre mon compagnon plus tôt silencieux, qui maintenant émit un petit rire.

- Ça va, Watson ?

- Excusez-moi, je ne faisais pas attention... j'essaye juste de libérer ma gorge du brouillard de Londres...

- Bien, essayez et poursuivez, il semblerait que nous ayons atteint notre destination.

Holmes étendit ensuite son bras pour diriger mon attention jusqu'à un endroit non loin. Je me penchai, plissant légèrement les yeux.

- Mais il n'y a rien là.

Ce qui lui fit faire la grimace.

- Exactement.

Il se précipita ensuite droit devant vers le lieu mystère, sans porter la moindre attention aux alentours d'une beauté si plaisante. Je secouai la tête, un sourire aux lèvres, avant de le suivre jusqu'à une petite colline qui ne semblait mener à rien d'autre qu'une clairière d'arbres, et huit pierres de gué entourées de part et d'autre d'une rampe solide qui avaient d'une certaine manière survécu au temps. Le temps que j'atteigne la terrasse, mon ami enquêtait déjà sur les vestiges du bâtiment qui était autrefois érigé ici, et s'accroupit près des restes de ce qui avait, plus que probablement, été un feu ouvert à l'époque.

Je donnai accidentellement un coup de pied dans une poignée rouillée et oubliée, ce qui le fit se retourner et me lancer un regard des plus irrités. Je lui répondis par un haussement d'épaules peu enthousiaste en guise d'excuse, et je notai de rester calme pendant un moment.

Alors que Holmes résumait son enquête, je me dirigeai dans l'autre direction pour jeter un œil aux gravats de formes et tailles bien différentes. Je découvris de la poussière qui recouvrait des morceaux de pierres, des conserves taguées, dispersées soigneusement, et des tessons de verres colorés qui devaient constituer autrefois les armoiries, des morceaux de bois pourris recouverts de peinture qui se sont réduits en fine poudre à mon toucher. Je ne pouvais à présent plus aider du tout, je devais garder un respectueux silence, comme si nous nous trouvions dans une église. Ce sanctuaire abandonné et oublié était digne d'un roman mystérieux, qui me semblait étrangement dessiné. Le moindre bruit était ressenti comme un blasphème. Un regard par dessus mon épaule confirmait que mon ami travaillait dans ce même silence. Il n'y avait pas beaucoup de choses à voir, j'ai donc décidé de m'asseoir et attendre qu'il termine. Peu de temps après, je découvris un endroit assez dégagé, dans ce qui avait été le hall d'entrée de la maison, et m'assis sur les trois marches qui indiquaient l'existence passée d'un robuste escalier en bois.

- Je ne comprends pas.
- Hmm ?

On aurait dit que j'avais été absent pendant un bon moment. Le temps s'était écoulé : le soleil était maintenant parvenu à passer à travers les nuages, sa douce lumière intensifiait les couleurs de rêve et transformait notre lieu actuel en un tableau d'une beauté dystopique. Je jetai un œil et le contemplai, assis sur les marches en pierre au milieu de ce mirage verdoyant. Le visage sombre de Holmes et ses épaules légèrement relevées ne se fondaient pas dans le paysage de ces briques défraichies de cette maison oubliée. Je quittai mon vieil escalier pour le rejoindre et le questionner brièvement sur les raisons pour lesquelles il fronçait les sourcils avant d'admirer l'écrin de verdure grandiose qui s'étendait derrière nous deux.

- Je ne comprends vraiment pas pourquoi cela s'est produit. Pourquoi exactement la maison fut-elle démolie ? C'est un mystère que je ne peux résoudre. Cela s'est produit et je ne peux dire pourquoi.

Un sympathique haussement d'épaules fut la seule réponse que j'avais à lui fournir. De temps en temps, cela se reproduirait. Même après toutes ces années en tant que détective, il arrivait que le grand Sherlock Holmes soit perplexe et reste sans réponse lorsqu'il s'agissait de problèmes peu plus complexes.

- Je veux dire par là... les gens ne s'en préoccupaient-ils pas ? Est-ce que cela préoccupait quelqu'un ?

J'ai regardé derrière moi et j'ai essayé d'imaginer à quoi avait pu ressembler cette maison autrefois, il y a de nombreuses années. Le refuge sécurisé qu'elle avait offert à ses résidents, les agréables histoires et souvenirs qui avaient maintenant disparu, tout comme la maison où ils étaient nés et avaient vécu.

- Je suis sûr que cela a préoccupé certaines personnes, ai-je médité, mais parfois s'en préoccuper ne suffit pas. Sans soutien suffisant, on ne peut pas toujours atteindre ce qu'on souhaite.

Nous nous sommes assis en silence pendant un moment, il paraissait repenser à tout cela. Les mots commencèrent ensuite à affluer, avec une seule petite hésitation après ce premier questionnement.

- Est-ce qu'une maison perd son sens, son importance, une fois que ces derniers habitants ont disparu ?

Je ne pouvais que m'asseoir et écouter mon ami plonger lentement dans un de ses états les plus philosophiques.

- Je veux dire, personne n'a donc jamais envisagé les possibilités de ce bien ? De si nombreux événements merveilleux ont pu se produire ici. Cette maison aurait pu être un lieu où le temps s'est arrêté, conservant la composition originale intacte en hommage aux premiers propriétaires. Une maison privée, servant d'échappatoire paisible pour ceux qui y aspiraient. Ou cela aurait pu être un musée ou un centre d'étude, ouvert au public. Elle aurait même pu être un hôtel, ou être transformée en plusieurs habitations, n'importe quoi. Mais maintenant, il ne reste juste... rien. Personne ne s'en préoccupe. Aucun plan de développement, architecte enthousiaste ou une personne en quête d'aventures pour protéger cette maison de la démolition, rien du tout. Il ne reste qu'une épaisse couche de poussière et le silence.

Sa conclusion n'était rien d'autre qu'un soupir murmuré, à peine audible et probablement pas destiné à atteindre mes oreilles. Ces mots étaient plus que probablement sortis accidentellement de sa bouche, je les ai toutefois écoutés.

- Cette maison est à présent aussi morte que son propriétaire.

Je ne pouvais que hocher la tête en guise d'approbation, je ne voyais rien d'autre à ajouter à cela. L'esprit brillant à mes côtés poursuivait en silence, il devait poursuivre son développement certainement très intéressant. J'ai laissé à Holmes quelques minutes avant de me lever en laissant échapper un profond soupir.

- Nous devrions rentrer, annonçai-je. Il me regarda, il n'était maintenant plus perdu dans ses pensées, mais secoué par toutes ses élucubrations. Je pouvais entrevoir un petit sourire qui se dessinait sur son visage.

- Oui... oui, vous avez raison. Je pense que nous devrions y aller.

Sans nous retourner, nous marchâmes dans la plaine, jusqu'à disparaître tous deux sous les arbres, silencieusement tels deux fantômes. C'était comme si personne n'était jamais revenu ici.

L'aventure du portrait de famille
De Joe Lee
Leeds, Royaume-Uni

J'ai raconté de nombreuses histoires retraçant les aventures de mon très cher ami, M. Sherlock Holmes, et je suis sûr que vous vous souvenez tous de l'horrible manière dont il rencontra sa fin aux fameuses chutes de Reichenbach. Ce ne fut que trois ans après ces événements que nous nous retrouvâmes enfin, mais durant cette période j'appris beaucoup ; cela je le dois à cet homme que je pensais alors mort.

Je n'ai jamais encore osé mettre par écrit aucune des mes aventures survenues pendant cette période ; en partie à cause des inquiétudes de ma femme qui pensait qu'une telle activité amènerait de mauvais souvenirs, et ne ferait ainsi qu'augmenter ma douleur. Mais ce fut aussi à cause d'un brusque sentiment de gêne dès que j'essayai de les mettre noir sur blanc. Après tout, elles me montraient bien plus brillant que j'en avais jamais eu conscience auparavant, et j'ai souvent eu peur que cela puisse être pris pour de la prétention, voire de l'entêtement une fois couché sur le papier. Cependant, si j'écarte ces raisons, je pense que, pour que le compte-rendu du temps passé avec M. Sherlock Holmes soit aussi complet que possible, cette histoire doit être contée.

Dans les premiers mois après cette aventure que j'avais intitulé « Le Dernier problème », il ne m'était pas venu à l'esprit que, malgré la disparition de mon cher ami le détective consultant qui avait emmené avec lui le criminel consultant M. James Moriarty, on puisse requérir les services de Sherlock en son absence. C'était à la fin du mois de juillet, au milieu de la matinée, un monsieur assez âgé se présenta à mon cabinet, pas en tant que patient, me dit-il, mais en tant que client. C'était un homme grand, à la calvitie naissante, portant une barbe grise, un costume gris et de grandes lunettes à verres épais. Il se présenta comme M. Herbert Morrisey. Il me dit être face à une affaire qu'il voulait voir résolue, et qu'en l'absence de M. Sherlock Holmes, il se demandait si j'étais disposé à l'aider. Je n'avais plus qu'un rendez-vous ce jour-là, que je pouvais aisément reporter au lendemain. J'acceptai donc de l'écouter, puis de me rendre sur la scène du « crime », mais je pris bien garde de le prévenir que je ne pensais pas pouvoir lui être d'une grande aide.

Ce monsieur était relieur de son métier. Il vivait seul, mais recevait régulièrement la visite de sa nièce, à laquelle il était très attaché. Alors qu'elle cherchait un certain volume de Jane Austen parmi les piles de livres qu'on trouvait un peu partout dans la maison, elle était tombée sur 5 shillings et 2 pences de petite monnaie, disposés nettement au carré entre *Un chant de Noël* de Charles Dickens et le *Dracula* de Bram Stocker.

Elle se renseigna auprès de son oncle sur la raison pour laquelle cet argent se trouvait dans cette étrange cachette, et il se rappela rapidement qu'à cet endroit aurait dû se trouver un grand volume des *Œuvres complètes de Shakespeare* dont la valeur était approximativement de 5 shillings et 2 pences. Ce livre était une édition très rare, mais en très mauvais état. Sa couverture était fixée à la tranche par exactement quatorze fibres de trois matériaux différents, le livre ayant été relié et réparé à plusieurs reprises. Il y avait la marque circulaire d'une tasse de thé à la page 312, alors que les pages 394 à 427 étaient maintenues ensemble par une substance noire non-identifiée qui avait tendance à tacher les doigts de quiconque tentait de les séparer.

M. Morrisey conscient de la trivialité de son souci – puisque le livre avait été payé, après tout, et n'était pas d'une grande valeur comparé à certains joyaux de sa collection – décida de ne pas ennuyer la police avec ce problème. Se souvenant avoir lu mes comptes-rendus des aventures de Holmes et de sa fin tragique, il se demanda si, peut-être, je pouvais l'aider.

Je pesai ma réponse un long moment, durant lequel M. Morrisey attendit patiemment mon verdict, buvant poliment son thé. Je me demandais ce que Holmes penserait de moi si je refusais mon aide à cet homme. il me vint peu à peu à l'esprit qu'il aurait très certainement été déçu de mon attitude. « N'avez-vous rien appris de mes méthodes ?! » m'aurait-il demandé avec exaspération. C'est pour cette raison que j'acceptai d'accompagner mon nouveau client chez lui, dans l'East End.

Alors que nous avancions dans les sinueuses rues de Londres, et que notre fiacre tremblait et cliquetait, je faisais de mon mieux pour me rappeler le plus que je pouvais des enseignements appris de Holmes à l'époque de notre intimité. La première chose qu'il m'avait apprise, sur notre toute première scène de crime (aventure que j'avais retranscrite sous le titre *Une étude en rouge*) était de porter attention aux empreintes de pas ou toutes autres marques présentes au sol alors que l'on approchait des lieux. Ceci à l'esprit, je demandai à notre chauffeur de s'arrêter à l'extrémité de la rue de M. Morrissey et ainsi nous approchâmes de la demeure à pied. La rue était pavée, de même que le passage qui menait à sa porte principale. Bien qu'il n'ait pas plu récemment, je notai cependant, à droite, sous la fenêtre du rez-de-chaussée un groupe de pensées de triste apparence. Le reste du jardin était impeccable. Les fleurs abimées étaient assez loin de l'allée, si loin que j'en déduisis qu'aucun homme ou animal n'aurait pu bondir sur une telle distance sans endommager une autre partie de la platebande. Je me demandai un instant si cette trace n'était qu'une simple coïncidence, totalement sans rapport avec l'affaire, mais la perfection du reste du jardin démentait cette conjecture et me rappelait les mots de Holmes sur le fait que les coïncidences étaient bien rares et que mettre un fait sur leur compte était plus que rarement bénéfique à la résolution d'une affaire.

- Oh ! s'exclama mon client alors que je l'interrogeai à propos des fleurs abîmées, je ne les avais pas encore remarquées. La pauvre Mlle Jackson (ma nièce) est habituellement tellement soigneuse avec le jardin. Le caractère étrange de cette affaire l'affecte sûrement davantage qu'elle ne le montrera.

Me laissant songeur face à ce commentaire, il se précipita à l'intérieur, appelant sa nièce pour qu'elle vienne me saluer. Je suivis, d'une manière plus discrète peut-être que mon nerveux client. Mlle Jackson Mortimer était le deuxième enfant de la regrettée sœur ainée de M. Morrissey, Irène. Mlle Jackson était petite, et de stature moyenne. Ses longs cheveux blonds descendaient presque jusqu'à sa taille quand ils étaient tressés. Son visage donnait une impression d'amabilité et de douceur. Alors que nous entrions dans la pièce – j'avais rattrapé le relieur vieillissant – elle était penchée sur un grand album de photos et l'expression son visage était étrangement déformée par un mélange de chagrin, colère et douleur. Il est clair qu'elle était profondément absorbée par sa peine, puisqu'elle ne remarqua pas notre entrée avant que mon compagnon ne la salue.

La jeune fille eut l'air très surpris et bondit de son fauteuil. Cependant, elle fut prompte à dissimuler ses émotions et un rapide coup d'œil à son oncle m'apprit que, soit il n'avait pas remarqué son expression, soit il avait choisi de l'ignorer.

Mlle Jackson s'était apparemment demandée si passer un peu de temps à étudier l'album de famille serait un moyen comme un autre de se distraire l'esprit du désagrément des étranges événements récents. Je décidai de ne pas m'enquérir sur le sujet à ce moment.

M. Morrissey me montra la pièce où se trouvait le livre avant sa disparition et je demandai à y passer un quart d'heure seul. Il se soumit à ma requête avec bonne volonté et je ne perdis pas un instant pour aller me pencher à la fenêtre, aussi loin qu'il me fut possible, afin d'examiner de plus près les dommages causés à ce parterre qui se trouvait dessous. Il ne me fallut pas longtemps pour confirmer mes soupçons. Le livre manquant était en parti enterré sous une bordure d'herbes hautes, plus que probablement cultivées à cette fin. Qu'une telle poussée existe exactement à l'endroit le plus pratique pour le voleur semblait un admirable hasard fait pour le servir. J'écartai rapidement cette théorie. Un voleur ordinaire n'aurait jamais laissé en confiance le livre en un pareil endroit. M. Morrissey ayant mentionné plus tôt que Mlle Jackson entretenait le jardin, il était logique donc de présumer qu'elle avait ainsi pu mettre tout en place pour commettre son « crime ». Le principal problème était son absence de mobile. Je n'eus que peu de temps pour y réfléchir, puisque j'entendis la porte de la pièce s'ouvrir doucement et qu'en me redressant je découvris Mlle Jackson, fixant avec inquiétude le volume que je tenais entre mes doigts, désormais collants.

    - j'ai l'impression que vous avez quelque chose à me dire ? je tentai de parler de la voix la plus douce possible, me rappelant le ton calme de mon professeur en la matière.

    - Laissez-moi le livre, et vingt-quatre heures, dit-elle. Je vous promets que vous comprendrez la situation fâcheuse dans laquelle je me trouve. Je n'ai rien fait de mal... Je veux seulement que la paix ne soit pas troublée.

Mon œil capta alors un éclat doré au cou de la jeune femme.

    - Voulez-vous bien restez tranquille, juste un moment, demandai-je, essayant de jouer l'indifférence. Mlle Jackson acquiesça en silence et je m'approchai d'elle péniblement. Cependant, j'avais d'abord remis le livre parmi les hautes herbes, aucun autre endroit ne me semblant opportun puisque je n'étais pas certain sur la conduite future que j'allais adopter.

    Tout en replaçant dans ma poche mon mouchoir, maintenant noir et collant, je pris dans ma main gauche la chaîne en or à peine visible que portait la jeune femme, cachée sous son col. En la soulevant, je découvris un petit médaillon de forme ronde.

    Après l'avoir ouvert, je découvris à l'intérieur de son cadre doré les portraits de deux femmes. La première, la plus âgée, était seule, assise sur une chaise haute et tenait une version en bien meilleur état que celle qui reposait actuellement dans les hautes herbes sous la fenêtre. Sur la photographie, il semblait bien plus neuf, ses pages légèrement jaunies et il n'avait que quelques plis sur la tranche. Sur l'autre côté du médaillon, la photographie représentait une jeune femme et un grand jeune homme. Elle tenait serré contre sa poitrine un ballot de linge dans une attitude protectrice, certainement un bébé.

- C'est vous ? demandai-je doucement, montrant sur l'image de gauche. Mlle Jackson acquiesça, rendue muette par la tension.

Je présumai que la femme était sa mère. Je pouvais voir la ressemblance, L'homme était-il… son frère peut-être ? Il était trop jeune pour que ce soit M. Morissey. A l'époque de la naissance de Mlle Jackson, il aurait eu dans les vingt ans, peut-être un peu plus. Il était difficile de juger ; mais des renseignements pris plus avant démontrèrent que la dame âgée tenant le livre était la grand-mère maternelle de Mlle Jackson.

Par conséquent, la valeur du livre était celle d'un héritage de famille. J'étais satisfait puisqu'aucun autre dommage ne serait causé à M. Morrissey ou à aucun de ses précieux livres ce jour-là. Je retournai à la fenêtre, récupérai à nouveau le livre dans la platebande et le plaçai entre les mains tremblantes de Mlle Jackson. Ayant informé M. Morrissey que je reviendrai le lendemain dans la soirée pour le tenir au courant quant à mes potentielles découvertes, je rentrai chez moi. Je fis de mon mieux pour ne plus accorder une pensée à ce sujet. Je ne voulais pas bâtir d'hypothèses uniquement basées sur jugement et conjecture. J'avais confiance, le lendemain m'apporterait toutes les preuves nécessaires.

J'avais raison. A deux heures de l'après-midi le lendemain, Mlle Jackson arriva. Elle était nerveuse, mais bien portante. Il était clair qu'elle n'avait pas aussi bien dormi qu'à son habitude. J'espérai qu'elle n'avait pas eu à trop souffrir de mes actions.

Mon revolver était prêt en cas de problème, je m'en étais assuré – le temps passé en compagnie de Sherlock Holmes m'avait prouvé combien les apparences peuvent parfois être trompeuses – mais je pris bien garde de ne rien dévoiler à mon invitée que je ne voulais pas alarmer. Elle était déjà bien assez crispée. Sans transition, elle commença à me raconter son histoire.

- Mon père était dans la Marine. Il est mort environ trois mois avant ma naissance. Avant ce drame, mon oncle et lui étaient de très proches amis, *vraiment* très proches. « Plus des frères que des beaux-frères », avait l'habitude de dire ma grand-mère. Quoiqu'il en soit, quand papa mourut, il laissa tout à ma mère. Oncle M. n'eut rien, pas même une paire de boutons de manchettes. Il ne s'en formalisa pas ; pas dans un premier temps.

« Durant mon adolescence, il commença à être à court d'argent. Son entreprise de reliure périclita et il dut déménager… Il était trop fier pour demander de l'argent, mais souvent il glissait une allusion sur le fait qu'il accepterait un prêt, si on le lui proposait.

« Maman n'a jamais été très subtile. *Dis ce que tu penses et penses ce que tu dis…* Cela la résumait assez bien. Je ne crois pas qu'elle ait jamais compris les allusions d'oncle M. Il croyait qu'elle l'ignorait. Ses visites s'espacèrent, et la famille fut séparée.

Shakespeare était l'auteur préféré de grand-mère. Je n'ai jamais compris pourquoi, de même que l'oncle M. Mais, maman et Tom partageaient cette même passion. Tom est mon frère. Quand grand-mère nous quitta, elle n'avait pas fait de testament et tout revint automatiquement à oncle M. Mère le supplia de lui laisser le livre, son seule souvenir. Mon oncle refusa ; après tout, elle ne lui avait jamais rien donné.

« Pendant cinq ans, notre mère nous interdit de seulement mentionner son nom, ou son manque de bonté, et elle mourut, regrettant toujours cette précieuse œuvre. Mon oncle vint aux funérailles et nous parlâmes. Il avait oublié ce qui s'était passé à propos du livre, et se montrait contrarié que maman n'ait pas gardé le contact. C'était sa façon de ne pas s'imposer ou de m'importuner ; il avait supposé qu'elle avait une bonne raison, et qu'elle se serait finalement expliquée.

« Je lui parlai du livre. Cela le mit assez en colère, il déclara que c'était vraiment stupide et il sortit comme un fou. Je laissai passer une semaine, puis je lui rendis visite. Une fois que j'eus gagné sa confiance, Tom me dit que je devais essayer de récupérer le livre. Le vieil homme avait de nouveau tout oublié, ou du moins c'est ce qu'il semblait.

« Le fait est… quand on passe autant de temps avec quelqu'un, on s'attache facilement, et je savais qu'il n'avait pas oublié pour le livre, pas vraiment. Maman lui manquait beaucoup trop pour cela. Je décidai de prendre le livre, mais de le payer, de le lui acheter. J'avais tout planifié : la cachette dans le jardin, l'argent. J'essayais faire les piles de pièces quand il est arrivé. J'ai rapidement inventé une histoire à propos de ma recherche d'un livre d'Austen, et comment j'avais trouvé les pièces. Je savais qu'il n'avait pas oublié le livre. Il comprit immédiatement que c'était celui-là qui manquait. Vous n'avez pas idée à quelle vitesse il a quitté la maison. Il revint quelques heures plus tard avec vous.

Je me carrai dans mon fauteuil, incertain de la conduite à tenir face aux difficultés qui se posaient.

- Oh, s'il vous plait, ne dites pas à oncle M que c'est moi qui aie pris le livre ! Ça le contrarierait tant ! Je ne veux pas perdre sa confiance.

Brusquement, la femme assise en face de moi ne fut plus qu'un torrent de larmes et je n'avais aucune idée de la manière dont j'allais gérer cette aventure. Je songeais à dire au vieil homme que son livre était perdu pour de bon, et à l'offrir à Mlle Jackson qui en était en quelque sorte la propriétaire légitime. Mais quelque part, cela ne me semblait pas correct.

- Il me semble que je n'ai pas vraiment le choix, dis-je en faisant de mon mieux pour me montrer aimable, où habite votre frère ?

En partant voir son frère, je laissai Mlle Jackson aux bons soins de Mme Hudson. Le frère était un homme grand, jeune, mais qui commençait à se dégarnir. Je lui racontai toute l'histoire, et lui demandai s'il accepterait d'abandonner le livre, par égard pour la tranquillité d'esprit de sa sœur. Le garçon refusa. Il avait payé pour le livre qui était déjà sien par le droit, déclara-t-il, et il n'allait pas l'abandonner à son méchant oncle sans se battre. Je le réprimandai de mon mieux, mais il ne recula pas et je fus donc forcé d'aller informer mon client de ces développements. Cette difficile tâche me fut cependant épargnée, sa nièce lui ayant déjà tout expliqué. Il ne fut pas contrarié, comme Mlle Jackson l'avait craint, en fait, il fut outré. Sa colère ne fut toutefois pas dirigée contre sa nièce, mais contre le frère. Une fois que M. Morrissey fut calmé, je récupérai le livre dans le parterre. Il était maintenant mouillé par la pluie de la nuit précédente et ses pages étaient collées les unes aux autres.

Un seul regard au triste état du volume provoqua une nouvelle fois les larmes de Mlle Jackson. L'œil expert de M. Morrissey lui fit déclarer le livre au-delà de toute restauration possible. Après un bref regard d'acquiescement de sa part, je pris le volume pour le placer dans une autre pièce, sur une table, avec à l'esprit de revenir pour m'en débarrasser plus tard.

Ce ne fut cependant pas nécessaire. M. Morrissey me remercia et me reconduisit avant que j'ai pu exécuter ce plan, me promettant qu'il avait des projets pour le lourd volume. Quelques semaines plus tard, je reçus une lettre extraordinaire signée de Mlle Jackson et M. Morrissey qui m'expliquait qu'ils avaient envoyé par la poste le livre original à M. Jackson et avait acheté pour eux-mêmes une nouvelle copie, lisible celle-là. M. Morrissey me promettait ses services gracieux si j'avais jamais besoin de son aide en matière littéraire, et nous devînmes intimes, de même qu'avec sa nièce.

Après réflexion, je ne pense pas qu'Holmes aurait accepté cette affaire. Il l'aurait certainement déclaré « ennuyeuse » et « évidente ». Pour moi cependant, ce fut l'une de mes préférées.

Le propriétaire des gants de cuir vert
De Michelle Erkers
Mora, Suède

Il était presque dix heures du matin quand Holmes et moi-même revînmes à Londres après notre visite à Dulwich. Le temps était splendide pour un matin d'avril, et je trouvais mon ami assis un sourire satisfait courbant ses lèvres. Malgré le travail de la nuit passée, toute fatigue me quitta alors que je me laissai prendre à cette joie.

- Je ne doute pas que vous ayez vu quelque chose qui m'a échappée, remarquai-je alors que le train entrait en gare.

Nous récupérâmes nos effets personnels et descendîmes du train. Le soleil étincelait sur la poussière londonienne.

- Alors, alors, Watson, je n'ai rien vu que vous n'ayez vu vous-même. Cependant, je regarde les choses avec une tournure d'esprit différente de la vôtre. Les gants, Watson ! Il sourit en sortant de la poche de son manteau deux gants faits d'un délicat cuir vert. Il les retourna, et brandit devant mes yeux les initiales R et M brodés d'une manière complexe.

- Le nom de la victime était Gregory Barnes. Il n'y avait ni R ni M dans son nom. Leur propriétaire est un individu portant ces initiales. Il a dû les laisser dans le salon de Barnes. Un nanti, à en juger par la qualité du cuir et la perfection de l'ouvrage. Je doute que ce soit un cadeau.

- Bien joué, oui, je crois que vous êtes dans le vrai. Ce n'est pas un cadeau. R.M. les a achetés lui-même il y a moins d'un an et y tient beaucoup. Il n'a pas d'enfant, mais il poursuit une dame de ses assiduités ; on retrouve la senteur d'un parfum de femme sur les gants. Regardez, il y a de longs poils drus coincés dans les boutons. Il doit avoir un chien. Watson, je dois vous demander une faveur. C'est de la plus haute importance.

Holmes se tourna et se plaça devant moi, me bloquant le passage. L'éclat de ses yeux était intense. Je sus immédiatement qu'il était tenté de poursuivre cette piste au plus vite. Sans hésitation, je lui demandai ce qu'il voulait que je fasse.

- J'ai besoin que vous suiviez un homme pour moi, pendant que je travaille ailleurs. Il doit être ici quelque part. Il porte une veste d'équitation bleue, plutôt élimée. Ses cheveux, parcourus de fils gris, sont longs et il marche vivement pour un homme de son âge. Je l'ai vu plus d'une fois à Dulwich. Ça pourrait prendre du temps, la journée peut-être. Etes-vous d'accord pour faire cela ? me demanda Holmes, serrant ardemment son sac entre ses mains.

Je n'avais pas l'intention de refuser ; je n'avais d'ailleurs pas grand-chose à faire. J'acceptai donc cette tâche. Holmes hocha la tête et me dit qu'il serait absent un bon moment. Sans un mot d'adieu, il partit à grandes enjambées dans la direction opposée, retournant dans la gare.

Gardant en tête la description qu'il m'avait faite, je m'assis sur un banc et laissai mon regard balayer les visages des passants. Il ne se passa pas longtemps avant qu'un homme pauvrement vêtu d'une veste d'équitation bleu ne vienne dans ma direction. La description lui convenait à la lettre. Je fis de mon mieux pour passer inaperçu alors que je le regardai s'asseoir sur un banc, assez éloigné du mien.

Après l'avoir observé qui lisait son journal pendant un bon moment, je sentis que je me décontractais sous l'effet de la chaleur du soleil. Mon esprit commença à s'égarer, retournant dans la chambre où le pauvre inspecteur Barnes avait été empoisonné la veille. On avait fouillé son appartement mais comme le désordre était minimal, le coupable avait dû rapidement trouver ce qu'il cherchait.

Le vieil homme se leva subitement et je le suivis du regard alors qu'il filait à travers la rue animée pour entrer dans un bureau du télégramme. Je poursuivis ma filature, gardant mes distances, cependant inquiet à l'idée de le perdre. A mon grand soulagement, il ne semblait pas m'avoir remarqué, et était merveilleusement ignorant de mes intentions.

Alors que je me glissais dans le bureau du télégramme après lui, j'entendis quelques bribes de sa conversation avec l'employé.

- Je vous remercie encore de votre assistance, et ceci doit lui être envoyé immédiatement. Merci encore, dit l'homme d'une voix forte et robuste.

Il attendit impatiemment pendant que l'employé envoyait le télégramme, paya, puis s'en fut, avec moi toujours sur les talons. Je le regardai tourner dans une rue latérale et fis une halte au coin un petit moment pour lui laisser un peu d'avance.

Cet homme n'était pas particulièrement facile à filer. Il fit plein de tours et détours à travers la City, Westminster et Camden, et j'eus le sentiment qu'il pensait être suivi. Exactement comme Holmes l'avait décrit, cet homme marchait d'un pas vif pour son âge. Au coin d'*Acacia Road*, il entra dans un bureau de placement. Je supposai que le mieux était de ne pas le suivre de trop près en entrant sur ses talons dans le second magasin qu'il visitait, et je décidai de l'attendre dehors.

Attaché à un réverbère, un grand chien brun attendait. Il renifla mes jambes de manière amicale et je le caressai entre les oreilles. Je remarquai qu'il portait un collier fantaisie vert, et me penchai pour l'examiner de plus près. Ma main se figea quand je vis les initiales familières, R.M.

La compréhension se fit en moi. L'homme que je suivais devait être R.M., le propriétaire des gants verts trouvés sur les lieux du meurtre de Dulwich, les lieux de l'empoisonnement apparemment sans motif d'un inspecteur du Yard. Je compris enfin l'urgence de ma tâche.

Des cloches sonnèrent midi et, peu de temps après, un jeune homme sortit du bureau. Il détacha le chien et s'éloigna en descendant la rue. J'étais un peu déçu de voir ma théorie s'infirmer d'elle-même. Quelques secondes plus tard, le vieil homme sortit à son tour du bureau, s'étirant comme un chat qui se réveillait d'une sieste au soleil, et suivit d'un pas vif la même direction qu'avait pris le jeune homme.

Le troisième endroit où il s'arrêta fut un agréable restaurant italien proche du coin sud de *Primrose Hill*. Une fois encore, le chien attendait son maître à l'extérieur. Je commençais alors à avoir faim et décidai de manger un morceau tout en continuant ma surveillance.

Une heure passa, puis une autre. Brusquement le vieil homme fit signe à un individu qui était assis seul à une table près de la sienne. Je reconnus le propriétaire du chien. L'autre homme le rejoignit et ils discutèrent doucement pendant un moment à la manière de deux inconnus jusqu'à ce qu'ils paraissent se détendre en compagnie de l'autre. A ce moment, j'avais terminé mon repas et me sentis obligé de commander une pinte pour que ma traque semble moins évidente.

Je commençais à éprouver le sentiment qu'il se passait là quelque chose que je ne comprenais pas totalement. Peut-être le chien appartenait il en fait au vieil homme et le jeune homme ne faisait-il que le promener pour lui ? Mais pourquoi, en ce cas, s'étaient-ils assis séparément pour manger ?

Avant que j'aie pu terminer mon verre, les deux hommes se levèrent et partirent bras dessus, bras dessous. Cela aiguillonna ma curiosité. Cette affaire devenait bien plus fascinante que je l'avais d'abord supposée.

Les deux hommes marchèrent d'un pas de promeneur jusqu'à *Regent's Park*, parlant bas. Je commençai à me sentir stupide, et la distance entre nous s'accrût. J'avais peur d'être découvert dans un espace ainsi dégagé. La journée s'était enfuie, il était près de quatre heures de l'après-midi et je n'avais encore reçu aucune information importante susceptible de dénoncer R.M. comme le coupable.

Nous nous arrêtâmes à un club pour gentlemen à quelque distance à l'est de *Regent's Park*. J'étais à cours d'argent et eut juste les moyens de payer mon entrée. Je trouvai les deux hommes assis assez près d'une scène très décorée sur laquelle de magnifiques jeunes femmes dansaient frénétiquement, leurs robes aux couleurs vives flottant gracieusement autour d'elles alors qu'elles évoluaient au son d'un violon franchement exécrable.

Je regardais le propriétaire du chien qui serrait sa canne de marche étroitement. Le vieil homme arborait un large sourire en se penchant vers le jeune et lui murmura quelque chose à l'oreille. La remarque les fit glousser tous les deux.

Je commençais à me demander ce que pouvait bien faire Holmes, et ce qu'il souhaitait exactement que je découvre en suivant ce vieil homme à travers Londres. Je n'avais remarqué aucun comportement criminel ; en fait, il semblait un gentleman tout à fait ordinaire.

En me rapprochant, je parvins à entendre des bribes de leur conversation mais aucun des deux ne dit quelque chose d'étrange. Le vieil homme fit le caustique commentaire habituel à propos du charme des danseuses, mais il manquait d'émotion et semblait distant, alors que l'autre paraissait assez agité. Ce n'était pas inhabituel en soi et ne suscita pas mon intérêt plus qu'un instant.

Il était près de six heures quand nous partîmes. Je commençais à me sentir las. Le manque de sommeil et la marche quelque peu vigoureuse de la journée tourmentaient ma jambe, et mes pensées s'égaraient vers le confort de notre salon de Baker Street. Quel plaisir se serait de boire un verre de cognac avant de faire une sieste !

Je me baissai pour récupérer mon sac sur le sol, puis me tournai pour suivre les deux hommes dehors, mais je m'aperçus qu'ils avaient disparu. Me dépêchant de sortir, je cherchai partout un signe de leur présence. Le maître du chien descendait la rue déserte, mais j'avais perdu ma cible. Oh, Holmes ne pardonnerait jamais ma négligence !

Alors que j'allais me diriger vers Baker Street, j'entraperçus une veste d'équitation bleue. Je bondis dans l'obscurité, me cachant derrière une pile de caisses juste à temps pour éviter de me faire repérer par le vieil homme qui passa à moins d'un mètre de moi.

Il marchait d'un pas pressé sur le trottoir et je le suivis à peu de distance. Je savais qu'il m'avait repéré, mais je n'avais pas l'intention de le perdre à nouveau. La couleur vive de sa veste d'équitation était en totale opposition avec la couleur brun sombre et grise de la ville et il était aisé de la repérer dans le crépuscule. Cependant, à ma grande contrariété, l'homme était très preste et agile, et me mena par bien des ruelles désertées jusqu'à ce que je ne sache plus où je me trouvais.

Je le suivis, passant une haute barrière avec de grandes difficultés. Sur le sol, près de l'endroit où j'avais atterri, je trouvais un petit morceau de papier. En le ramassant, je scrutai la ruelle, mais le vieil homme avait disparu.

« Bien joué, Watson. Vous serez récompensé quand vous rentrerez à la maison. S » lus-je ; c'était l'écriture familière de Sherlock Holmes.

Heureux que la chasse soit terminée, je ramassai mon sac et battis en retraite par une autre ruelle. Par la suite, je retrouvai mon chemin vers des lieux plus familiers.

Peu de temps après, je déverrouillai la porte noire du 221b Baker Street et montai les escaliers jusqu'à nos appartements. Holmes n'était pas encore là ; sa chasse à l'homme ne devait toujours pas être terminée. Ma jambe était douloureuse et je m'allongeai sur le canapé, ne prenant même pas la peine de retirer mon manteau poussiéreux. Je retirai mon chapeau et passai les doigts dans mes cheveux sales alors que je me demandai ce qu'avait bien pu devenir le vieil homme que je n'étais plus sûr de pouvoir n'associer aux initiales R.M.

Au moment où je me versais un petit verre de cognac, la porte s'ouvrit à la volée et l'homme déguenillé à la veste bleue apparut sur le seuil.

- Vous ! hurlai-je en me ruant sur mon pistolet. L'homme s'immobilisa et commença à glousser. Je le fixai alors qu'il retirait son chapeau, puis ses cheveux, puis sa barbe.

- Holmes ! c'est vraiment vous ? demandai-je, tellement étonnée que je tombai du sofa. J'ai passé la journée à vous suivre ? Mais pourquoi ?

Holmes se débarrassa rapidement de son déguisement, et je fus heureux de voir réapparaître l'homme que je connaissais sous l'apparence de l'étrange vieil homme.

- Je vais vous expliquer, laissez-moi juste le temps de me laver le visage.

J'aidai Holmes à retirer saleté et colle, révélant ainsi son visage fatigué. Nous nous assîmes tous les deux sur le canapé, un verre de cognac à la main et Holmes commença sans plus attendre à me raconter son incroyable histoire.

Croyez-moi, je n'ai pas fait cela par méchanceté, j'ai tout simplement senti que vous aviez besoin d'un peu d'exercice concernant la filature. Vos talents sont devenus quelques peu sommaires dernièrement. Pendant que vous suiviez un vieil homme, ce même vieil homme était en train de suivre R.M. Le nom de ce personnage est Richard Moss, un comptable qui possède une maison à *Camden Town* et un chien avec lequel vous avez sympathisé. Il poursuit une dame qui ne lui rend pas son affection, bien qu'il fasse de son mieux pour gagner son cœur au moyen de colifichets et de magnificence.

Il marqua une pause qui lui permit d'avaler la moitié de son cognac. Je le fixai ébahi.

- M. Moss est l'homme que nous recherchons. Lestrade est de l'autre côté de la ville sur une piste illusoire ; il semble penser que la lettre de Mme Dawson est à prendre en considération. M. Moss a assassiné trois personnes ces deux dernières années. Au bureau du télégramme, je les ai interrogés sur lui. Apparemment, il a été destitué il y a deux ans. Il avait, semble-t-il, et a encore, un penchant pour la boisson et les compagnes coûteuses.

Holmes continua en m'expliquant comment M. Moss avait convaincu le pauvre inspecteur Barnes de changer ses dernières volontés. Le pauvre n'avait pas la moindre idée du fait que son testament laissait toutes ses possessions terrestres à son comptable, le dit M. Moss.

- Il a déjà fait cela deux fois avant Barnes ? C'est horrible. Comment êtes-vous au courant ? soufflai-je.

- Vous souvenez vous de cette pauvre vieille femme d'Hampstead qui avait été empoisonnée il y a neuf mois ? Elle avait récemment changé son testament, mais on ne le retrouva nulle pas. La même chose arriva avec un capitaine de marine retraité il y a près de dix-huit mois. C'est ainsi qu'il gagne sa vie, et qu'il a payé sa maison de Camden. J'ai dis à M. Moss de venir ici ce soir pour ses gants. Et bien sûr, il viendra...

Un coup de sonnette bref me fit presque bondir.

- Allez chercher les menottes, vite ! Il arrive ! Holmes s'était élancé vers la fenêtre pour regarder dehors.

Je fonçai dans la chambre de Holmes et m'emparai des menottes.

A mon retour dans le salon, je trouvai Holmes assis sur le sofa et notre invité étendu inconscient sur le sol. C'était, sans erreur possible, le propriétaire du grand chien brun, Richard Moss, le comptable.

- Attendez ici que j'aille trouver Lestrade. Il tentera de se défendre, donc vous devez l'entraver, me dit Holmes alors qu'il mettait son manteau avant de partir.

L'aventure du livre en morceaux

De Pamela R. Bodziock

Monroeville, Pennsylvanie, Etats-Unis

Je n'ai jamais vu mon ami Sherlock Holmes en vouloir à quelqu'un, pas plus qu'il ne garda jamais rancune face à ceux qui avaient pu lui faire du tort. Si l'on considère sa position en tant que détective consultant le plus en vue de son époque – une position qui, par sa nature même, résulta en un nombre toujours croissant d'ennemis et de rivaux qui juraient de se venger de la plus terrible façon – il n'aurait pas été surprenant, et même assez compréhensible, que même un esprit aussi logiquement froid que le sien puisse, à l'occasion, éprouver du ressentiment pour l'un ou l'autre parmi sa myriade d'adversaires. Et cependant, pendant ces longues années où je fus son associé, rien ne parut plus éloigné de lui que cela.

Par conséquent, ma surprise fut considérable en ce matin de mai alors que j'accompagnais Holmes dans un petit village du Surrey pour rencontrer notre nouveau client. Il était quelque peu inhabituel pour nous de voir un client hors de Londres sans l'avoir au préalable reçu pour une première consultation à notre appartement de Baker Street – mais l'attitude sombre de Holmes fut telle durant notre voyage que je compris que cette affaire serait inhabituelle par bien des aspects.

Notre destination se nommait *Undershaw*, une demeure privée à la conception stupéfiante et unique. Nous attendîmes notre hôte dans un somptueux hall d'entrée haut de deux étages, pourvu d'une magnifique cheminée.

- Holmes, finis-je par dire, ignorant le regard noir que mon ami avait arboré depuis notre départ de Londres – regard qu'il tournait présentement vers moi. Qui est celui que nous…

Mais avant que j'aie pu terminer ma question, notre client était entré dans la pièce. Il y eut un moment de silence, et j'observai avec une certaine surprise le passage rapide de nombre d'émotions sur le visage de mon ami – reconnaissance, hésitation, quelque chose qui tenait de l'incertitude – avant que ses traits ne se figent dans une singulière expression de colère froide.

- Bonjour à vous, M. Holmes, dit le gentleman, me saluant d'un hochement de tête. Cela fait longtemps, n'est-ce pas ?

- Huit ans, lâcha Holmes haussant le sourcil sous l'effet de la surprise. Ou trois, cela dépend du point de vue.

- En effet, répondit l'autre avec une curieuse note de tristesse dans la voix.

Notre client avait la carrure d'un géant, de taille, il rivalisait avec Holmes lui-même, mais son corps et ses membres étaient bien plus massifs que ceux de mon ami. Il était admirablement vêtu d'une tenue soigneusement ajustée – cependant son trait le plus notable était une belle moustache à la gauloise, nettement taillée, qu'il arborait comme un étendard. Ou du moins, cela aurait été le cas, si le visage de l'homme n'avait porté une expression de complet découragement.

- Je dois avouer que recevoir votre convocation m'a considérablement surpris – un fait dont vous, parmi tous, devez apprécier la difficulté, dit Holmes.

- Et je dois moi-même avouer que je suis encore un peu surpris de vous avoir demandé de venir,   acquiesça doucement le gentleman.

- Holmes, vous connaissez cet homme ? interrogeai-je, les regardant tour à tour, un peu déconcerté par la situation.

- « Connaître » est peut-être bien le mot juste, mon cher Watson, répliqua Holmes. Ses yeux demeuraient fixés sur notre client. Ils contenaient une fureur glaciale comme je n'en avais jamais vu sur le visage de mon ami. Nos relations se sont considérablement relâchées ces dernières années.

- Peut-être devrais-je me présenter, me déclara le gentleman, venant vers nous la main tendue. Mon nom est…

- S'il vous plaît, permettez que nous passions sur les civilités, coupa Holmes froidement. Dites-nous pourquoi nous sommes là.

Notre hôte hésita un moment.

- Très bien, monsieur. Je vous ai prié de venir parce que je… J'ai besoin de votre aide.

Un long silence accueillit ces mots.

- Vous n'êtes tout de même pas sérieux, lâcha enfin Holmes.

- Vous demanderais-je de venir ici, après toutes ces années, simplement pour plaisanter ? rétorqua l'autre. Je vous assure que je suis plus que sérieux.

- Dans ce cas, j'ai le regret de vous informer que mon associé et moi-même n'acceptons aucun nouveau client pour l'instant. Holmes se dirigeait déjà vers la porte. Ce fut un plaisir de découvrir votre charmante maison…

- Mon cher Holmes. Notre hôte avait saisi Holmes par le bras, et bien que l'expression de mon ami n'ait pas vacillé, moi qui le connaissais si bien pouvais voir la flamme de l'émotion cachée au fond de son regard. Il n'est peut être pas bien que je vienne vous demander votre aide, mais je ne sais tout simplement pas vers qui d'autre me tourner.

- Et je vous dis que je ne peux pas vous aider ! s'écria Holmes avec une passion qui m'aurait peut-être surpris si je n'avais pas pris la mesure de la fureur grandissante dans ses yeux. Le lien qui nous unissait a été tranché de votre propre main, docteur, et aucun discours, quel que soit son importance, ne réparera les dommages.

- Holmes, qui *est* cet homme ? demandai-je encore, incapable de supporter la colère de mon ami sans en comprendre la cause. Comment vous êtes-vous connu ?

- Comment je l'ai connu et ce qu'il fut pour moi à une époque n'a que peu d'importance, répondit Holmes en se débarrassant de l'étreinte de l'autre sur son bras, mais le connaître maintenant pour ce qu'il est devenu pour moi… L'homme s'est arrangé pour m'envoyer dans les profondeurs des chutes de Reichenbach avec le professeur Moriarty !

Je restai bouché bée face à la déclaration de mon ami.

- Cet homme était de mèche avec Moriarty ?

- C'est lui qui plaça Moriarti au centre de son réseau criminel, lui qui lui donna les outils et les ressources dont il avait besoin pour contrôler son empire – et lui qui guida Moriarty sur mon chemin. L'homme que vous voyez devant vous, Watson, est, si on peut dire la vérité, le cerveau derrière le cerveau. On ne m'accusera pas d'exagération si je proclamai qu'il est le créateur d'un fou !

Le pourquoi de l'inexplicable mauvaise humeur de Holmes était maintenant clair. Ils avaient été profondément lié, des relations ou des collègues, peut-être même des amis. Notre nouveau client n'était pas simplement un criminel, mais un traitre.

- Et maintenant, monsieur, vous, un associé du plus grand ennemi de mon ami, venez vers M. Sherlock Holmes pour demander son aide ? interrogeai-je.

- Je viens en ne sachant vers qui d'autre me tourner, répondit le gentleman que mon ami avait appelé docteur, avant de se tourner vers Holmes : Nous avons eu nos différends par le passé, mais vous ne pouvez sûrement pas nier que j'ai tenté de m'amender. Ne vous ai-je pas, si je puis être assez hardi pour le mentionner, ressuscité, effaçant le cruel sort que je vous avais si froidement réservé ?

- Sans aucun doute, acquiesça Holmes, mais son visage comme sa voix était de glace. je suppose donc que vous suggérez qu'écouter votre requête est le moins que je puisse faire pour un homme à qui je dois la vie ainsi que ma carrière, même si vous demeurez exactement le même homme qui essaya jadis de résoudre « le dernier problème » qu'elles représentaient toutes deux.

Je ne compris pas grand-chose de ce que Holmes pouvait bien vouloir dire, mais notre hôte parût se détendre très légèrement. Et nous nous retrouvâmes bientôt installés dans son bureau, une pièce spacieuse qui néanmoins semblait plus petite, car nous étions cernés de tous les côtés par des bibliothèques qui semblaient sans fin.

- Vous devez savoir que cela fait bien des années que j'ai commandé la construction d'Undershaw, commença le docteur, lissant sa moustache des deux côtés d'un geste bien rôdé. C'est devenu mon foyer ainsi que celui de ma famille, mais notre réel attachement se place dans sa situation géographique, dans le Surrey. Son temps sec et son climat sain sont l'exigence donnée à notre établissement actuel. Sa moustache sembla s'affaisser légèrement à ces mots, comme s'il était tourmenté par quelque pensée, mais il continua. Je n'ai pas de besoin m'étendre sur le sujet ; Je souhaite simplement que vous compreniez la nécessité pour ma famille de demeurer ici, à Undershaw, quel qu'en soit le prix.

- Je comprends, soyez en sûr. Veuillez continuer, docteur, intervint mon ami sans que je puisse deviner ses sentiments au son de sa voix.

- Tout à fait, M. Holmes. Notre client s'éclaircit la voix, changeant légèrement de position sur son siège. Cela a commencé il y a plusieurs semaines. J'étais seul dans mon bureau. Je quittai la pièce pour aller récupérer une pipe que j'avais laissée dans le salon de réception. Je ne m'étais pas absenté plus de trois minutes, et cependant, quand je revins, ce fut pour trouver une douzaine de ces livres, leurs couvertures tailladées et leurs pages déchirées, éparpillés en tas sur le sol.

« Cela n'aurait pu être en lui-même qu'un déroutant incident ; l'idée qu'on se fait d'une plaisanterie cruelle, peut-être. Si on excepte que c'était impossible. J'ai quitté la pièce, comme je l'ai dit, que quelques minutes, et j'étais seul dans la maison à ce moment-là.

Ce fut le tour de Holmes de changer légèrement de position sur son siège. De nature, il n'est pas un homme agité, et je compris ce mouvement comme un signe d'intérêt ; un intérêt qui se faisait jour face à un fait insolite et ce, contre sa propre volonté.

- Les livres endommagés étant de votre main, je suppose que vous les avez conservés malgré leur ruine.

- Oui, je pensais… commença notre client, avant de s'interrompre avec un léger tressaillement. Il offrit alors à mon compagnon un demi-sourire. Bien que je n'aie pas mentionné le fait que ces livres sont de ma main, je ne peux pas aller jusqu'à dire qu'une telle déduction de votre part est un grand choc pour moi.

Je regardai notre client avec surprise, m'interrogeant maintenant sur son double statut de docteur et d'auteur.

- C'est la plus élémentaire des déductions. Auraient-ils été le travail d'un autre, vous auriez décrit leur destruction comme un acte de vandalisme, pas une farce, laissa tomber Holmes avec une insouciance que je savais ne pas être totalement légitime. Mais puisque vous avez mentionné que vos ennuies avaient *commencé* il y plusieurs semaines, j'en déduis que ce n'est pas le seul incident insolite de la dernière quinzaine.

- Non, en effet, acquiesça notre client d'un air sinistre. Deux jours plus tard, on retrouva la cheminée bourrée avec les pires déchets. Le conduit avait été obstrué pour piéger la fumée. Il fut bien difficile de venir à bout de la puanteur. Et cela a continué. Les portes et l'escalier principal ont été dégradés, bien qu'heureusement les marques ne furent pas permanentes. Les pires dommages ont peut-être été ceux de la salle de réception – les trophées de chasse ont été tailladés et les défenses de morse exposés ont été brisées. Certaines fenêtres, qui étaient une fierté particulière pour ma famille et moi-même, puisqu'elles portaient notre blason, ont été fracassées…

- N'avez-vous aucune théorie quant aux suspects ou à un mobile ?

- Je n'ai personne à suspecter, répondit notre hôte, étendant les mains en signe d'impuissance. Les domestiques étaient absents ou occupés d'une manière ou d'une autre quand chaque incident est survenu, et il n'y a jamais eu de signe d'effraction.

- Vous ne considérez pas – excusez-moi de poser la question – une quelconque intervention surnaturelle ? demanda Holmes avec une brusquerie étrange.

Notre hôte réussit à sourire un peu.

- Je n'exclue rien, mon bon monsieur. N'est-ce pas vous qui avez souvent fait remarquer que, lorsque vous avez éliminé l'impossible, ce qui reste, si improbable soit-il, est nécessairement la vérité ?

Holmes haussa le sourcil mais ne répondit pas. Après un moment, notre client soupira.

- Je ne sais que penser, M. Holmes. Je peux seulement dire que les dommages semblent être perpétués de l'intérieur de la maison. Cependant, il n'y a personne à l'intérieur de ces murs qui soit suspect.

Un éclat apparut dans les yeux d'Holmes ; c'était une expression qui m'était totalement familière.

- Permettez-moi d'examiner la maison plus minutieusement.

Nous commençâmes, à la demande pressente de Holmes, par la salle de réception, puis nous visitâmes le reste de la maison. Holmes l'examina avec son attention habituelle, faisant courir ses mains sur les traces visibles dans l'embrasure des portes et examinant les entailles faites dans les trophées de chasse. Il ne dit pas un mot jusqu'à ce que nous soyons revenus dans le bureau ; alors il demanda à examiner de plus près les livres endommagés.

Je venais d'accepter le cigare que notre client me proposait et j'étais juste en train de l'allumer quand Holmes poussa un cri de triomphe. Je me tournai, ainsi que notre hôte, pour découvrir Holmes, debout devant une étagère tenant un livre.

- Depuis le début, j'avais mes soupçons, mais ceci les transforme en fait, dit Holmes. Il tendit vers nous les morceaux d'un livre et je n'eus le temps que d'entrevoir le mot « Retour » sur un fragment de sa couverture avant qu'Holmes ne le remette sur l'étagère avec brusquerie. Si nous nous occupions du niveau inférieur ? Puisque c'est la seule partie de la maison que nous n'avons pas encore fouillé, je pense que nous y trouverons notre réponse. Nous allons avoir besoin d'une bougie – et, Watson, que votre revolver soit prêt à servir.

Nous nous rendîmes au sous-sol, Holmes tenant un doigt devant ses lèvres pour nous intimer le silence. Alors que nous atteignions le bas de l'étroit escalier, un coup sourd se fit soudain entendre dans le silence. Comme un seul homme, nous nous tournâmes pour voir une silhouette menaçante tapie dans un coin. Avant que l'intrus n'ait pu faire le moindre mouvement dans notre direction, j'avais avancé d'un pas, le revolver levé.

Notre gibier se figea dans la demi-obscurité et je lui fis signe avec le revolver de venir se placer contre le mur. Notre hôte leva sa bougie plus haut alors que le prisonnier obtempérait, et mon cœur manqua un battement alors que mon regard rentrait en contact avec de cruels yeux bleus surmontés d'un front aux rides marquées – c'était le visage d'un homme dont je ne me souvenais que trop bien.

- Comme je l'espérais, commença Holmes avec sérénité. Puis-je vous présenter le colonel Sébastien Moran, bras droit du défunt professeur Moriarty ?

Les yeux de Moran jetaient des éclairs meurtriers – pas vers Holmes, mais plutôt vers notre client.

- Comment avez-vous su, Holmes ? demanda notre hôte, fixant le colonel avec stupéfaction.

- Et comment est-ce possible ? interrogeai-je, mon revolver toujours braqué sur Moran. Le docteur – excusez-moi de le mentionner, monsieur – fut lui-même par le passé lié à Moriarty. Comment pouviez-vous savoir que le vandale était un homme du gang de Moriarty ?

Holmes fixait avec intensité l'hargneux criminel.

- Parce que, bien que notre client ait pu avoir affaire avec Moriarty, la loyauté ténue du docteur envers son criminel associé ne s'était pas étendue bien loin – et certainement pas à une brute comme Moran.

- Mais le coupable aurait pu être n'importe qui, dit notre client, avec son visage une expression de profonde perplexité. Qu'est-ce qui vous a fait soupçonner… ?

- Vous l'avez dit vous-même, répondit Holmes, parlant à son hôte par-dessus son épaule. Ces crimes ne pouvaient avoir été commis que par quelqu'un qui se trouvait dans la maison. Si ce n'était pas les domestiques, il ne restait plus qu'une seule possibilité laissant au coupable la latitude d'agir de l'intérieur. Il fallait que ce soit un personnage de votre propre création, jailli des pages du livre qu'il était si désireux de détruire.

Je regardais Holmes avec perplexité, alors que notre hôte semblait comprendre parfaitement mon ami.

- Mais, savoir que ce serait Moran ? insista le docteur.

- J'ai eu des soupçons à l'instant où j'ai vu l'état des trophées dans la salle de réception, expliqua Holmes. Moran se considère, en tout premier lieu, comme un chasseur. Un homme qui estime tant les joies de la chasse verrait comme une suprême insulte de détruire les trophées d'un autre. Cependant, ma théorie se confirma quand j'examinai la rangée de livres mutilés. Ils étaient tous endommagés, mais un seul était déchiré en deux : *Le Retour*. C'était le livre dans lequel le destin de Moran est né – et dans lequel on me rendait le mien.

- Moriarty vous faisait confiance ! Moran cracha ces mots au visage du docteur. Vous aviez tramé le plan parfait pour débarrasser le monde à jamais de Holmes. Et ensuite il a fallu que vous reveniez sur votre parole ! Il a fallut que vous ressuscitiez l'épine dans le pied de tous les criminels de ce monde !

- Mais pourquoi attaquer ma maison ? demanda notre hôte, et il y avait plus de perplexité que de colère ou de peur dans ses yeux. Si un chasseur tel que vous avait vraiment voulu me tuer, sûrement…

Le grondement furieux de Moran lui coupa la parole.

- Je ne voulais pas vous tuer, docteur Doyle. Simplement vous détruire, comme vous m'avez détruit.

- Vous pensiez détruire la tranquillité d'Undershaw, et ainsi détruire la paix intérieure et l'inspiration que, en tant qu'auteur, notre ami Doyle a trouvées ici, expliqua Holmes. Je tressaillis, réalisant, que c'était la première fois que Holmes parlait de notre client en usant de son nom.

- J'espérais en finir avec cette inspiration avant qu'il ne mène à la mort et à la ruine d'autres honnêtes criminels, M. Holmes, acquiesça Moran. Plût au ciel que j'ai agi plus rapidement.

- Plût au ciel, en effet. Et maintenant, mon ami Watson, peut-être voudrez-vous m'assister pour diriger le colonel vers le rez-de-chaussée pendant que nous attendons l'arrivée de la police locale.

Plus tard ce soir là, alors que nous nous préparions en vue de notre retour à Baker Street, Holmes se tourna une fois de plus vers notre hôte.

- Je dois vous demander, M. Doyle, avez-vous été déçu de découvrir que votre mystère n'était, après tout, pas le fait de l'esprit d'un cher disparu ? Et dans ses mots, j'entendis quelque chose de profond, un défi silencieux alors qu'il levait le regard vers notre hôte.

- Vous vous moquez de mes croyances, M. Holmes, rétorqua notre client, mais il y avait dans ses yeux comme une lueur d'affection. Mais vous me jugez sûrement un peu trop sévèrement. Après tout, on ne veut jamais croire que… que l'on a complètement perdu un ami.

Holmes étudia l'auteur, et je vis passer entre eux un moment de compréhension.

- Je me demandai si votre associé et vous-même seriez disponibles pour de futures consultations ? continua Doyle, alors qu'un petit sourire se jouait sous ses moustaches. Il y a une autre affaire étrange qui s'est portée à mon attention, concernant des événements insolites dans le Norwood…

- Je serais des plus impatients de m'intéresser à cette affaire pour vous, docteur Doyle.

Nous prîmes congés, mais je suis heureux de pouvoir dire que, depuis ce jour, mon ami M. Sherlock Holmes et moi-même furent fréquemment les hôtes de la maison connue sous le nom d'Undershaw.

Une affaire de meurtre
De Carla Coupe
Silver Spring, Maryland, Etats-Unis

La lumière du soleil entrait à flots par les fenêtres de notre appartement alors que Holmes et moi étions assis à lire et à fumer nos cigarettes post-déjeuner.

Un coup sec donné contre la porte de la rue résonna.

- Attendez-vous quelqu'un ? demandai-je en mettant mon journal de côté.

Holmes releva les yeux du sien.

- Non.

Un instant plus tard, Mme Hudson introduisit notre visiteur. C'était une dame d'âge moyen. Son visage exprimait l'intelligence et la compétence.

- M. Holmes ? demanda-t-elle alors que nous nous levions.

Holmes s'inclina.

- Voici le docteur Watson, mon Boswell[5] autant que mon collègue. Prenez un siège, s'il vous plait, et parlez-nous de la tragédie de la nuit dernière.

La main de la dame se crispa sur son cœur, elle pâlit et vacilla.

- Vous êtes déjà au courant ?

Alarmé, je me précipitai vers elle.

- S'il vous plait, madame, asseyez-vous. Je vais demander à Mme Hudson d'apporter du thé.

- Merci, docteur.

Elle se laissa tomber dans le fauteuil avec un soupir.

---

[5] James Boswell (1740-1795), fut l'ami et le biographe du prolixe écrivain Britannique, Samuel Johnson. Sherlock Holmes faisait déjà cette comparaison affectueuse dans « Un Scandale en Bohême ».

Holmes retourna s'asseoir et croisa les jambes.

- Je ne sais rien de plus, si ce n'est que vous êtes veuve, que vous avez secouru un homme blessé la nuit dernière et que vous avez pris le premier train pour Londres ce matin.

- Vous avez raison à tous les égards, M. Holmes acquiesça-t-elle. Je connais votre réputation, et je ne devrais pas me montrer surprise face à votre perspicacité. Mais commençons par le commencement. Je suis Mme John Maurice. Je dois avouer que je possède très peu d'argent, mais je trouverai un moyen de vous payer…

Alors que Holmes écartait la question du besoin d'un paiement, je sonnai Mme Hudson et lui demandai du thé. Puis, je retournai écouter l'histoire de la dame.

- Je suis la gouvernante du docteur Henry Undershaw. C'est un homme honnête et un médecin consciencieux. Il y a quelques années, M. Dennis Velope, un vieil ami du docteur Undershaw, lui offrit d'acheter sa maison ainsi que ses terres. Le docteur refusa de vendre. Cela entraîna une brouille. Jusqu'à hier, M. Velope refusait de laisser les choses se calmer. Ses menaces envers le docteur Undershaw étaient constantes.

- Comment le docteur prenait-il les choses ? demanda Holmes.

- Cela l'affligeait beaucoup, car ils avaient été très proches par le passé.

Mme Hudson entra avec un plateau, et Mme Maurice accepta une tasse de thé avec un hochement de tête reconnaissant. Je regardai les couleurs revenir sur son visage et indiquai à Holmes qu'il pouvait continuer son interrogatoire.

- Qu'est-il arrivé hier ? reprit-il.

- Le docteur a reçu un message et m'informa que M. Velope passerait au soir dans l'intention de se réconcilier.

- Le docteur Undershaw était-il surpris par cette nouvelle ?

- Stupéfait, dirais-je. M. Velope n'est pas renommé pour changer d'opinion. En fait…

Elle hésita.

- Oui ? l'encourageai-je d'un sourire.

- Eh Bien, pour parler franchement, c'est un homme borné et de nature vindicative.

Holmes eut l'air satisfait.

- Mes enquêtes seraient bien plus simples si tous mes clients disaient la vérité de cette manière. Veuillez continuer.

- La nuit dernière, c'est moi qui ouvris la porte à M. Velope. Il avait tant changé que je le reconnus à peine. Son visage était cireux et tiré, et ses yeux profondément caves. Je l'introduisis dans le bureau et me retirai. J'entendis jouer la serrure.

- Qu'avez-vous fait ensuite ? demanda Holmes.

- Je suis retournée dans mon salon. Il était tard, mais je ne me sentais pas à l'aise à l'idée d'aller me coucher, pas alors que M. Velope était encore dans la maison.» Elle pinça les lèvres. «Ce fut une bonne chose, aussi. Un quart d'heure n'était pas passé que j'entendis un terrible fracas puis une série de bruits sourds venant du bureau du docteur.

« Je me précipitai à sa porte, mais elle était toujours verrouillée. J'entendis des haussements de voix, puis un cri. Je tentai d'ouvrir la porte avec ma clef, mais mes mains tremblaient tant qu'il me fallut plusieurs essais avant que la clef ne rentre dans la serrure. Je réussis finalement à ouvrir la porte.

- Juste ciel ! Que s'était-il passé ? demandai-je en me penchant en avant.

- Un spectacle de dévastation. La table de lecture en acajou était retournée, les chaises basculées de côté, des papiers étaient éparpillés sur le tapis. Elle frissonna. Je vis alors le docteur étendu devant la cheminée, aussi immobile qu'un mort. Mon cœur s'arrêta, j'étais abasourdie à ce point ! Puis, je vis M. Velope, renversé sur la banquette de la fenêtre, le visage contre celle-ci. Il avait un couteau planté dans le dos, et il y avait du sang partout. Elle marqua une pause, ses mains jointes étroitement sur ses genoux. Cette vision me fit un choc, vraiment.

213

- Cela n'a rien d'étonnant, la rassurai-je. Cela a dû être affreux. Qu'avez-vous fait ensuite ?

- J'ai couru vers le docteur. Quand j'ai vu qu'il respirait, j'ai ressenti un immense soulagement.

Holmes leva la main.

- Pouvez-vous me décrire l'état des vêtements du docteur ?

- Ils étaient froissés, mais il n'y avait rien de remarquable, répondit-elle avec une expression perplexe.

- Et ses mains ?

- Je n'ai rien noté d'inhabituel quant à ses mains.

- Merci. S'il vous plaît, continuez.

- J'appelai alors la cuisinière. Elle était dans la cuisine en train de faire bouillir des os.[6] Elle réveilla le valet de pied et l'envoya chercher le constable.

- Je vérifiai ensuite le pouls de M. Velope, mais il n'était plus, dit-elle en fronçant le nez. J'ai vu des morts par le passé, messieurs, et je sais que ce n'est pas joli, mais quel spectacle que M. Velope ! Son visage était tout contorsionné et l'odeur était horrible.

- Horrible dans quel sens ? demandai-je.

- C'était une odeur douceâtre, presque écœurante.

- Aviez-vous remarqué cette odeur à son arrivée ? interrogea Holmes qui s'était levé pour rejoindre la cheminée.

- Oui, très certainement.

- Je vois, acquiesça-t-il doucement. Quand le constable s'est-il montré ?

- Dans la demi-heure. Pendant que nous l'attendions, j'ai demandé au jardinier de transporter le docteur dans le petit-salon à l'avant de la maison, expliqua-t-elle en me regardant. Je ne pouvais pas

---

[6] Pour préparer de la gelée. C'est un procédé long, ce qui explique que la cuisinière soit encore debout à cette heure.

le laisser sur le sol, docteur Watson, pas avec le corps M. Velope près de lui.

- Je suis certain que vous avez été très prudente, la rassurai-je. Avait-t-il repris conscience ?

- Je ne dirai pas qu'il avait repris conscience. Il était agité, il marmonnait, mais quand je lui parlais, il ne répondait pas. Il avait une bosse ici, dit-elle en indiquant sa tempe droite, et des bleus sur le visage.

« Je suis restée auprès du docteur après l'arrivée du constable. Seigneur ! il y a eut tant d'allées et venues, de télégrammes envoyés à untel et untel, l'arrivée d'autres policiers qui n'arrêtaient pas d'entrer et de sortir de la maison.

« Presque à l'aube, alors que le docteur s'agitait, il y eut un coup à la porte et un homme entra. Il se présenta comme Athelney Jones de Scotland Yard.

Notre cliente émit un petit bruit de dégoût.

- Il est peut-être de Scotland Yard, reprit-il, mais ce n'est pas un gentleman. Il passa devant moi pour aller secouer l'épaule du docteur.

« - Réveillez-vous, dit-il, j'ai des questions pour vous, mon vieux.

« Eh bien, je l'ai bien vite remis à sa place ! Je l'ai envoyé promener ailleurs, policier ou pas ! Imaginez, essayer d'intimider un gentleman blessé !

- Vous avez raison, Mme Maurice.

Les lèvres de Holmes s'étaient contractées comme s'il essayait de réprimer un sourire.

- Nous devrions tous être aussi chanceux et avoir une protectrice telle que vous, ajoutai-je.

- Bien sûr, une fois que le docteur fut cohérent, dit-elle en rougissant, j'ai envoyé chercher M. Jones. Il ne voulut pas me laisser rester pendant qu'il interrogeait le docteur, et le docteur Undershaw, dans sa grande bonté d'âme, me dit que tout était pour le mieux.

Ses yeux se remplirent de larmes, et elle sortit un mouchoir de son réticule.

- Mais cela ne l'était pas, M. Holmes ! Je n'avais pas quitté la pièce depuis plus de cinq minutes que M. Jones en sortait, tenant le docteur par le bras. Le docteur me dit alors qu'il était en état d'arrestation pour meurtre.

« Son visage était blanc comme la craie, à l'exception des bleus. Il dit qu'il ne se souvenait de rien quant à la nuit passée, mais qu'il avait foi dans l'enquête de Scotland Yard. Il me demanda aussi d'envoyer un message à son avoué. Puis M. Jones l'emmena, alors qu'il était encore chancelant et atteint d'un violent mal de tête, j'en suis sûre.

- Qu'est-ce qui vous a décidé à venir me voir ? demanda Holmes.

- J'ai lu à propos de vos talents en matière d'investigation. J'ai dit à la bonne de ne pas ranger le bureau après le départ de la police et j'ai pris le premier train pour Londres, déterminée à vous consulter. Il est certain que, si quelqu'un peut prouver l'innocence du docteur, c'est vous ! Et maintenant, ajouta-t-elle avec un hochement de tête, l'affaire est entre vos mains, M. Holmes.

Nous prîmes tous trois le train de l'après-midi à Waterloo. Bien qu'un cabriolet nous attendait à notre arrivée, le trajet jusqu'à la maison du docteur Undershaw fut si court que nous aurions aisément pu le faire à pieds. Holmes jeta un hâtif regard sur le beau bâtiment Georgien et son jardin bien entretenu avant de s'engouffrer à l'intérieur. J'offris mon bras à Mme Maurice, mais elle me fit signe de suivre Holmes.

Je le trouvai dans le bureau, à genoux devant la cheminée, étudiant le coin du pare-feu en cuivre. Je considérai un instant la pièce, toujours en désordre, et me dirigeai vers la banquette sanglante sous la fenêtre, où le corps de Velope avait dû reposer. Des traces de sang couleur rouille couvraient le coussin. Il y avait une flaque sur le sol. La fenêtre était solidement fermée et protégée par de lourds volets.

Alors que Mme Maurice apparaissait auprès de moi, Holmes se releva, son regard aiguisé balayant la pièce. Il alla vers le buffet et se pencha sur deux verres à vins, contenant encore une lie poisseuse. Après avoir étudié le Tantale, il se rendit à la fenêtre et soumis le coussin et les volets à plusieurs minutes d'un intense et minutieux examen avant de joindre ses mains dans un claquement. Un brillant sourire illumina son visage.

- Mme Maurice, vous aviez tout à fait raison. Le bon docteur n'a pas commis ce meurtre, et grâce à votre promptitude à me consulter, je le prouverai.

Puis, ignorant ses exclamations de surprise et de gratitude, il continua :
- Ne bougez même pas un grain de poussière dans cette pièce. Puis, se tournant vers moi : Watson, nous devons attraper le dernier train. Demain nous reviendrons avec l'inspecteur Athelney Jones et révélerons la vérité sur cette affaire.

Ce soir-là, Holmes refusa de parler de l'affaire même de la manière la plus indirecte. Je réprimai donc ma contrariété et appréciai la splendide nourriture et les vins délicieux servis chez Simpson. Le matin suivant, je retrouvai Holmes et l'inspecteur à Waterloo. Je n'ai jamais su quel moyen Holmes avait utilisé pour persuader Althelney Jones de nous accompagner, mais cela avait été efficace.

Après nous être installés dans notre compartiment, Althelney jeta un regard mauvais à Holmes qui regardait par la fenêtre en fumant tranquillement sa pipe. L'inspecteur se tourna alors vers moi.

- Allons, docteur ! On a presque retrouvé cet homme en train de planter un couteau dans le dos de la victime. Il est évidemment coupable. Vous pouvez sûrement me donner un indice quand à ce que vous avez découvert. M. Holmes insiste pour rester bouche cousue, mais je sais que vous êtes un homme honnête et que vous ne me laisserez pas dans le noir.

- J'ai peur de ne pouvoir vous aider, inspecteur, répondis-je en souriant. Je n'en sais pas plus que vous. Vous savez combien Holmes aime ménager ses effets.

Malgré les plaintes quasi-constantes de l'inspecteur, ce fut un voyage agréable et je pris plaisir à la courte marche de la gare à la maison.

Mme Maurice nous accueillit à la porte. Holmes déclina le café qu'elle nous proposait, bien que Jones aurait certainement était heureux de se restaurer. Nous conduisant dans le bureau du docteur, Holmes s'arrêta au milieu de la pièce.

- Et maintenant, inspecteur, lança-t-il avec bonne humeur, je vous serais gré de reconstituer pour nous les événements de la nuit passée, basés sur les preuves et votre interrogatoire du docteur.

- Vous m'avez fait faire tout ce chemin depuis Londres pour vous raconter ce que je sais déjà, grogna-t-il. Très bien, M. Holmes. Je vais vous exposer les faits, malgré la supposée perte de mémoire du docteur. La victime est arrivée vers dix heures et a été introduite dans cette pièce. Comme il était dit dans son agenda, il venait pour faire la paix. Donc, les deux messieurs partagèrent amicalement un verre de vin. Vous remarquez les verres vides sur le buffet (Il les désigna du doigt). Ils discutèrent un moment, mais le docteur ne voulut pas accepter les excuses de Velope. Leur discussion se transforma en dispute, des coups furent échangés et pendant la bagarre les meubles furent renversés et les papiers éparpillés.

« Sa fureur dépassant toute raison, le docteur saisit le couteau qui lui servait de coupe-papier et frappa Velope dans le dos. Le bras de Velope a alors jailli vers l'arrière et frappé le docteur, qui est tombé sur le pare-feu, se cognant la tête et perdant conscience. Velope est mort presque immédiatement.

Jones hocha la tête de manière énergique avant de conclure :

- Messieurs, voici les faits.

- Excellent, inspecteur ! Vraiment, une reconstitution remarquable, lança Holmes.

- Ce sont les compétences qu'offre l'expérience, répondit l'inspecteur avec un sourire satisfait.

- Bien sûr, vos conclusions sont presque entièrement erronées, et se basent sur des idées préconçues et des observations superficielles. Ignorant les protestations indignées de l'inspecteur, Holmes continua.

- Sur un point, vous avez raison : Velope est bien arrivé à dix heures. Mais il n'est pas venu pour faire la paix ; il est venu pour placer son vieil ami dans la situation exact où il se trouve à cet instant précis. Considérez ceci, inspecteur ! Le témoignage de Mme Maurice disant que Velope était un homme changé : émacié, sa peau d'une vilaine couleur. Watson, voudriez-vous risquer un diagnostique quant à sa maladie ?

- Pas sans plus d'informations, commençai-je à répondre à la question de Holmes. Bien qu'il me semble que ces symptômes sont ceux d'une maladie chronique et débilitante.

- La nature exacte de sa maladie est insignifiante. Il suffit de dire que Velope n'était pas un homme en bonne santé, et qu'il souffrait considérablement, puisqu'il a fumé une petite quantité d'opium avant son arrivée ici.

- De l'opium, releva Athelney Jones en secouant la tête. Vous ne pouvez pas savoir qu'il a fumé de l'opium.

- L'odeur, inspecteur ! On ne peut pas ne pas la reconnaître ! Mme Maurice a parlé d'une odeur douceâtre et écœurante sur Velope, et en effet, l'odeur est encore perceptible sur les coussins où le corps a reposé. Il n'en a pas fumé assez pour tomber dans l'état de langueur qui caractérise l'usage massif d'opium, mais il en a pris suffisamment pour apaiser la douleur et lui permettre de mettre son plan à exécution.

- Et quel était ce plan ? interrogea l'inspecteur en croisant les bras sur sa poitrine, jetant un regard mauvais à Holmes.

- Faire accuser de meurtre le docteur Undershaw, à tort.

L'air de confusion complète d'Athelney Jones était presque comique, même si je partageai son ahurissement.

- Mais Holmes, intervins-je, il y a eu une bagarre, l'évidence est là. Et vous ne pouvez pas mettre de côté le fait que Velope a été poignardé dans le dos. Il n'a pas pu faire ça lui-même.

- En effet ! s'exclama l'inspecteur. Les faits vont dans le sens de ma théorie !

- Ah, mais cependant il s'est lui-même poignardé dans le dos, répondit-il Holmes. Dennis Velope était un meurtrier de sang froid qui voulait faire pendre le docteur Undershaw pour un meurtre qu'il n'a pas commis.

- Que s'est-il donc passé, alors ? dis-je.

- Les preuves nous racontent clairement l'histoire, messieurs. Velope arrive et est accueilli par le docteur Undershaw. Velope demande qu'ils ne soient pas dérangés, donc le docteur verrouille la porte. Presque immédiatement, Velope l'assomme en le frappant à la tête. Le docteur tombe près de la cheminée et Velope est libre de continuer ses préparatifs.

- Pourquoi ne pas tuer le docteur Undershaw pendant qu'il était inconscient ? demandai-je.

- Cela aurait été une vengeance bien trop simple. Non, Velope était un homme vindicatif. Je le soupçonne d'avoir découvert qu'il allait bientôt succomber à sa maladie, et il voulait faire souffrir le docteur. Il attendit donc jusqu'à ce que la maison soit tranquille, s'occupant avec la lecture de la correspondance du docteur tout en buvant du vin.

- Mais on a utilisé deux verres, objecta l'inspecteur.

- Un seul homme peut utiliser deux verres, souligna Holmes. Souvenez-vous, inspecteur, qu'il voulait faire croire à la police que le docteur et lui avaient eu une agréable discussion. Une fois la maison tranquille, il prit le coupe-papier et le coinça, la lame vers l'intérieur de la pièce, dans la fixation du volet – Vous pouvez voir les éraflures à l'endroit où était le manche – et il jeta au sol le mobilier, cria, comme si une bagarre venait de se déclencher.

« Nous en arrivons au moment où la vraie nature de cet homme se dévoile, continua Holmes, une expression grave sur le visage. Il se plaça devant la fenêtre, la pointe de couteau contre sa veste, et il se jeta lui-même en arrière sur la lame. Dans un ultime effort, il se redressa pour libérer le manche de son support avant de s'effondrer sur la banquette, mort. Si vous étudiez le volet, inspecteur, vous pourrez voir des gouttes de sang séchés qui y ont été projetées pendant cette plongée désespérée. Athelney Jones se précipita vers la banquette. Il fronça les sourcils face au volet avec de se retourner.

- Tout cela est très bien, M. Holmes, mais il va me falloir d'autres preuves si vous voulez prouver l'innocence du docteur.

- Ce sera des plus simples, affirma Holmes. D'abord, un examen attentif du manche en ivoire du coupe-papier montrera des éraflures qui correspondent à celles faites par le support du volet.

- Comment savez-vous que c'est de l'ivoire ? La gouvernante vous en a parlé ?

- Elle n'en a pas eu besoin, répondit Holmes, il y a des traces d'ivoires sur la ferronnerie du volet. Il a dû chercher pour placer le coupe-papier dans la position exacte nécessaire à son objectif. Deuxièmement, vous avez vu le docteur Undershaw la nuit dernière : Avait-il du sang sur les mains ou sur ses vêtements ?

Le froncement de sourcils de l'inspecteur s'intensifia.

- Non.

- Selon les éclaboussures de sang sur le volet et la position du coupe-papier dans son dos, il est impossible que le docteur ait poignardé Velope sans être éclaboussé. Velope s'est suicidé de manière à faire condamner son ancien ami à mort.

- Grand Dieu, murmurai-je, cet homme était fou.

L'inspecteur fixa la banquette pendant un long moment avant de prendre une grande inspiration.

- Fou ou pas, docteur, il a eu ce qu'il méritait. Je ne suis pas heureux de l'admettre, mais vous m'avez convaincu, M. Holmes. Je vais retourner à Londres par le prochain train et faire abandonner les charges contre le docteur Undershaw.

- M. Holmes, docteur Watson, lança Mme Maurice m'agrippant la main encore une fois alors que nous étions à la porte, je ne pourrais jamais assez vous remercier pour ce que vous avez accompli.

Holmes s'inclina puis s'en fut par l'allée du parc.

- C'était un plaisir, répondis-je en libérant ma main avec quelques difficultés. Et je vous serai toujours reconnaissant d'avoir donné à Holmes l'opportunité de sauver Undershaw.

Le pantin et son créateur
De Patrick Kincaid
Coventry, Grande-Bretagne

Alors prière *d'imprimer* cette information *dans votre cerveau.*
Le pantin et son créateur ne sont jamais identiques.
- ARTHUR CONAN DOYLE

Quand Herbert m'a demandé en mariage, il m'a fallu feindre l'étonnement le plus complet en imitant un gloussement féminin que j'avais un jour entendu au théâtre. Cela le fit éclater de rire, et je vis un éclat argenté sur ses molaires. A qui, me demandai-je, devait-il ce penchant pour les sucreries : le père médecin, ou la défunte mère ? Il s'agissait plus probablement de quelque domestique chargé de son éducation. Quoiqu'il en soit, ce furent ses mots suivants qui me firent sincèrement pousser des cris de surprise :

- Du calme, ma vieille, dit-il, je ne vais pas bondir de joie lorsque tu me traîneras bon gré mal gré à la rencontre de ta mère.

- Mais elle n'est pas un écrivain célèbre.

- Célèbre ou non, le paternel est dépourvu d'intérêt. Difficile de le définir autrement, n'est-ce pas ?

Nous nous rendîmes dans les South Downs le vendredi suivant, à la poursuite d'un soleil estival paresseux. Je ris consciencieusement aux blagues d'Herbert, étouffées par le rugissement de la machine, et m'accrochais à mon siège alors qu'il se frayait un chemin à travers les routes provinciales. Les allées tortueuses redevinrent droites après Rotherfield, et pendant un moment nous circulâmes à travers des allées sculptées avant de plonger dans une forêt de pins nouveaux. Et au sommet d'une colline nous trouvâmes le pilier seigneurial vers lequel nous nous rendions : une confection artisanale en brique rouge, avec des armoiries au-dessus des doubles portes en chêne.

- La maison, un pavillon de chasse, dit Herbert, bondissant hors de la voiture. Pas du tout ce à quoi nous autres premiers nés étions habitués.

- Tu n'as pas vécu ici durant ton enfance ?

- Certainement pas. J'ai grandi dans une maison, avec des pignons et des baies vitrées, pas dans un fichu château !

Un homme rougeaud arriva pour porter nos bagages, Herbert l'appela Billy. Je cherchais une quelconque trace de l'innocent page qu'il avait un jour été, mais ne vit que les signes de la débauche d'un quinquagénaire. De l'autre côté des doubles portes, dans un grand vestibule, nous fûmes accueillis par un garçon de treize ans en culotte et chandail. « C'est Bertie et sa petite amie ! », s'écria ce dernier en reprenant sa course de plus belle vers une seconde porte en chêne. Nous le suivîmes, et entrâmes dans une salle de réception moderne, décorée de divans. Le foyer de la cheminée aurait à lui seul pu abriter une famille des taudis londoniens.

- Ce galopin s'appelle Edward, dit Herbert en saisissant l'oreille du jeune garçon qui grimaça et frappa du poing le ventre d'Herbert. Qu'est-ce là, sur ta joue, galopin ?

Il y avait là une marque violacée, dont la forme évoquait le plat d'une main.

- C'est papa qui a fait ça.

- Et qu'as-tu donc fait, galopin ?

Herbert s'approcha pour saisir l'autre oreille du garçon. Celui-ci l'esquiva.

- Nous attendions maman dans la voiture, devant le presbytère, et j'ai vu une femme sortir d'une boutique qui ressemblait tout à fait à un cochon. Je t'assure, Bertie, elle avait un groin et tout ! Et j'ai donc dit à Alexa : « Regarde cette vilaine femme. » Et papa s'est tourné sur son siège et m'a giflé. « Il n'existe pas de vilaine femme », a-t-il dit.

- Il est terriblement vieux jeu, me dit Herbert. Non pas que tu ne l'aies pas méritée, galopin. Au fait, voici ma…

- Je sais qui c'est, glapit le jeune garçon avant de s'enfuir par une autre porte.

Herbert secoua sa tête.

- Il a le caractère de sa mère, j'en ai peur. Je suppose qu'à présent tu désires faire du rangement, ma vieille. J'ai un coup de téléphone à passer, mais Billy te montrera ta chambre. Rendez-vous ici dans une demi-heure.

Et après un baiser il m'abandonna au garçon boutonné. Alors qu'il me guidait à travers des escaliers moquettés de rouge et de sombres corridors, je guettais des signes qui m'indiqueraient que le maître de la maison était présent. Mais je n'entendis que les reniflements de mon guide. Il me quitta devant la porte d'une chambre qui était aussi lumineuse que le reste de la maison était lugubre : pas un seul élément meuble ou centimètre de mur qui n'était recouvert de fleurs rose et crème. Après avoir compté jusqu'à vingt, je ressortis dans le couloir obscur et me tint là, la tête inclinée, comme un épagneul. C'était idiot de ma part : j'avais lu que ma proie favorisait toujours l'encre et la plume, et je savais donc qu'il n'y aurait pas les claquements et les crissements d'une Remington pour me guider jusqu'à lui. Cependant, dans la minute qui suivit, je perçus un léger toussotement. Je le suivis jusqu'à un embranchement de couloir et trouvai une porte entrouverte. J'y vis un bois encore plus foncé, recouvert maintenant de cuir rouge, sur les murs, des étagères de livres parfaitement rangées, et un bureau très orné sur lequel trônait une lampe verte. Cela me rappela une chambre de consultation dans Harley Street. Mon hôte était assis, me tournant son large dos, et je le regardai tremper sa plume dans l'encrier et rédiger les dernières lignes au bas d'une page de papier ministre. Ses cheveux étaient blancs, sa coupe, militaire : courts dans le cou et rares sur le crâne. Quand il posa sa plume et ouvrit un tiroir, je supposai qu'il allait reprendre du papier, mais il en tira à la place un revolver, et le pointa calmement dans ma direction.

- Mes enfants ont très tôt appris à m'éviter quand je suis dans mon bureau, dit-il. Mes domestiques frappent toujours, et ma femme ne rentre pas à la maison avant cinq heures. Vous allez doucement ouvrir la porte, jeune femme, et entrer dans la pièce.

C'est ce que je fis, et je vis mon ombre se déplacer sur le mur à droite de son bureau.

- Je ne voulais pas vous déranger.

Il se leva de sa chaise ; l'arme resta parfaitement immobile, comme si elle était fixée sur un trépied.

- Dans ce cas, vous avez échoué.

- J'aurais dû me présenter.

- Au contraire, vous auriez dû attendre d'être présentée.

Il était exactement tel que je l'avais imaginé : une version plus âgée de ces images dans Le Strand Magazine que j'avais étudiées quand j'étais enfant. Grand, portant la moustache selon la mode d'une époque révolue, et vêtu de la tête au pied de tweed taillé sur mesure. Bien que l'âge lui ait apporté du poids et des poches sous les yeux, il restait, à n'en pas douter, bel homme.

- Mais les formalités se perdent, ajouta-t-il. Et de plus, je sais qui vous êtes.

Je désignai l'arme à feu du menton :

- Dans ce cas, est-ce que cette pièce de musée est vraiment nécessaire ?

L'ombre d'un sourire flotta sur ses lèvres.

- Pardonnez-moi. J'ai des raisons de me méfier de ceux qui tentent de m'approcher sans se faire connaître.

Il replaça le revolver dans le tiroir du bureau.

- Un Beaumont-Adams point 442, dis-je. Il a été remplacé par un Webley, vous savez.

- Rien de si moderne. Asseyez-vous, je vous prie, que je puisse en faire de même.

Je pris place dans le fauteuil qu'il me désigna et il se rassit à son bureau.

- Alors, quand avez-vous l'intention d'annoncer à mon fils que ces fiançailles sont une imposture ?

Je savais, bien sûr, qu'il s'avèrerait plus brillant encore qu'il ne l'était dans ses écrits.

- Il me paraît préférable de simplement disparaître, répondis-je.

- Maintenant ?

- Demain matin, à six heures. Un taxi de Rotherfield m'attendra au portail.

Les yeux cernés me détaillèrent intensément pendant presque une minute.

- Un revenu stable, je pense, mais maigre.

- Vous pouvez préciser ?

L'ombre d'un sourire passa sur son visage une fois de plus.

- Le bout de vos doigts est plat, dit-il, ce qui suggère que vous utilisez une machine à écrire, mais vous utilisez aussi souvent une plume, comme l'indique cette callosité sur le majeur de votre main droite. Les marques rouges sur chaque côté de votre nez indiquent que vous mettez des lunettes, et étant donné que vous ne les portez pas en ce moment, et ne louchez pas, il est évident qu'elles vous sont nécessaires uniquement pour les tâches de proximité, comme lire et écrire. Votre pâleur me dit que vous avez même passé ces dernières journées ensoleillées à l'intérieur. J'en conclus donc que vous êtes étudiante, et l'une de celles qui survivent en tapant le travail de leurs collègues plus âgés.

Je résistai à mon tour à l'envie de sourire.

- Les doigts plats pourraient être un trait héréditaire, dis-je. Dessiner avec un crayon peut abîmer un doigt aussi sûrement qu'écrire avec une plume. La vue peut se détériorer avec la couture. Et je pourrais souffrir d'anémie.

Il haussa les sourcils.

- J'avais donc tort ?

Je souris franchement.

- Absolument pas. Puis-je tenter à mon tour ?

Il haussa les épaules.

- Je suis un personnage public.

- Cela pourrait se discuter. Mais si vous voulez, je ne vous dirais que des choses que je sais que vous avez tenté de cacher au public.

Il hocha la tête, toujours sans sourire.

- Vous avez ma permission.

- Votre nom de baptême est James, pas John, dis-je.

- Un dérapage de plume commis très tôt dans ma carrière, répondit-t-il après un haussement d'épaule. Mais cela a déjà été remarqué auparavant. Continuez.

- En Afghanistan, vous n'avez pas été blessé à l'épaule ni à la jambe, mais à l'aine.

- C'est mieux, répondit-il. Mon agent m'a suggéré le premier mensonge par délicatesse, et j'ai inventé le second car j'avais oublié le premier Autre chose ?

- Vous avez été éduqué comme un catholique romain.

Cela le surprit.

- L'ai-je été ?

J'acquiesçai.

- Quand vous inventez des pseudonymes, vous penchez souvent pour des noms chrétiens de la traduction catholique de la Bible – Elias et Isa – et des noms de l'Irlande catholique – Moran et Moriarty.

- Bravo, dit-il. Bien que le dernier ne soit pas un alias. Autre chose ?

- Oui, dis-je. Votre premier mariage n'a pas été heureux.

Il y eut un long silence durant lequel il se contenta d'examiner ses mains. Elles étaient gonflées par les rhumatismes, et quand elles étaient serrées l'une contre l'autre, comme en cet instant, elles ressemblaient à quelque énorme noix tropicale. Il se redressa soudain et se dirigea vers la porte. J'avais tout gâché – l'entretien était terminé ! Mais quand il atteignit la porte, il se contenta de la refermer.

- Vous êtes impertinente, dit-il, mais vous n'avez pas tort. Quand ma première femme et moi nous nous sommes rencontrés, nous étions tous deux libres comme l'air, et nous avons rapidement été dépassés par les circonstances les plus romantiques.

- Je l'ai lu, dis-je. Comme des millions d'autres.

Ses yeux fatigués s'illuminèrent pendant un instant.

- Mais vous seule avez vu juste. Vous, quelqu'un d'autre.

Le sous-entendu m'enthousiasma.

- Je vois sa faiblesse d'esprit en Herbert. C'est une bénédiction que sa constitution l'ait empêché de faire son service. Il n'y aurait pas survécu, même dans le médical. Je me demande bien comment il surmontera un cœur brisé.

Il essayait de détourner mon attention.

- Pourquoi avez-vous ignoré ma lettre ?

Il contempla ses doigts, à nouveau croisés.

- Pourquoi pas ? J'en reçois des centaines chaque année.

- Mais vous saviez que la mienne était différente.

Il secoua la tête.

- Il n'y avait rien d'empirique pour la distinguer.

- Et pourtant vous saviez.

Il se redressa et me regarda droit dans les yeux.

- Ce que vous demandiez était impossible et le demeure. Vos sentiments sur la question ne sont pas mon principal souci. Votre…

Il s'interrompit, réessaya.

- Le gentleman dont vous me parliez…

Puis il s'arrêta complètement.

- Je comprends, dis-je, que de tels abus ne sont pas sans conséquences sur le corps et l'esprit. Mais je sais aussi que vous le protégiez ; que vous étiez son ami quand il ne semblait pas en vouloir. J'ai lu tout ça aussi entre les lignes. Et j'ai lu votre dernier article, à propos de son rôle dans le présent conflit…

C'était lui à présent qui refusait de changer de sujet.

- Vous confondez James et John. Les délicatesses que j'étais forcé d'observer au début de ma carrière ont été remplacées par de nouvelles. Il est à présent impossible de décrire des vices qui ne sont plus autorisés par la loi. Concernant l'article dont vous parlez, vous devez reconsidérer son but : bien qu'il ne contienne aucun complet mensonge, il m'a fallu souligner les étonnantes capacités de mon…

Il bégaya à nouveau, mais seulement pendant un court instant.

- …de mon collègue, et ignorer ses présentes défaillances.

Je m'apprêtai à répondre, mais il leva sa main.

- Oh, j'aurais aimé pouvoir le protéger avec autant de succès que je le laisse entendre. Mais en vérité, la réalité et mes récits ont commencé à diverger il y a des années de cela. J'ai bien peur qu'il en soit toujours ainsi : le pantin et son créateur ne sont jamais identiques.

- Et c'est ce qu'il représente pour vous, dis-je, à présent en colère. Une poupée ?

C'était tellement injuste qu'il sut qu'il n'avait pas besoin de répondre. Au lieu de ça, il revint à sa chaise. Il parvint même à sourire une nouvelle fois.

- Vous ressemblez à votre mère, remarqua-t-il.

- Elle m'a dit que je lui ressemblais à lui.

Il me détailla une fois de plus.

- Vos cheveux sont suffisamment sombres, il est vrai. Puis-je vous demander votre âge ?

- Vingt-deux ans, répondis-je.

Il secoua la tête.

- J'ignorais que la… la liaison avait duré si longtemps.

- Cela s'est fait petit à petit.

Après un moment il remarqua :

- Je n'ai jamais cessé de suivre la carrière de votre mère. Il semblerait qu'elle soit toujours capable d'attirer les foules dans les salles de concert, ou en tout cas elle le pouvait avant la guerre. Est-ce que vous la voyez souvent ?

- Presque jamais.

Un autre moment passa.

- Quel nom avez-vous adopté ? Cela ne peut pas être celui dont vous avez signé la lettre que vous m'avez envoyé. Herbert l'aurait remarqué : étant enfant, il a lu mes œuvres aussi assidûment que n'importe quel autre.

- J'utilise généralement le vrai nom de ma mère, répondis-je. Mais j'utilise aussi souvent le pseudonyme que vous avez inventé. Et parfois j'utilise celui de mon père.

Nous sommes alors tombé dans un silence encore un plus long. Il regarda par la fenêtre et les rayons du soleil dessinèrent un peu plus distinctement les marques et plis de son front. Je songeais que j'aurais pu deviner son âge à la seconde près.

Finalement, il déclara :

- Je ne doute pas que de votre affiliation. Vous êtes intelligente et spirituelle, et vous traitez votre propre personne avec une rigueur qui n'est pas vraiment saine. Vous dédaignez également les propriétés et sentiments des autres.

Je souris : c'était sa meilleure déduction jusque-là.

- Mais je suis également lié à lui, ajouta-t-il. J'ai un jour prit part à des fiançailles de pacotille, sous un alias, à une innocente domestique. Je l'ai aidé à entrer par effraction dans des maisons en plusieurs occasions. Et je l'ai vu agir comme juge et jury, graciant des hommes qui auraient pu autrement aller à la potence.

- Comme je l'ai dit, vous êtes pour lui un vrai ami.

Il sourit à ces mots, avant que son expression ne se fasse plus grave.

- Je suis autre chose qu'un ami à présent. Pas un frère, non plus… je pourrais être appelé son gardien. Son corps est devenu une cage à ses yeux, et parfois son esprit aussi. Oh, il écrit des traités sur les abeilles, et parfois il s'exprime sagement sur des évènements actuels, mais le plus souvent ses pensées sont introspectives. Autrefois il émergeait inchangé de telles crises, mais à présent elles exercent un poids considérable sur lui. Nous vieillissons, après tout.

Il m'observa encore.

- Vous vous tenez comme une athlète. Faites-vous de l'escrime ?

Je hochai la tête.

- Ma mère aurait aimé que je chante, mais j'ai hérité d'autres talents.

- Vous ne jouez pas d'instruments ?

Je secouai la tête.

- Bien, voilà au moins un soulagement.

Nous nous éloignions de notre sujet, mais je ne souhaitais pas être trop insistante. Mes meilleures avancées s'étaient faites en silence, après tout.

- Votre maison est superbe, dis-je, mais très isolée.

- J'ai ma famille.

- Et vos amis ?

Il y réfléchit un instant.

- Mon agent littéraire est un voisin proche. Mais vous constaterez, en vieillissant, que la famille acquiert bien plus d'importance…

Il s'interrompit une fois de plus et j'essayai de ne pas sourire. Et soudain il s'autorisa un accès de rire non retenu.

- Vous avez en effet hérité d'autres talents ! s'exclama-t-il au milieu de ses rires.

- Mais je ne vous ai pas mis cette idée en tête : c'était la vôtre, et je sais que vous le pensez.

Son expression changea du tout au tout, les yeux fatigués à présent grands ouverts, et clairs.

- Bien sûr que je le pense, dit-il. Famille, camaraderie, et courtoisie : nous négligeons ces choses à nos risques et périls. Et l'hospitalité, aussi. Vous devez restez ce week-end.

- Vous m'y invitez ?

- Nous ne pouvons pas vous laisser vous esquiver à l'aube. Lundi matin je passerai des coups de téléphone et verrai ce qui peut être fait. Vous avez ma parole que je ferai tout ce qui est en mon pouvoir pour vous aider sur ce point particulier. Mes tentatives pour vous contrecarrer étaient motivées par l'inquiétude, mais je comprends à présent que c'était une méprise.

Je ne savais pas quoi dire : « merci » semblait inadéquat. Mais un bruit de pas dans le couloir ainsi qu'une voix appelant mon nom me tirèrent de cet embarras. Mon hôte se redressa à nouveau et ouvrit la porte :

- Ici, Herbert.

Mon fiancé apparut sur le seuil de la porte et s'y arrêta, pétrifié : je vis alors le pouvoir d'une interdiction de longue date et comprit l'honneur qu'on m'avait fait. Herbert – une figure négligeable à côté de son imposant père – nous regarda tout à tour avec des yeux ronds.

- Vous faites connaissance, c'est ça ?

- En effet, confirma son père en le prenant par le coude et en le tirant de l'autre côté du seuil. Tu sais, Herbert, un ami à moi m'a un jour prouvé que comme il le pensait, la vie est infiniment plus étrange que tout ce que l'esprit humain peut concevoir.

- Un ami à toi ? Henry parvint à peine à déguiser son mépris. Tu veux dire, ton seul ami.

Son père devina son mépris, mais ne l'en réprimanda pas. Au lieu de ça, il posa sa main jusqu'alors sur le bras d'Herbert sur son épaule, et le prit dans ses bras. L'expression sur le visage d'Herbert révéla toute sa surprise : elle contenait un mélange de confusion et de léger effroi.

- Herbert, je dois te dire tout de suite que je ne peux pas approuver ce mariage. Je te donnerai mes raisons plus tard, mais pour le moment, je ne peux que te recommander cette femme comme une amie. Et une que l'on garde pour la vie, car elle en a le pedigree. Non, pas de questions, Herbert. Nous en reparlons après le dîner.

Herbert me regarda en quête d'une explication. La confusion s'était accentuée, repoussant la terreur.

- J'ai bien peur que cela ne soit vrai, dis-je. Nous ne pouvons nous marier. Il y a un… comment disent-ils ? Il y a des affinités entre nous.

Mon hôte hocha la tête.

- Oui, dit-il, c'est exactement cela. Cette jeune femme fait déjà partie de la famille. A présent, allons dans le jardin tant que le soleil brille encore. Ne boude pas, Herbert. Nous ne devons pas perdre une seule minute de la journée qu'il nous reste !

Nous quittâmes tous trois la pièce − deux d'entre nous, au moins, pensant à quelqu'un d'autre.

Le fantôme de la machine de guerre
De Graham Cookson
Kent, Grande-Bretagne

1er septembre 2011 : Département américain de la défense, Pentagone, Virginie

Les préparations pour la commémoration des attaques du 11 septembre 2001 touchaient à leur fin. Le général Patrick Mendoza s'assit dans son bureau donnant sur la cour, observant une petite sélection des vingt-trois milles employés du Pentagone vagabonder d'un coin ensoleillé de la cour pentagonale à l'autre, les uns s'arrêtant pour parler aux autres, les autres occupés par leurs propres rêveries.

Le général Mendoza se tourna vers les montagnes d'email en face de lui.

- Zut ! s'exclama-t-il pour lui-même, en ouvrant un message en particulier.

On lui notifiait que l'un des principaux itinéraires pour la voiture du Président avait été altérée et qu'il lui faudrait s'assurer que tout le personnel militaire impliqué serait tenu informé des changements.

- Foutus services secrets, marmonna-t-il pour lui-même. Un avertissement plus précoce aurait été apprécié.

Il appuya sur l'intercom de son téléphone pour contacter sa secrétaire.

- Jamie, mettez en attente tous les appels de l'extérieur s'il vous plait. Et appelez ma femme, je suis…

Le général Mendoza fut coupé net.

Les lumières de son bureau commencèrent à trembloter follement, l'écran de son ordinateur se mit à clignoter, de nouvelles fenêtres s'ouvrant et se refermant de façon aléatoire, et la diode muette de l'alarme au coin de son bureau s'alluma d'un rouge vif.

- Qu'est-ce que…

Le général regarda autour de lui, abasourdi par le chaos électrique.

- Que se passe-t-il ? demanda Jamie à l'autre bout de la ligne.

233

Le général Mendoza ne répondit pas à sa question ; il regardait une nouvelle fenêtre sur son ordinateur, qui restait ouverte : elle contenait un compte à rebours.

Cinq, quatre... le général ne pouvait rien faire d'autre que regarder les numéros apparaître sur son écran... Trois, deux... un. Le compteur atteignit zéro.

Jamie luttait pour entendre ce qu'il se passait à l'autre bout de l'intercom. Un déclic sonore et puis un grincement lourd se fit entendre.

- Allô ? Qui est là ? entendit-elle le général appeler.

Il y eut un bruit de mouvement, probablement une chaise déplacée, et des bruits de pas. Puis, plus rien. Elle attendit patiemment pendant une minute. Enfin, un clic et une détonation bruyante se firent entendre sur la ligne.

Jamie se précipita dans le bureau attenant.

- Général ? demanda-t-elle avec peu d'espoir, observant la pièce déserte.

En tant que chef de la sécurité, le Major Powell tentait de calmer la situation. C'était certainement un virus informatique. Il ne savait pas comment, mais il avait échappé aux pare-feux et causait à présent des dégâts dans le système de sécurité de niveau militaire du bâtiment : les portes s'ouvraient et se refermaient aléatoirement, et les alarmes se déclenchaient à travers tout le vaste bâtiment.

Le bâtiment entier fut verrouillé, et aucun personnel autorisé à y entrer ou à en sortir tant que cela ne serait pas résolu – toute personne dans l'immeuble devait être cherchée et comptabilisée, section par section.

A deux heures du matin, une seule personne manquait encore à l'appel : le général Patrick Mendoza.

12 septembre 2011 : 221B Baker Street, Londres

- Et bien on dirait que la commémoration des tours jumelles s'est passé sans encombres, remarqua Watson.

Repliant son journal, il leva les yeux pour voir Sherlock contempler un castor empaillé sur la cheminée.

Il l'étudiait depuis que Mme Hudson l'avait trouvé dans un paquet laissé sur le seuil de leur porte. Il n'y avait ni note ni adresse, ce qui signifiait clairement (comme Sherlock le fit remarquer) que le paquet avait été livré personnellement, et il était sans l'ombre d'un doute adressé à l'un des occupants du 221b.

Mais le castor était surprenant – il avait été empaillé debout sur ses pattes de derrière, sa patte avant droite levant une pipe en direction de sa bouche, un monocle sur son œil gauche ; et une casquette de chasse à sa taille ornait sa tête. Cela avait laissé Sherlock médusé, au grand amusement de Watson.

- Je disais que l'anniversaire du 11 septembre s'était bien passé, répéta Watson plus fort, tentant d'obtenir une quelconque réponse du catatonique Sherlock.

- Hmm ? marmonna Sherlock.

- Rien, oublie ça.

Watson jeta le journal sur le côté. Il atterrit en révélant la première page et ses gros titres, ainsi que la légende qui les accompagnait : « L'Amérique se souvient ».

La sonnerie de la porte retentit. Watson s'immobilisa, pour voir si cela serait accompagné d'un quelconque signe de vie du « grand détective ».

« Dring dring. » La sonnerie retentit une nouvelle fois.

- Oh, je devrais peut-être aller ouvrir, n'est-ce pas ? suggéra Watson, sarcastique.

- Hmm ?

Secouant la tête, Watson se dirigea vers la porte d'entrée.

La sonnerie se fit une nouvelle fois entendre. « Oui, oui, j'arrive » murmura Watson avec impatience.

Il ouvrit la porte et fut confronté à quatre hommes, vêtus de costumes noirs, avec des chemises blanches et des cravates sombres.

- Sherlock Holmes ? demanda l'un d'eux avec un accent américain.

- Laisse-les entrer, John, fit la voix de Sherlock derrière Watson.

Watson s'effaça sur le côté, observant les hommes qui passaient devant lui pour entrer dans le séjour.

Sherlock, toujours debout près de la cheminée, détaillant le mystérieux castor, se tourna pour leur faire face. Tandis que Sherlock analysait de ses yeux pénétrants chaque homme l'un après l'autre, Watson le regarda faire.

Avant que l'un d'entre eux n'ait l'occasion de s'exprimer, Sherlock commença.

- Vous êtes du gouvernement américain. FBI ? Non, non. Clairement pas de la CIA non plus, c'est évident. Vos manières, votre accoutrement et ces petits badges sur le revers de votre veste suggéreraient les services secrets. Mais que feraient les Services Secrets ici, en Grande-Bretagne ? Le Président ne vient pas en visite, il n'y donc aucune raison qui justifierait votre présence ici.

Le regard de Sherlock tomba sur le journal abandonné de Watson.

- Ah, c'est probablement lié à la commémoration du 11 septembre. Mais comment, pourquoi ?

- Monsieur ! l'homme s'exclama avec de l'urgence dans la voix. Nous sommes pressés par le temps, notre vol décolle dans une heure.

- Oh, très bien, fit Sherlock d'un ton sec. Je suppose que je dois vous accompagner ?

- Oui, votre présence a été requise. Nous pouvons faire le débriefing avec vous durant le vol.

Durant les huit heures de vol jusqu'en Amérique, Sherlock et Watson furent débriefés sur la situation. Les hommes venaient en effet des Services Secrets, comme Sherlock l'avait déduit, sur une affectation spéciale de la Sécurité Intérieure comme faisant partie d'un Evènement Spécial de Sécurité Nationale (ESSN).

Bien que cela n'aie pas été rapporté dans les journaux, le Pentagone était victime d'une attaque que l'on supposait d'origine terroriste en vue du dixième anniversaire de commémoration du 11 septembre. Après l'attaque sur le Pentagone, un membre de l'équipe avait disparu et il avait été à présent établi qu'il pouvait s'agir d'un kidnapping. L'agent expliqua que le général était sur intercom avec sa secrétaire au moment des faits et il lui avait semblé qu'il parlait à quelqu'un d'autre avant de percevoir des sons étranges, peut-être d'une lutte.

Durant l'incident, personne n'était pourtant entré dans son bureau. Mais il avait disparu.

Sherlock et Watson arrivèrent au Pentagone dans une berline noire clichée bannalisée. Le duo fut escorté jusqu'à l'une des entrées et introduit à l'intérieur.

Dans le bâtiment, ils furent accueillis avec un poste de contrôle de sécurité, assez semblable à ceux qu'on pourrait trouver dans un aéroport, bien que le personnel de sécurité fut bien plus lourdement armé. Employés et visiteurs devaient passer un détecteur de métal tandis que les sacs étaient scannés par une machine à rayons X.

Après avoir passé la sécurité avec succès, Watson et Holmes furent rejoints par le Major Powell, qui les conduisit jusqu'à la salle de contrôle de sécurité tout près des postes de contrôle de l'entrée, accompagné de deux officiers militaires de plus pour les escorter.

Après de brèves présentations, le second débriefing commença, mais cette fois plus détaillé que celui du voyage depuis le Royaume-Uni.

Sherlock avait été spécifiquement requis par un membre du gouvernement (bien que son identité ne fut pas révélée) et on avait besoin de son aide pour comprendre comment les agresseurs étaient parvenus à infiltrer le Pentagone et à kidnapper le général Mendoza sans être repérés par une seule caméra de sécurité.

L'un des officiers travaillant dans la salle de contrôle expliqua que le système surveillait et contrôlait les alarmes, caméras, et les portes de sécurité électromagnétiques.

- Que s'est-il passé durant l'attaque ? demanda Sherlock.

- Et bien, nous avons perdu le contrôle des alarmes et des portes de sécurité, répondit l'officier.

- Et les caméras n'ont pas été affectées du tout ? questionna Sherlock. Aucune chance pour qu'il y ait eu un black-out temporaire ? Soyez aussi précis que possible.

- Tous les enregistrements des caméras peuvent en témoigner – pas de bugs, blackouts ou quoique ce soit qui sorte de l'ordinaire, répondit Powell.

- Excellent, répondit Sherlock, à la grande surprise du personnel militaire dans la pièce. Et qu'en est-il de la source du virus ?

- Nous avons trouvé la source de l'attaque, il s'est avéré qu'il s'agissait d'un ancien employé mécontent. Il faisait partie du programme de sécurité et connaissait notre système. Il a été mis en détention, mais refuse de nous avouer ce qui est arrivé au Général Mendoza, ou pour qui il travaille, répondit le Major Powell. Voulez-vous le questionner ?

- Non, je n'ai pas besoin de le questionner, dit Sherlock. Mais j'ai besoin de voir le bureau du général, ajouta-t-il.

Watson et Sherlock furent, une fois encore, escortés par deux officiers et guidés par le Major Powell, à travers quelques-uns des nombreux couloirs du Pentagone. Chaque couloir et chaque corridor s'avéra avoir un thème ; certains étaient des mémoriaux de différentes guerres, de missions humanitaires ou de corps d'armée. Ils tournèrent dans un autre couloir dont les murs étaient pratiquement recouverts de courtepointes et de souvenirs.

Le major leur expliqua qu'il s'agissait d'un des couloirs qui avait été touché durant les attaques du 11 septembre et que les articles qui y étaient exposés avaient été donnés par les familles des victimes, écoles et communautés, et restaient là comme un rappel permanent de ce jour tragique.

Ils avancèrent jusqu'à un passage à l'issue du couloir mémorial du 11 septembre et ils arrivèrent dans une antichambre, où Powell leur expliqua qu'il s'agissait du bureau de la secrétaire de Mendoza. Son poste de travail était vide, déserté après l'incident.

Le bureau de Mendoza était ce que l'on pouvait attendre d'un officier militaire haut-gradé. Les murs étaient habillés de panneaux de chêne, avec une bibliothèque immédiatement à droite de l'entrée. Une grande fenêtre faisant face à la porte offrait une vue pittoresque de la cour centrale. A gauche se trouvait le bureau en bois du Général Mendoza, vieux mais robuste, et derrière, ornant le mur, une photo montrant une vue du ciel du Pentagone.

- Rien n'a été déplacé depuis que l'attaque est survenue. Même l'ordinateur a été laissé tel qu'il a été trouvé, expliqua Powell.

Sherlock resta silencieux, reconstruisant la scène mentalement comme il l'avait fait si souvent auparavant. Il fit le tour de la pièce, examinant les étagères, la zone autour du bureau et la vue de la fenêtre.

- Ça semble assez vieillot, commenta Watson, tentant de briser le silence. Pas tout à fait ce à quoi je m'attendais de la part des forces militaires américaines.

La remarque se voulait légère, pour de détendre l'atmosphère.

- Je peux vous assurer que tout ce qui est ancien ici a été approuvé, répondit Powell laconiquement.

- Le Pentagone a connu une rénovation majeure entre 1998 et 2011, fit remarquer Sherlock, toujours en train d'inspecter la chambre. Tout a été actualisé pour coller aux standards modernes, y compris la sécurité, le décor et même les fenêtres. En tant que militaire, je pensais que tu savais cela, mon cher Watson.

Sherlock exerça une poussée contre les solides fenêtres à double-vitrage. Toutes les fenêtres avaient été remplacées durant la rénovation ; elles étaient hermétiquement scellées, aussi bien pour des raisons de sécurité que d'énergie.

- Charmant, commenta Sherlock. Je vais avoir besoin de visiter la salle de contrôle de sécurité encore une fois.

S'arrêtant devant l'une des nombreuses salles de bain du Pentagone, Sherlock s'exclama :

- Saviez-vous que le Pentagone comptait plus de toilettes que nécessaire ?

Watson, le Major Powell et les deux officiers regardèrent Sherlock d'un air ahuri.

Sherlock reprit :

- Oui, originellement l'architecte avait conçu le bâtiment pour satisfaire à la ségrégation, avec des toilettes à part pour les « noirs ». Cependant, quand le président Roosevelt le visita avant son inauguration, il demanda à ce que les panneaux « réservé aux blancs » soient retirés. Le Pentagone fut le premier et le seul bâtiment en Virginie où la ségrégation n'était plus autorisée à cette époque, conclut Sherlock avant de se diriger vers les toilettes.

- Watson, tu viens ? reprit-il en disparaissant à l'intérieur. C'est tout un pan de l'histoire américaine que nous tenons là.

Watson jeta un regard hésitant aux officiers américains à ses côtés puis haussa les épaules et suivit Sherlock dans les toilettes pour hommes.

- Avec ces accents, impossible de savoir de quel bord ils sont, plaisanta l'un des officiers.

- Sherlock ! Tu as perdu la tête ? lâcha Watson sèchement. Qu'est-ce qu'on fait dans les toilettes ?

Sherlock se mit à parler rapidement d'une voix basse :

- J'ai besoin que tu restes ici et ensuite tu iras au bureau du Général Mendoza. Une fois là-bas, observe et attends de voir si quelque chose d'inhabituel se produit.

- Pourquoi ?

- Parce que j'ai le pressentiment que ce que je vais faire pourrait potentiellement me faire mettre en détention et que sans toi dans le bureau je serai dans l'incapacité de résoudre cette affaire.

- Tu aimes te compliquer la vie, pas vrai ? fit Watson d'un air désespéré.

Sherlock sortit calmement des toilettes et expliqua que Watson, par contre, était « occupé ». Abandonnant l'un des officiers pour escorter Watson une fois qu'il aurait fini, le major guida Sherlock jusqu'à la salle de contrôle.

De retour dans la salle de contrôle, Sherlock se tourna vers le Major Powell.

- Bien, il va nous falloir recréer les évènements de la journée.

- Pardon ? fit Powell d'un air incrédule.

- Il faut que vous fassiez sonner les alarmes et déverrouillez les portes de sécurité, demanda Sherlock.

- Hors de question ! répondit Powell.

- Vous voulez savoir ce qui s'est passé, oui ou non ?

- Mr Holmes, j'ai été suffisamment patient avec vous, vous allez donc me dire ce qu'il se passe ou bien je vous fais escorter hors du bâtiment, exigea Powell.

- Et bien il est plus qu'évident qu'il n'y a pas eu de kidnapping, répondit Sherlock avec agacement.

- Que voulez vous dire ?

- Aucune menace ni exigence n'ont été faites au Pentagone ou au général Mendoza. Vos caméras de sécurité n'ont pas été désactivées, les fenêtres du bureau n'ont pas été forcées, personne n'aurait eu la possibilité d'entrer ou de sortir de ce bureau sans que vous ne le sachiez, répondit Sherlock tandis qu'il déambulait nonchalamment dans la salle de contrôle. Ce qui signifie que le général Mendoza est toujours dans son bureau.

Sherlock s'interrompit et soudain, sans un mot, il se jeta sur le panneau de contrôle le plus proche et appuya sur plusieurs boutons qu'il avait pu étudier un peu plus tôt.

Watson attendait dans l'une des cabines des toilettes quand les alarmes se déclenchèrent dans le couloir. « Nous y sommes », se dit-il mentalement.

Entrebâillant la porte des toilettes, il jeta un œil à l'extérieur. L'officier resté dehors s'éloignait à présent en courant des toilettes, en direction de la salle de contrôle.

Watson se rendit dans le bureau du général Mendoza. Tout était calme à l'intérieur de la pièce, les épaisses portes en bois étouffant le son des alarmes à l'extérieur. Rien ne semblait dérangé – la pièce était telle qu'elle l'avait été plus tôt.

Avançant dans la pièce, Watson marcha jusqu'au bureau et s'assit, attendant Sherlock ou un quelconque militaire mécontent. Soudain, l'écran de l'ordinateur sortit de veille. Une nouvelle fenêtre s'ouvrit et un compte à rebours apparut. Watson observa les chiffres décroître jusqu'à zéro. Il y eut un déclic sonore et un grincement.

Watson se retourna pour voir pivoter sur le côté un segment du mur derrière lui, près de la fenêtre. Instinctivement, il s'approcha de la porte encore cachée un instant auparavant et réprima un haut-le-cœur alors qu'une forte odeur l'assaillit. Couvrant son nez, Watson découvrit une petite chambre attenante. Il passa le seuil.

La pièce courrait derrière le mur du fond, là où les tableaux étaient accrochés. Il semblait s'agir d'une sorte de panic room[7]. Watson trouva un interrupteur, et les lumières s'allumèrent peu à peu en grésillant, comme si elles n'avaient pas été utilisées depuis longtemps.

A présent qu'il voyait la pièce dans son ensemble, Watson se figea en découvrant le corps d'un homme d'âge moyen vêtu d'un uniforme militaire. En s'approchant, Watson vit le nom sur le badge : « Général P. Mendoza ». Il examina rapidement le corps et en déduisit que la suffocation était la plus plausible cause de décès.

Tandis que Watson se tournait pour partir, les portes coulissantes se refermèrent soudain avec un claquement. Tentant de ne

---

[7] *NdT :* l'expression « panic room » est un anglicisme qui désigne une pièce fortifiée, le plus souvent dissimulée, au sein d'un bâtiment et dans laquelle ses propriétaires peuvent se réfugier en cas d'intrusion.

pas paniquer, il tira de sa poche son téléphone portable. Aucun réseau : ou bien la chambre de survie bloquait le signal, ou bien c'était la sécurité du Pentagone. Watson savait que certains bâtiments militaires particulièrement en vue bloquaient les signaux pour empêcher toute communication non contrôlée.

- Bon sang ! s'exclama-t-il.

En faisant le tour de la pièce, il finit par découvrir un petit panneau avec des boutons de couleurs sur le mur au-dessus du cadavre de Mendoza. Le soulagement le submergea et il appuya sur les boutons l'un après l'autre. Il n'y eut pas de réponse, soit qu'ils aient été déconnectés ou trop vieux pour fonctionner encore.

- Quoi ? Non ! cria-t-il.

Watson en fut réduit à donner de grands coups dans la porte. Un bruit métallique sonore résonna dans la pièce, et avec un peu de chance quelqu'un pourrait entendre. Mais alors Watson se retourna pour regarder le corps du général Mendoza : il avait suffoqué, ce qui signifiait qu'il n'y avait pas d'entrées d'air dans la pièce et qu'elle était très probablement insonorisée.

L'air, déjà vicié par l'odeur du cadavre en décomposition de Mendoza, devenait de plus en plus difficile à respirer. Watson se laissa tomber sur le sol, sachant que l'asphyxie pouvait survenir à n'importe quel moment – il deviendrait confus et finirait par s'évanouir. Il n'y avait rien qu'il puisse faire. Sa respiration se fit de plus en plus laborieuse et il put sentir la confusion s'installer, il commençait à perdre conscience… Brusquement, la porte de la panic room s'ouvrit. Deux silhouettes masculines s'avancèrent et tirèrent Watson hors de la pièce.

Watson se réveilla sur le sol du bureau du général Mendoza. Le major Powell et quatre officiers se tenaient autour de lui, Sherlock était debout près de la porte de la panic room, menotté.

- Vous avez de la chance d'être en vie, fit Powell, aidant Watson à se relever.

- Nous aurions été là plus tôt si vous ne m'aviez pas arrêté, marmonna Sherlock hargneusement.

- Ne me poussez pas à bout, Mr Holmes, rétorqua Powell. Vous avez de la chance de n'avoir été que menotté. Maintenant, peut-être que vous pourriez pleinement nous expliquer vos actions. Autrement je me verrais obligé de vous inculper.

Sherlock soupira.

- Comme vous le savez certainement, le Pentagone a été construit durant la Seconde Guerre mondiale. Il est probable que certains bureaux pour des personnels de haut rang, à l'image de celui-ci, aient des dispositifs de sécurité supplémentaires intégrés à leur construction – comme une panic room telle que celle-ci, dit Sherlock en pointant la pièce cachée. Quand l'incident s'est produit plus tôt ce mois-ci, les systèmes d'alarme ont été activés et certaines portes de sécurité déverrouillées – y compris cette panic room, et alors que le général Mendoza parlait à sa secrétaire, la porte s'est ouverte automatiquement. Comme vous, je suis convaincu que le général n'avait pas connaissance de l'existence de cette pièce, et pensait que quelqu'un avait ouvert la porte de l'intérieur, il est entré pour s'en assurer, expliqua Sherlock, regardant autour de lui pour s'assurer que tout le monde suivait ses déductions. Maintenant, en suivant vos procédures, vous avez placé tout le bâtiment en isolation. Ceci, je pense, a verrouillé la porte de la panic room et coupé l'entrée d'air d'urgence, ce qui signifie que le général fut incapable d'ouvrir la porte et fini par s'asphyxier.

- Cela semble absurde qu'une telle chose ait été négligée, fit le major.

- Vraiment ? fit Sherlock avec ironie. Il est hautement probablement que durant la rénovation du bâtiment et la mise à jour du système de sécurité quelque chose ait pu être négligé. J'imagine que les plans de construction originaux du Pentagone comprenaient quelques omissions. Souvenez-vous, il a été construit durant la plus grande guerre que l'histoire ait connue ; le gouvernement américain n'aurait pas voulu que des plans exacts détaillant leur plus récent et plus grand bâtiment militaire puissent être potentiellement révélés aux forces de l'Axe.

- Alors la mort du général… ? demanda Powell

- N'est qu'un malheureux accident, acheva Sherlock. Votre ancien employé est coupable du virus, mais n'avait aucune mauvaise intention à l'égard du général Mendoza. Et je soupçonne qu'il travaillait seul. Cette panic room inconnue n'aurait pas dû être affectée par la quarantaine, c'est une anomalie dans votre système, un fantôme dans la machine, si vous voulez, conclut Sherlock avec un sourire désabusé.

18 septembre 2011 : 221B Baker Street, Londres

- Sherlock, c'est votre frère, mon cher.

La douce voix de Mme Hudson se fit entendre dans l'entrée. Sherlock émit un son grossier sous cape en entendant ces mots. Il s'empara du castor empaillé sur la cheminée et s'assit dans son fauteuil, prétendant être absorbé par l'étude de celui-ci.

Mycroft Holmes entra dans le salon, offrant un sourire et un hochement de tête à Watson, assis sur le canapé, lisant le journal. Watson lui retourna poliment son salut.

- Désolé de m'imposer, Sherlock, commença Mycroft, je rentrais chez moi quand on m'a demandé de passer un message. Le gouvernement américain t'envoie ses remerciements pour ton aide l'autre jour.

Sherlock se contorsionna sur son fauteuil, émettant un grognement puéril sans détourner son attention du castor.

- Et bien, fit Mycroft en souriant une fois de plus de sa façon si particulière, je ne vais pas te déranger plus longtemps.

Il se retourna pour partir et s'arrêta, jetant un regard en arrière vers Sherlock.

- Oh, et je suis ravi de voir que tu apprécies ton cadeau.

Sherlock leva les yeux vers son frère d'un air intrigué.

- J'étais certain qu'il te fascinerait.

Mycroft sourit une fois de plus, fit un clin d'œil à Watson, puis s'en alla.

Sherlock baissa les yeux vers le castor qui l'avait si longuement dérouté.

- Bon sang ! s'exclama-t-il en le laissant tomber sur le sol dans un geste de colère enfantin.

L'aventure du Second Manteau
De Jack Foley
Sunderland, Grande-Bretagne

En me remémorant les plus de cent vingt affaires sur lesquelles j'ai eu le plaisir d'enquêter durant les vingt-trois années que j'ai passé à travailler avec le grand détective Sherlock Holmes, aucune ne présente une série d'évènements aussi inattendue que celle du deuxième manteau. Cela devait être la dernière affaire de Sherlock Holmes, affaire où ses méthodes de déduction se retournèrent contre lui.

C'était l'hiver 1904 et je vivais à la campagne avec ma seconde femme, Violet. Après avoir quitté mes appartements à Baker Street je m'étais assuré une bonne situation grâce à ma clientèle campagnarde. Je n'avais pas vu Holmes depuis plusieurs mois, et lors de mon retour, j'étais plein d'appréhension quant à l'état dans lequel je le retrouverais.

Quand j'arrivais à nos appartements, je trouvais Holmes était pareil à lui-même. Il était assis dans son fauteuil, face au feu de cheminée, parcourant une pile de documents.

- Ah ! s'exclama-t-il, levant à peine le nez de son travail. Mon chez Watson, prenez place je vous prie, j'espère que vous avez fait bon voyage.

- Holmes, vous n'avez pas changé d'un iota. A quoi avez-vous travaillé ? demandai-je tandis que je m'asseyais, notant les cicatrices sur son visage.

Il laissa tomber ses papiers et leva les yeux vers moi.

Holmes m'expliqua qu'il était sur le point d'amener à la justice le gang criminel le plus dangereux d'Europe, une organisation responsable de pas moins que sept meurtres bestiaux durant l'année passée. Ce vendredi, ils avaient l'intention d'assassiner un riche médecin et auteur écossais vivant à Londres. Holmes avait dans l'intention de les surprendre.

Nous ne parlions que depuis quelques minutes quand nous fûmes interrompus par Mme Hudson, qui nous amena l'inspecteur Lestrade. Mon ami, comme toujours, semblait peu intéressé par l'arrivée de l'inspecteur et lui demanda imprudemment :

- Sur quel problème insignifiant souhaitez-vous amener mon attention aujourd'hui, inspecteur ?

- Le meurtre de Lord Ashdown, répondit l'inspecteur en entrant dans l'appartement.

- Et pourquoi ressentez-vous la nécessité de m'importuner à ce sujet ? répliqua Holmes.

- Une lettre accompagnait le corps, une lettre qui vous était adressée.

- Watson, commença Holmes, bondissant de sa chaise, clairement intrigué par l'affaire. Puisque vous êtes présent à Londres pour la journée, serez-vous assez bon pour m'accompagner sur cette affaire ?

Loin de Baker Street pour une période étendue, j'avais de longue date espéré accompagner Holmes sur une autre affaire. Je me joignis à mon ami et à l'inspecteur dans le véhicule à quatre roues qui nous attendait à l'extérieur. En chemin, je leur racontai comment j'avais rencontré la victime à peine une semaine plus tôt, à un dîner organisé par mon ami, et ancien officier supérieur, un M. Charles Harding. C'était un gentleman plutôt jovial qui s'était pris d'intérêt pour moi, mes histoires et mon travail avec M. Holmes. Lestrade nous informa que le corps reposait au milieu de la pièce, des tâches de sang provenant d'une seule balle sur sa chemise. La chambre avait également été complètement vidée, excepté les meubles, ce que Holmes expliqua comme une tentative désespérée de cacher le motif du gang.

Nous arrivâmes dans la maison vide de North London et trouvâmes le corps exactement tel que décrit, avec en sa possession une lettre adressée à mon ami. Il y jeta un œil rapidement et me la passa.

Cher M. Sherlock Holmes,

Nous savons que vous trouverez cette lettre. C'est votre implication dans nos affaires qui nous a forcés à précipiter nos plans. Nous avons appris beaucoup de vos méthodes durant ces derniers mois et nous vous remercions avec effusion pour votre aide dans cette affaire.

- Qu'est-ce que cela signifie, Holmes ? demandai-je en posant la note sur la table.

- En novembre dernier, à la lumière d'un effroyable triple meurtre, je pris connaissance d'un gang criminel œuvrant à Londres, le Second Manteau, l'une des plus dangereuses organisations que j'aie jamais affrontées dans ma carrière. J'avais des raisons de croire qu'ils étaient en train d'orchestrer l'un des plus grands vols que ce pays aie jamais vu. Dans le but de les amener devant la justice, il me fallait des informations, et c'est pourquoi durant les semaines suivantes, je me fis passer pour un clochard recherchant du travail. Je gagnai leur confiance, délivrant des courses mineures pour eux, et devint finalement membre de leur organisation qui se retrouvait régulièrement dans un tunnel inusité sous la Tamise.

« Ils m'ont mis dans la confidence, continua-t-il en s'accroupissant près du corps. Ils m'ont dit ce que je voulais savoir, ils m'ont informé de leurs plans, que ce vendredi, ils prévoyaient d'assassiner Lord Ashdown, un riche auteur écossais qui vivait ici, à Londres. Je comptais bien être prêt. Cependant, il semble qu'ils étaient informés de mon implication et ont précipités leurs plans. Tout mon travail a été vain. J'ai été dupé ; je ne peux donc me fier à rien de ce qui m'a été dit. Je n'ai rien appris, tandis qu'ils savent à présent tout ce qu'ils veulent à mon sujet.

- Que comptez-vous faire ? demandai-je, observant Holmes faire le tour de la pièce en recherchant autant de preuves que possible.

- Ils savent tout de mes méthodes, je ne peux donc me fier à aucune preuve qu'ils auraient disposée ici. Ils savent exactement ce que je vais rechercher.

Holmes expliqua que tout ce qu'il pouvait déduire de la seule et peu convaincante preuve trouvée était que cinq personnes s'étaient tenues dans cette chambre la nuit précédente. Ils étaient tous venus et repartis de différentes manières, en prenant des choses différentes. En examinant la pièce il vit qu'il y avait des gouttes d'eau autour du feu. Il avait été éteint à la hâte. Cet élément, combiné avec le fait que Lord Ashdown n'avait pas pu voir son assassin et la position d'entrée de la balle dans son corps menait à la conclusion qu'il avait été abattu depuis la fenêtre alors qu'il était assis devant le feu.

Holmes écrivit une courte lettre adressée à mon ami M. Harding, puis il me demanda de retourner à Baker Street pour récupérer quelques documents et de les lui porter ainsi que la lettre. Holmes et l'inspecteur se rendraient quant à eux à Scotland Yard. L'inspecteur devait, à la demande de Holmes, faire en sorte qu'il y ait une présence policière devant la maison de M. Harding. Holmes me donna des instructions précises afin que je le retrouve au British Museum après avoir livré la lettre.

Je retournai à Baker Street pour récupérer les documents et les portai, ainsi que la lettre, jusqu'à la demeure de M. Harding. Comme Holmes l'avait requis, il y avait une présence policière visible autour de la maison. Je donnai à M. Harding la lettre comme j'avais été prié de le faire.

Il était un peu plus de six heures quand j'arrivai au musée. Holmes m'attendait à l'intérieur et il me guida jusqu'à une réserve à l'arrière, me demandant si j'avais été suivi. L'inspecteur Lestrade attendait dans la réserve avec environ une douzaine d'officiers. Holmes nous donna ses instructions.

- Je pense qu'ils arriveront vers huit heures, commença-t-il. C'est un crime risqué qu'ils vont commettre ce soir, ce qui fait que je doute fortement que leur chef soit avec eux. En revanche, en ce qui concerne les quatre autres, je pense pouvoir prédire leurs mouvements avec une assez bonne exactitude. Deux membres entreront par deux fenêtres différentes du côté Ouest du bâtiment, au rez-de-chaussée. Leur but est d'attirer la sécurité ou la police de ce côté du bâtiment. Ils ne resteront que très brièvement, et il est très probable qu'ils ne volent rien du tout. Lestrade, si vous souhaitez les attraper, vous devez vous assurer que vos hommes resteront cachés jusqu'à ce que les membres du gang entrent, et quand ce sera le cas, vous devrez être rapide.

« Un autre membre entrera par la porte de la réserve, la porte que nous avons passée. J'ai le sentiment qu'il travaille ici et qu'il s'acheminera à travers le musée, vers l'autre réserve au deuxième étage, du côté Est du bâtiment. Il a l'intention de trouver l'objet qu'il recherche et d'ouvrir la fenêtre : le dernier membre du gang attendra en dessous pour réceptionner l'objet. C'est un jeune homme athlétique, il amènera l'objet jusqu'à leur planque.

- A présent, inspecteur, fit Holmes en jetant un regard sévère en direction de Lestrade, je suggère que vous organisiez vos hommes, afin d'attraper ces criminels avant qu'ils ne comprennent qu'ils tombent droit dans un piège. Vous en sentez-vous capable ?

- Je ferai assurément de mon mieux, M. Holmes, répondit-il.

Mon ami et moi restâmes dans la réserve et quand huit heures sonnèrent le groupe arriva exactement comme Holmes l'avait anticipé. Lestrade fut capable de les arrêter et les fit embarquer dans le phaéton qui les attendait. Nous souhaitâmes une bonne nuit à l'inspecteur tandis qu'il partait pour le Yard. Holmes commença à m'expliquer les détails de l'affaire.

- Bien que la priorité absolue du Second Manteau fût de me donner des informations erronées pour me mettre sur une fausse piste, j'ai été capable de faire la lumière sur cette affaire avec le peu d'informations dont je disposais. Premièrement, mon cher Watson, vous avez mentionné le fait que vous aviez dîné avec Lord Ashdown et votre ami M. Harding la semaine passée. Je sais que M. Harding aime lire vos comptes-rendus de notre travail et vous lui présentez régulièrement des manuscrits non publiés, des documents détaillant mes méthodes et affaires. La semaine dernière vous lui avez amené plusieurs de vos récits, et l'un d'eux relatait une affaire où nous avions retrouvé un artefact égyptien inestimable, le Sceptre Manteau, et vous vous souvenez peut-être que cette pièce avait été envoyée d'un musée du Caire au British Museum et avait été volée durant le transfert. Nous avons retrouvé le sceptre et l'avons ramené au British Museum. Votre récit informe ensuite le lecteur sur les mesures de sécurité qui ont été prises.

« La semaine dernière vous avez donné ces comptes-rendus à votre ami. Je présume qu'après votre départ, il a transmis quelques-uns de ces documents à Lord Ashdown dont vous avez dit qu'il prenait grand intérêt à vos histoires. Il emporta les documents chez lui pour en lire quelques-uns. Le Deuxième Manteau savait qu'il avait en sa possession ces documents et souhaitaient les voir dans le but d'en savoir plus sur mes méthodes. Le gang avait longuement étudié mes méthodes et tenta de supprimer toute forme de preuves, en se servant de mes méthodes contre moi, et en fabriquant ainsi des preuves qui me guideraient sur la mauvaise piste. Nous savons qu'on lui a tiré dessus depuis la fenêtre tandis qu'il était assis auprès du feu, probablement en train de lire les documents. Le corps a été déplacé jusqu'au sol pour cacher cette donnée. Ils ont pris tout ce qui se trouvait dans la pièce afin d'occulter ce qu'ils avaient réellement dérobés, mais le fait même qu'ils souhaitaient ainsi semer le doute ne pouvait que signifier qu'une chose ; ils avaient dérobé quelque chose dont j'avais connaissance.

« Quant au fait qu'il ait été touché depuis la fenêtre, cela me révéla les plans du gang. La personne qui a tiré sur Lord Ashdown doit être le pilier de cette organisation, et celui également à qui l'ont confié la tâche de transporter le précieux chargement, les documents. Il a dû prendre la route la plus directe au retour, il s'est dirigé vers le sud-est, ce qui signifie que leur planque devait être proche de Tavistock Square, près du musée. Il apparut clairement qu'ils voulaient les documents afin d'avoir plus de détails sur la sécurité autour de l'artefact, étant donné qu'il semblait peu probable qu'ils déploient de tels moyens pour découvrir des choses sur mes méthodes, alors même qu'ils me voyaient chaque semaine. J'ai deviné que leur prochaine étape serait de tuer M. Harding mais je pensais qu'ils auraient anticipés cette déduction. Je vous ai envoyé avec des documents chez M. Harding, documents, je pense, qu'eux auraient souhaités voir. J'ai également organisé une forte présence de la police pour leur donner l'impression que je m'attendais à ce qu'ils essaient de tuer M. Harding alors que j'avais en vérité un coup d'avance sur eux.

« Je m'attendais à ce que le gang précipite ses plans en voyant l'importante présence de policière à l'extérieur de la maison de votre ami. Je me suis assuré que Lestrade, la police et moi-même entrions dans le musée sans être vus par l'une des portes de la réserve. Je fus capable d'anticiper les mouvements du gang puisque dans votre retranscription des évènements vous aviez parlé de mon inquiétude quant aux diverses faiblesses dans la sécurité. En lisant votre compte-rendu ils ont pu établir le meilleur moyen de voler le sceptre.

- Fantastique, Holmes, m'exclamai-je. A présent, il ne reste plus qu'une seule chose à faire : trouver le chef de cette organisation.

Nous décidâmes de nous rendre dans la réserve du deuxième étage, où l'artefact était conservé. Il se trouvait dans une petite caisse en bois. Holmes souleva le couvercle et à notre grande surprise le Sceptre Manteau n'était pas là. A sa place se trouvait une lettre. Holmes la lut d'une traite, la jeta au sol et quitta le musée en silence. Je criai son nom, et ramassai la lettre.

Mon cher M. Sherlock Holmes,

Je dois saisir cette opportunité pour vous féliciter ; durant ces dernières années vous vous êtes avéré un formidable adversaire. A plusieurs reprises vous avez contrecarré mes plans avec succès. Cependant, je regrette de vous informer que l'artefact que vous êtes venu protéger hier soir a quitté le pays, ainsi que moi-même. La nuit dernière, après le meurtre de Lord Ashdown, les autres ont effectués de longs détours vers notre lieu de rencontre. Cela m'a laissé largement le temps de voler l'artefact. Je savais que les hommes qui viendraient ce soir tomberaient dans un piège.

J'ai toujours désiré vous rencontrer en personne, cependant je doute à présent en avoir jamais la chance. Mes échanges avec vous se sont toujours faits sous des déguisements ou par le biais d'agents agissant en mon nom. Il y a quelques années, en Suisse, vous avez rencontré l'un d'eux, qui s'est fait passer pour moi. Pensant que cet agent était moi, vous l'avez vaincu et l'avez précipité dans les chutes de Reichenbach.

Après cet évènement et la capture du colonel Sébastien Moran, je fus forcé de me cacher. Mon vaste empire criminel s'effondrait. J'ai depuis passé chaque année à me renseigner sur vos méthodes, créant un plan qui pourrait enfin vous défaire, qui retournerait vos propres méthodes contre vous. J'ai réussi à vous échapper, la partie est finie. J'ai quitté le pays avec l'artefact, et ne compte pas revenir.

Professeur James Moriarty

Après avoir lu la lettre, fortement secoué, je quittai le musée. Il était tard et Mme Hudson n'avait pas eu le temps de préparer ma chambre ; je décidai donc de passer la nuit dans un hôtel à proximité.

Le matin suivant, alors que mon cocher s'arrêtait devant le 221b, je m'inquiétai de l'état de mon ami. Il avait été battu, déjoué, et de pareilles situations n'appelaient en général qu'une seule réaction. Cependant, à ma grande surprise, je trouvai Holmes assis devant le feu, deux larges valises à ses côtés.

- Que faites-vous, Holmes ? demandai-je.

- Mon cher Watson, dit-il en levant les yeux du sol. J'ai toujours craint qu'un jour ne vienne où je ne pourrais plus pratiquer ma profession particulière. Le doute me harcelait qu'un jour je rencontrerais un criminel assez intelligent pour utiliser mes propres méthodes et les retourner contre moi. Le professeur James Moriarty s'est avéré être cet homme. Il m'a vaincu en diverses occasions et a prouvé qu'il était un adversaire redoutable. C'est avec cette idée à l'esprit que j'ai décidé d'abandonner mon titre d'unique détective consultant au monde.

« Depuis de longues années à présent, mon frère, Mycroft, possède une petite ferme dans le Sussex Down, à cinq miles à l'Est d'Eastbourne. Un petit endroit douillet, qui donne sur le Channel. Mycroft m'a laissé cette ferme ce matin même afin que je puisse m'en servir comme résidence permanente. Mon cocher devrait arriver dans l'heure pour me permettre de quitter Londres.

Précisément une heure plus tard, Mme Hudson nous alerta de la présence d'un fiacre dehors. Holmes éteignit le feu, se leva de sa chaise et ramassa ses bagages. Il se dirigea vers son bureau, et du premier tiroir tira l'objet le plus précieux en sa possession. Une simple photographie de mademoiselle Irène Adler. Holmes mit sa casquette, se détourna et quitta l'appartement.

Je restai là pendant un moment, repensant à toutes les affaires qui avaient commencé précisément dans cette pièce, *Les hommes dansants, Le ruban moucheté, Les hêtres rouges*. Repensant à toutes les personnes qui avaient rendu visite à Holmes pour lui demander son aide, de Sir Henry Baskerville à mademoiselle Violet Hunter, en passant par le roi de Bohême. Sherlock Holmes avait toujours été celui que les habitants de Londres, et les autres, pouvaient consulter s'ils avaient un problème auquel ils ne trouvaient pas de solution.

Je lançai un dernier regard à nos chambres, à mon bureau vide, où je m'étais si fréquemment assis et avait témoigné des dons singuliers de mon ami ; où j'avais écrit près d'une soixantaine de comptes-rendus de mes aventures avec M. Sherlock Holmes. Des récits comme la terrifiante affaire du « Chien des Baskervilles ». Je me sentais triste à l'idée que cet endroit où toutes ces histoires avaient été écrites serait à présent abandonné et finirait par tomber en ruines. Je suivis mon ami à l'extérieur.

Holmes était assis dans le fiacre, et bien que j'aie souvent écrit que l'esprit froid et exécrable de mon ami semblait dépourvu d'émotion et de compassion, il semblait profondément attristé de devoir quitter Baker Street.

- J'aimerais que vous acceptiez ceci, je n'en ai plus l'utilité, dit-il en me tendant la photographie de mademoiselle Adler.

- Holmes, je ne peux absolument pas accepter ! m'indignai-je.

- J'ai l'intention de me retirer de façon permanente, je n'ai pas besoin de souvenirs de mes affaires. Je voudrais que vous la preniez, comme un petit souvenir du temps que nous avons passé à travailler ensemble. Adieu, mon cher Watson.

Holmes s'en alla dans le fiacre, qui s'éloigna tôt ce matin-là dans la brume londonienne. Quittant Londres pour la dernière fois, pour une dernière aventure. Quittant le 221B Baker Street, la demeure de Sherlock, la maison vide.

Liens

Sauvez Undershaw   www.saveundershaw.com

Sherlockology   www.sherlockology.com

MX Publishing   www.mxpublishing.com

Vous pouvez en apprendre plus sur Sir Arthur Conan Doyle et Undershaw dans le livre d'Alistair (dont une part des royalties va à l'Undershaw Preservation Trust) – « Un Pays Complètement Nouveau ».

Alistair a gagné, en 2011, le prix Howlett de literature (« livre sur Sherlock Holmes de l'année») pour « *The Norwood Author* » et est l'un des principaux experts du Royaume-Uni sur Sir Arthur Conan Doyle.

Remerciements

Un énorme merci à Jules, Emma, Leif, David, Jacquelynn, Graham, Alistair et Steve. Sans leur aide, ce livre n'aurait jamais vu le jour.

EX LIBRIS

John
Michael
Gibson

www.grayshott.com

Grayshott est un merveilleux endroit à visiter...

Sir Arthur Conan Doyle vivait à Undershaw, son ancienne demeure d'Hindhead, juste à côté du village de Grayshott. C'est là qu'il a écrit "Le chien des Baskerville", a ressuscité Sherlock Holmes dans "La Maison Vide" ainsi que dans "Le Retour de Sherlock Holmes".

Le village de Grayshott a également été la résidence de George Bernard Shaw, Alfred Lord Tennyson et Flora Thompson. Le village de Grayshott, lauréat de prix, est niché dans la belle campagne du National Trust au nord-est d'Hampshire, à la frontière du Surrey. Grayshott est un merveilleux endroit à visiter, avec son traditionnel pub de village, une fabrique de poterie en activité, de nombreux restaurants et magasins, la possibilité de stationner vos voitures gratuitement, et de nombreuses choses intéressantes à faire et à voir.

Nous aimons Grayshott! Visitez notre site web pour en apprendre plus, venez vite nous voir et nous sommes sûr que vous aimerez aussi ce village.

www.grayshott.com

Imaginez un lieu rempli d'art, de café, de livres, de bière, de vin et de musique live. Impossible? Rendez-vous dans le centre-ville de Pittsboro, en Caroline du Nord, et vous tomberez sur Davenport & Winkleperry, un café le jour et un lounge la nuit, avec un soupçon d'esthétique victorienne.

www.davenportandwinkleperry.com

Kickstarter Supporters

Lonna McTaggart	Roland Dept	Emma Grigg
Charlotte Walters	Bonnie MacBird	Fiona-Jane Brown
Carla Coupe	Jenny Holdsworth	Sigita Matulaityte
Khellar	Vaughan Cockell	Thierry Gilibert
Gabriele Caredda	Shizuka Kohmoto	
Cyril Millot président du cercle Holmesien de Paris	Candide Kier	Nicola Gail Bushnell
Simms	Andy Crick	Jay Hassob
Kristina Manente	David Robert Parker	Alberto Daniel Salas García
Martina Rurali	Mike Hogan	Samantha Maxson
Sonia E. León Lo Cascio	Katri Leikola	Stephanie Thomas
Malin Rohman	Jami Marpessa Maselli	Claudia Colin
Louise Carter	Marek Ujma	Jess Rogers
Jill Braden	Stacey St. Edmunds	Betsey
Piers Austin	Makani Valur	Victoria Graham
Sorda	Helen Shide	Pamela R. Bodziock
Angelika Muehlhoff	Kate Cassidy	Maggie Krohn
Manfredo Valdés Castro	Deniz Bevan	Lauren Crist England
Leah Guinn	Sandra Hofmann	Mirva Lukkari
Atsuko Tachibana	Deborah Spitaels	Caitlin Wilson
Jim Mooney	Tasha Gray	Claire Weldon
Bernie Shwayder	Aimee Cummings	Sacha Bryn Kiesman
Ryk Langton	Lidia A. Tsvetkova	Melissa Dwyer
Michele Lopez	Kelly A Donovan	Vânia Frazão
Naomi Taylor	Dr. Efrén Comín	Matt J Baines
Simone Joseph	Pablo Elías De la Llave Torres	Diane Dunn

Babs Nienhuis	Karl J. Claridge	Peter E Young
Bernie J	Pai Cherng	Juan José Abenza Moreno
Susana Barral	Cristina	Lisbeth Nilsen
Luke Johnson	LuAnn Sgrecci O'Connell	H Lynnea Johnson
Greg Randolph	Ryoko Naito	Suzelle Le Fichant
Hugh Ashton	Juan Carlos Fernandez Aller	Miguel Ojeda
TommyLee Whitlock	Clare Preston	Edith Clifford
Alistair Duncan	Matteo Pietro Bragazzi	

www.ingramcontent.com/pod-product-compliance
Lightning Source LLC
Chambersburg PA
CBHW071137260626
47162CB00003B/817